LA CASA de las GRIETAS

GRANTRAVESÍA

KRYSTAL SUTHERLAND

LA CASA de las GRIETAS

Traducción de
Marcelo Andrés Manuel Bellon

GRANTRAVESÍA

LA CASA DE LAS GRIETAS

Título original: *House of Hollow*

© 2021, Krystal Sutherland

Traducción: Marcelo Andrés Manuel Bellon

Diseño de portada: Mariana Palova
Imagen de guardas: Freepik / Wirestock

D.R. © 2022, Editorial Océano de México, S.A. de C.V.
Guillermo Barroso 17-5, Col. Industrial Las Armas
Tlalnepantla de Baz, 54080, Estado de México
www.oceano.mx
www.grantravesia.com

Primera edición: 2022

ISBN: 978-607-557-581-0

IMPRESO EN MÉXICO / *PRINTED IN MEXICO*

Para Martín,
mi amante de historias

PRÓLOGO

Tenía diez años cuando me di cuenta de que era extraña.

Alrededor de la medianoche, una mujer vestida de blanco se coló por la ventana de mi habitación y cortó un mechón de mi cabello con unas tijeras para costura. Estuve despierta todo el tiempo siguiéndola con la mirada en la oscuridad, tan congelada por el miedo que no podía moverme, mucho menos gritar.

La observé cuando se llevó el mechón de mi cabello hasta su nariz e inhaló. La observé cuando lo puso en su lengua y cerró la boca y lo saboreó por algunos instantes antes de tragárselo. La observé cuando se inclinó sobre mí y deslizó sus dedos a lo largo de mi cicatriz en forma de gancho en mi cuello, en la base de mi cuello.

No fue sino hasta que abrió mi puerta —que conducía a la habitación de mis hermanas mayores, con las tijeras sostenidas a un costado—, cuando finalmente conseguí gritar.

Mi madre la derribó en el pasillo. Mis hermanas ayudaron a sujetarla. La mujer era ruda y estaba rabiosa. Golpeó a las tres con una fuerza alimentada por las anfetaminas, nos enteramos después. Mordió a mi madre. Azotó su cabeza contra la cara de mi hermana Vivi, tan fuerte que le rompió la nariz y alrededor de sus ojos se vieron los moretones por semanas.

Fue Grey, mi hermana mayor, quien finalmente la sometió. Cuando pensó que mi madre no estaba viendo, se agachó sobre el rostro de la salvaje mujer y presionó sus labios contra su boca. Fue un beso suave sacado de un cuento de hadas, que se volvió horripilante por el hecho de que la barbilla de la mujer estaba manchada con la sangre de nuestra madre.

Por un momento, el aire olió dulce y rancio, una mezcla de miel y algo más, algo podrido. Grey se retiró y sostuvo la cabeza de la mujer entre sus manos. Luego, la observó intensamente, esperando. Los ojos de mi hermana eran tan negros que lucían como piedras de río pulidas. Tenía catorce años entonces, y ya era la criatura más hermosa que yo pudiera imaginar. Quería arrancar la piel de su cuerpo y cubrir con ella el mío.

La mujer se estremeció bajo el tacto de Grey y luego sólo… se detuvo.

Para cuando llegó la policía, los ojos de la mujer estaban muy abiertos y distantes, y sus extremidades tan laxas que no conseguía mantenerse en pie, así que tuvieron que cargarla entre tres oficiales, tan flácida como si estuviera ebria.

Me pregunto si en ese entonces Grey ya sabía qué éramos.

☾

La mujer, según nos dijo la policía más tarde, había leído sobre nosotras en internet y estuvo acosándonos durante varias semanas antes de irrumpir en nuestra casa.

Éramos famosas por algo extraño que nos había sucedido tres años antes, cuando yo tenía siete, algo que yo no podía recordar y en lo que nunca pensaba, pero que al parecer intrigaba profundamente a muchas personas.

Después de eso, me he centrado en nuestra extrañeza. En los años que siguieron, me fijé en ella y la vi florecer a nuestro alrededor de maneras inesperadas. Estaba el hombre que intentó meter a la fuerza a Vivi en su auto, cuando ella tenía quince años, porque pensaba que ella era un ángel; mi hermana le rompió la mandíbula y le arrancó dos dientes. Estaba el profesor, aquel que Grey odiaba, que fue despedido después de que la empujó contra una pared y la besó en el cuello frente a todos sus compañeros de clase. Estaba la chica guapa y popular que me había estado acosando, que se paró frente a toda la escuela en la asamblea y afeitó su cabeza por completo, en silencio, mientras las lágrimas corrían por su rostro y los oscuros mechones caían formando montones a sus pies.

Cuando encontré los ojos de Grey, a través del mar de rostros ese día, ella me estaba observando fijamente. La chica me había estado acosando durante meses, pero apenas le había contado sobre ello a mi hermana una noche antes. Grey me guiñó un ojo y enseguida volvió su atención al libro que estaba leyendo, indiferente al espectáculo. Vivi, siempre menos sutil, tenía los pies apoyados en el respaldo de la silla frente a ella, y sonreía de oreja a oreja, con su torcida nariz arrugada por el placer.

En torno a las hermanas Hollow tenían lugar hechos oscuros y peligrosos.

Las tres teníamos los ojos negros y el cabello blanco como la leche. Las tres teníamos nombres encantadores de cuatro letras: Grey, Vivi, Iris. Caminábamos a la escuela juntas. Comíamos juntas nuestro almuerzo. Caminábamos de regreso a casa juntas. No teníamos amigas porque no las necesitábamos.

Nos movíamos a través de los pasillos como tiburones, mientras el resto de los pececillos se separaban alrededor de nosotras y susurraban a nuestras espaldas.

Todos sabían quiénes éramos. Todos habían escuchado nuestra historia. Todos tenían sus propias teorías acerca de lo que nos había sucedido. Mis hermanas utilizaban esto a su favor. Eran muy buenas para cultivar su propio misterio, haciendo que la embriagadora intriga que maduraba alrededor de ellas adoptara la forma que ellas elegían. Yo me limitaba a seguir su estela, callada y estudiosa, siempre avergonzada por la atención recibida. La extrañeza sólo engendraba extrañeza, y me parecía peligroso tentar al destino, invitar a la oscuridad que parecía ya naturalmente atraída hacia nosotras.

No se me ocurrió pensar en que mis hermanas dejarían la escuela mucho antes que yo, hasta que ocurrió. La escuela no les había sentado bien a ninguna de las dos. Grey era muy inteligente, pero nunca encontró nada en el plan de estudios que le gustara especialmente. Si en alguna clase le pedían que leyera y analizara *Jane Eyre*, entonces ella podía decidir que *Infierno*, de Dante, era más interesante y escribía su ensayo sobre eso. Si en la clase de arte le pedían que bocetara un autorretrato realista, ella dibujaría en su lugar un monstruo de ojos hundidos con las manos ensangrentadas. A algunos profesores eso les encantaba; a la mayoría, no. Antes de que abandonara la escuela, Grey sólo obtenía calificaciones mediocres. Si eso le molestaba, nunca lo demostró, avanzando sin rumbo por las clases con la seguridad de una persona a la que una clarividente le ha dicho su futuro y está feliz por lo que escuchó.

Vivi prefería faltar a la escuela con la mayor frecuencia posible, lo que aliviaba a la administración, dado que era un problema cada vez que ella asistía. Regañaba a los profesores, recortaba sus uniformes para hacerlos lucir más punk, pintaba grafitis en los baños y se rehusaba a quitarse sus numerosos piercings. Las pocas tareas que entregó durante su último año obtuvieron las mejores notas de su clase, pero no fueron suficientes para mantenerla inscrita. Lo cual le vino muy bien a ella. Toda estrella de rock necesita una historia de origen y ser expulsada de una escuela que cobra treinta mil libras al año era el mejor punto de partida.

Las dos eran así incluso entonces, las dos ya eran poseedoras de una confianza alquímica en sí mismas que pertenecía a los humanos mucho mayores. No les importaba lo que los demás pensaran sobre ellas. No les importaba lo que los otros pensaran que era genial (lo cual, por supuesto, las hacía *insoportablemente* geniales).

Dejaron la escuela —y la casa— con pocas semanas de diferencia. Grey tenía diecisiete años; Vivi tenía quince. Salieron al mundo, ambas con rumbo al glamuroso y exótico futuro al que siempre supieron que estaban destinadas. Así es como me encontré sola, la única Hollow que quedaba, todavía luchando por prosperar en las largas sombras que sus hermanas dejaron detrás. La chica callada y brillante que amaba la ciencia y la geografía, la que tenía un don natural para las matemáticas. La que deseaba con desesperación, por encima de cualquier otra cosa, pasar desapercibida.

Poco a poco, mes a mes, año tras año, la extrañeza que había rodeado a mis hermanas comenzó a desaparecer y, durante un buen tiempo, mi vida fue lo que había anhelado después de ese momento en que vi a Grey sedar a una intrusa con un simple beso: normal.

Por supuesto, eso no podía durar.

1

Se me cortó la respiración cuando vi el rostro de mi hermana observándome fijamente desde el suelo.

La fina cicatriz en forma de gancho de Grey seguía siendo lo primero que veías en ella, seguido de lo dolorosamente hermosa que era. La revista *Vogue* —su tercera portada en la versión estadounidense en igual número de años— debía haber llegado junto con el correo y había aterrizado con el frente hacia arriba justo en la alfombra del vestíbulo, donde la encontré a la luz plateada y fantasmal de la mañana. Las palabras *La guardiana secreta* flotaban en una frase color verde musgo debajo de su fotografía. Su cuerpo estaba inclinado hacia el fotógrafo, sus labios lucían entreabiertos en un suspiro, sus ojos negros miraban fijamente a la cámara. Un par de cuernos se fundían con su cabello blanco como si fueran suyos.

Por un breve y hechizado momento pensé que ella se encontraba en verdad ahí, en carne y hueso. La tristemente célebre Grey Hollow.

En los cuatro años que habían transcurrido desde que se fue de casa, mi hermana mayor se había convertido en una mujer de cabello como de hebras de caramelo y un rostro de mitología griega. Incluso en las imágenes fijas había algo vaporoso y diáfano en ella, como si pudiera ascender al éter en cualquier momento. Quizás ésa era la razón por la que los periodistas siempre la describían como *etérea*, aunque yo siempre había pensado en Grey como más terrenal. Ningún artículo había mencionado jamás que ella se sentía más en casa cuando estaba en el bosque o lo buena que era para hacer crecer las cosas. Las plantas la adoraban. La planta de wisteria fuera de su recámara de la infancia a menudo se colaba por la ventana abierta y se enroscaba en sus dedos por las noches.

Levanté la revista y le di un vistazo al artículo de portada.

Grey Hollow viste sus secretos como si fueran seda.

Cuando me encuentro con ella, en el vestíbulo del Lanesborough (Hollow nunca permite a los periodistas acercarse a su departamento y tampoco, según los rumores, organiza fiestas o recibe invitados), está vestida con una de sus enigmáticas y distintivas creaciones. Piensa en laboriosos bordados, cientos de cuentas, hilos de oro, y un tul tan ligero que flota como si estuviera hecho de humo. Los diseños de alta costura de Hollow han sido descritos como un cuento de hadas que se encuentra con una pesadilla al interior de un sueño febril. Los vestidos gotean hojas y pétalos en descomposición, sus modelos de pasarela llevan cuernos sacados de cadáveres de ciervos y pieles de ratones desollados, y ella insiste en ahumar sus telas en madera antes de cortarlas, de manera que sus desfiles tienen un aroma a incendio forestal.

Las creaciones de Hollow son hermosas y decadentes y extrañas, pero es la naturaleza clandestina de sus piezas lo que las ha hecho tan famosas rápidamente. Hay mensajes secretos

cosidos a mano en el forro de cada uno de sus vestidos...
pero eso no es todo. Varias celebridades han informado que
han encontrado trozos de papel enrollado en sus corpiños, o
fragmentos de huesos de animales grabados junto a las piedras preciosas, o símbolos rúnicos pintados con tinta invisible, o minúsculos frascos de perfume que se quiebran cual
barritas luminosas cuando la persona se mueve, liberando la
embriagadora esencia que lleva el nombre de Hollow. Las
imágenes que aparecen en sus bordados son extrañas, en ocasiones perturbadoras. Piensa en flores empalmadas y minotauros esqueléticos, con los rostros desprovistos de carne.

Al igual que su creadora, cada pieza es un rompecabezas
que pide ser resuelto.

Detuve la lectura ahí, porque sabía lo que decía el resto del artículo. Sabía que hablaría de eso que nos sucedió
cuando éramos niñas, eso que ninguna de nosotras podía
recordar. Sabía que hablaría de mi padre, de la manera en
que murió.

Pasé los dedos por la cicatriz en mi cuello. La misma cicatriz en forma de medialuna que compartía con Grey, con
Vivi. La cicatriz que ninguna de nosotras podía recordar cómo
obtuvimos.

Llevé la revista a mi habitación y la deslicé debajo de mi
almohada para que mi madre no la encontrara y no la que-
mara en el fregadero de la cocina, como había hecho con la
última.

Antes de salir, abrí la aplicación Find Friends en mi teléfono y comprobé que estuviera activada y transmitiendo mi
ubicación en tiempo real. Era un requerimiento de mis salidas
cotidianas a correr que mi madre pudiera seguir mi pequeño

avatar naranja mientras se movía de arriba abajo a través de Hampstead Heath. De hecho, era un requisito si quería salir de casa para *cualquier cosa* que mi madre pudiera seguir a mi pequeño avatar naranja mientras se movía de arriba abajo a través de... donde fuera. El avatar de Cate todavía rondaba por el sur, en el Royal Free Hospital, dado que su turno de enfermería en la sala de urgencias se había prolongado (como de costumbre) por las horas extra.

Estoy saliendo en este momento, le escribí en un mensaje.

De acuerdo, te estaré vigilando, respondió ella de inmediato. **Envíame un mensaje cuando estés a salvo, de regreso en casa.**

Me interné en el frío invernal previo al amanecer.

Vivíamos en una casa alta y puntiaguda, cubierta de estuco blanco y envuelta en vitrales que me recordaban a las alas de una libélula. Los restos de la noche todavía se aferraban a los aleros y se acumulaban en los charcos bajo el árbol de nuestro patio delantero. No era el tipo de lugar que una madre soltera con salario de enfermera pudiera permitirse, pero había pertenecido a los padres de mi madre, quienes murieron en un accidente automovilístico cuando ella estaba embarazada de Grey. Ellos la habían comprado al inicio de su matrimonio, durante la Segunda Guerra Mundial, cuando los precios de las propiedades en Londres se habían desplomado a causa del Blitz. Eran apenas unos adolescentes en ese tiempo, un poco mayores de lo que yo soy ahora. La casa alguna vez había sido majestuosa, pero se había ajado y hundido con el tiempo.

En mi vieja foto favorita del lugar, tomada en la cocina en algún momento de los años sesenta, la habitación estaba llena de una perezosa luz solar, del tipo que se extiende por horas durante los meses de verano y se pega a las copas de los árboles en forma de halos dorados. Mi abuela estaba mirando de reojo a la cámara, mientras un caleidoscopio de color verde brillante se proyectaba sobre su piel desde un vitral que ya entonces estaba roto. Mi abuelo estaba parado a su lado, rodeándola con el brazo, con un cigarro en la boca, unos pantalones de talle alto y unas gafas de fondo de botella sobre la nariz. El aire parecía cálido y nublado y mis abuelos estaban sonriendo. Estaban tranquilos, relajados. Si no conocieras su historia, podrías pensar que eran felices.

De los cuatro embarazos que llevó a término, mi abuela sólo había dado a luz a una hija viva, cuando ya era bastante mayor: mi madre, Cate. Las habitaciones de esta casa que habían sido destinadas a los niños se habían quedado vacías, y mis abuelos no vivieron lo suficiente para ver a ninguna de sus nietas nacer. Hay cosas en cada familia de las que no se habla. Historias que conoces sin saber en realidad cómo las conoces, historias de cosas terribles que proyectan sus largas sombras a través de las generaciones. Los tres bebés muertos de Adelaide Fairlight era una de esas historias.

Otra era eso que nos sucedió a nosotras cuando yo tenía siete años.

Vivi llamó antes de que hubiera llegado al final de la calle. Tomé la llamada con mis AirPods, sabiendo que era ella sin siquiera mirar la pantalla.

—Hey —exclamé—. Te levantaste temprano. Ni siquiera debe ser la hora del almuerzo en Budapest todavía.

—Ja-ja —la voz de Vivi sonaba apagada, distraída—. ¿Qué estás haciendo?

—Salí a correr. Ya sabes, eso que hago todas las mañanas —di vuelta a la izquierda en la esquina y corrí por el sendero, más allá de los campos deportivos desiertos y las carcasas de los árboles que se erguían altos y desnudos en medio del frío. Era una mañana gris, el sol bostezaba con pereza en el cielo, detrás de un manto de nubes. El frío hacía punzar mi piel expuesta, arrancaba lágrimas de mis ojos y hacía que mis oídos dolieran con cada latido de mi corazón.

—Qué horror —dijo Vivi. Escuché el anuncio de una aerolínea al fondo—. ¿Por qué te haces eso? —pregunté.

—Es el último grito de la moda para la salud cardiovascular. ¿Estás en un aeropuerto? —insistí.

—Vuelo para un concierto esta noche, ¿recuerdas? Acabo de aterrizar en Londres.

—No, no lo recuerdo. Porque definitivamente no me lo habías dicho.

—Estoy *segura* de que te lo dije.

—Negativo.

—Como sea, estoy aquí, y Grey está volando hacia acá desde París para alguna sesión de fotos hoy, así que estaremos un rato juntas en Camden antes del concierto. Pasaré por ti en cuanto salga de este horrible aeropuerto.

—Vivi, hoy es día de escuela.

—¿Todavía estás en esa institución destructora de almas? Espera, no me cuelgues, voy a pasar por inmigración.

Mi camino habitual me llevaba a través de los verdes campos de Golders Hill Park, con su pasto salpicado de una bomba de confeti de narcisos amarillos y azafranes blancos y morados. Había sido un invierno benigno y la primavera ya comenzaba a asomarse, vibrante a través de la ciudad a mediados de febrero.

Los minutos pasaron. Escuché más anuncios de aerolíneas al fondo mientras corría por el borde occidental de Hampstead Heath, luego a través del parque, más allá de la piedra blanqueada de Kenwood House. Me adentré en lo más profundo de los serpenteantes laberintos silvestres de la maleza, tan estrechos, verdes y antiguos en algunos tramos que resultaba difícil creer que seguías estando en Londres. Me sentía atraída por las partes más indómitas, donde los senderos estaban llenos de fango y los gruesos árboles de cuentos de hadas crecían en forma de arcos. Las hojas de los árboles pronto volverían, pero esta mañana me movía bajo una maraña de ramas desnudas y mi camino estaba bordeado a ambos lados por una alfombra de detritos. El aire, hinchado de humedad, olía a agua. El fango era muy delgado debido a la lluvia reciente y resbalaba por la parte trasera de mis pantorrillas a medida que avanzaba. El sol estaba saliendo en ese momento, pero la luz de la mañana temprana estaba todavía impregnada por un poco de tinta. Eso hacía que las sombras fueran más profundas, con aspecto hambriento.

La voz entrecortada de mi hermana sonó en el teléfono:

—¿Todavía estás ahí?

—Sí —respondí—. Para mi enorme disgusto. Tus modales telefónicos son espantosos.

—Como te estaba diciendo, la escuela es totalmente aburrida y yo estoy muy emocionada. Exijo que faltes a tus clases y salgas conmigo.

—No puedo…

—No me obligues a llamar a la dirección para decirles que necesitas el día libre para un examen de ETS o algo así.

—No lo harías…

—De acuerdo, fue agradable platicar contigo, ¡nos vemos pronto!

—Vivi...

La línea se quedó en silencio al tiempo que una paloma salió disparada de entre la maleza directo hacia mi cara. Grité y caí de espaldas en el fango, mientras mis manos se levantaban por instinto para proteger mi cabeza, aunque el pájaro ya se había alejado volando. Y entonces... un pequeño movimiento en el sendero, más adelante. Había ahí una figura, oscurecida por los árboles y la hierba crecida. Un hombre, pálido y sin camisa a pesar del frío, lo suficientemente lejos para no saber si estaba mirando en mi dirección.

Desde esta distancia, a la luz plomiza, parecía como si llevara una calavera con cuernos sobre su cabeza. Pensé en mi hermana en la portada de *Vogue*, en los cuernos que sus modelos llevaban en las pasarelas, en las bestias que ella bordaba en sus vestidos de seda.

Respiré profundamente varias veces y me mantuve sentada en el fango, sin saber si el hombre me había visto o no, pero él no se movió. Una brisa me refrescó la frente llevándose el olor del humo del bosque y el hedor húmedo y agreste de algo salvaje.

Yo conocía ese olor, pero no podía recordar lo que significaba.

Me puse de pie rápidamente y corrí con fuerza de regreso por donde había llegado, con mi sangre ardiente circulando veloz, mis pies resbalando, las visiones de un monstruo atrapando mi cola de caballo repitiéndose dentro de mi cabeza. Me mantuve revisando detrás de mí hasta que pasé Kenwood House y llegué trastabillando a la calle, pero nadie me seguía.

21

El mundo fuera de la verde burbuja de Hampstead Heath estaba ocupado, como siempre. Londres estaba despertando. Cuando recuperé el aliento, mi miedo fue reemplazado por la vergüenza de que una húmeda mancha marrón se hubiera extendido por la parte trasera de mis leggins. Me mantuve alerta mientras corría de regreso a casa, de la manera en que las mujeres lo hacen: sólo con un AirPod, una generosa porción de adrenalina recorriendo mi columna. Un taxista que pasaba se rio de mí y un hombre que había salido para fumarse el primer cigarrillo del día me dijo que era hermosa, que sonriera.

Ambos dejaron un pinchazo de miedo y rabia latiendo en mis entrañas, pero seguí corriendo y ellos se desvanecieron a mis espaldas, dentro del ruido blanco de la ciudad.

Así era con Vivi y Grey. Sólo se había necesitado una simple llamada telefónica de ellas para que la extrañeza comenzara a filtrarse de nuevo.

Ya en mi calle, le envié un mensaje a mi hermana Vivi:

NO vayas a mi escuela.

2

Encontré el Mini Cooper rojo de mi madre en el camino de entrada y la puerta frontal de la casa entreabierta. Se abría y se cerraba sobre sus bisagras, como respirando con el viento. Había huellas húmedas adentro. Nuestra vieja gata endemoniada, Sasha, estaba sentada en el tapete de la entrada, lamiendo su pata. Esa gata era más vieja que yo, y lucía tan cansada y torcida que empezaba a parecer un mal trabajo de taxidermia. Siseó cuando la levanté del tapete: a Sasha nunca le habíamos agradado, ni yo, ni Vivi, ni Grey, y dejaba claros sus sentimientos con sus uñas, pero estaba demasiado decrépita a estas alturas para dar mucha pelea, en realidad.

Algo estaba mal. No se le había permitido salir a la gata probablemente por los últimos diez años.

—¿Cate? —la llamé en voz baja mientras empujaba la puerta y entraba. No podía recordar cuándo o por qué habíamos dejado de decirle *ma'*, pero Cate prefería que la llamáramos por su nombre y así era.

No hubo respuesta. Bajé a Sasha y me quité los enlodados tenis. Unas voces suaves resonaron desde el piso superior, fragmentos de una conversación muy rara.

—¿Eso es lo mejor que puedes hacer? —preguntó mi madre—. ¿Ni siquiera me dirás adónde fueron? ¿Cómo sucedió? Una voz metálica se escuchó a través del altavoz del teléfono: un hombre con acento americano.

—Escuche, señora, usted no necesita un investigador privado, lo que usted necesita es una intervención psiquiátrica.

Avancé con pasos silenciosos siguiendo las voces. Cate daba vueltas sin parar alrededor de su cama, todavía vestida con su bata de Urgencias. El cajón superior de su buró estaba abierto. La habitación estaba en penumbras, sólo iluminada por una tenue lámpara panal. El turno de la noche en el hospital requería cortinas gruesas, así que el espacio siempre tenía un olor ligeramente agrio debido a la permanente falta de luz del sol. En una mano, Cate sostenía su teléfono. En la otra, una fotografía de ella con un hombre y tres niñas. Esto sucedía cada invierno, en las semanas siguientes al aniversario. Mi madre contrataba a un investigador privado para intentar resolver el misterio que la policía ni siquiera había estado cerca de desentrañar. Inevitablemente, el investigador fallaba.

—Entonces, ¿eso es todo? —preguntó Cate.

—Dios, ¿por qué no les pregunta a sus hijas? —preguntó el hombre en el teléfono—. Si alguien lo sabe, son ellas.

—Vete al carajo —dijo ella con tono brusco. Mi madre rara vez maldecía. La incorrección en todo esto me provocó una punzada en las yemas de los dedos.

Cate colgó. Un sonido gutural escapó de su garganta. No era el tipo de sonido que alguien hace cuando está con otras personas. Me sentí al instante avergonzada por haberme tropezado con algo tan privado. Di la vuelta para alejarme de ahí, pero las tablas del piso crujieron como huesos viejos bajo mi peso.

—¿Iris? —preguntó Cate, sorprendida. Había un rastro de algo extraño en su expresión cuando me miró (¿enfado?, ¿miedo?), pero lo que fuera dejó su lugar rápidamente a la preocupación cuando mi madre vio mis leggins llenos de fango—. ¿Qué pasó? ¿Estás herida?

—No, fui atacada por una paloma rabiosa.

—¿Y te asustaste tanto que manchaste los pantalones?

Hice un puchero *muy divertido* en respuesta. Cate rio y se sentó en el borde de su cama, luego me hizo una seña con ambas manos para que me acercara. Me senté frente a ella con las piernas cruzadas para que pudiera peinar mi largo cabello rubio en dos trenzas, como lo había hecho casi todas las mañanas desde que yo era pequeña.

—¿Todo bien? —pregunté mientras ella dejaba correr sus dedos a través de mi cabello. Percibí el irritable aroma químico del jabón del hospital revestido de sudor y mal aliento y otros tantos indicios reveladores de un turno de quince horas en la sala de urgencias. Algunas personas pensaban en sus madres cuando olían el perfume que ellas usaban cuando eran niñas; para mí, sin embargo, mi madre siempre sería esto: el polvo de almidón de maíz de los guantes de látex, el sabor cobrizo de la sangre de otras personas—. Dejaste la puerta de la entrada abierta.

—No, no la dejé abierta. ¿O sí? Fue un largo turno. Pasé mucho tiempo con un tipo que estaba convencido de que su familia lo controlaba a través de sondas anales.

—¿Eso cuenta como una urgencia médica?

—Creo que yo querría alguna intervención rápida si eso me estuviera pasando a mí.

—Buen punto —me chupé el labio inferior y exhalé por la nariz. Era mejor preguntar ahora, en persona, que a través de un mensaje más tarde—. ¿Está bien si salgo esta noche? Vivi está en la ciudad para un concierto y Grey también está volando desde París. Quiero pasar un rato con ellas.

Mi madre no dijo nada, pero sus dedos se deslizaron por mi cabello y jaló lo suficientemente fuerte para hacerme soltar un jadeo. No se disculpó.

—Son mis hermanas —dije en voz baja. Algunas veces, pedir verlas (en particular cuando se trataba de Grey), se sentía como pedirle permiso para empezar a inyectarme heroína como una actividad extracurricular—. No permitirán que me suceda nada malo.

Cate soltó una breve risa y comenzó a trenzar mi cabello otra vez.

La fotografía que ella había estado observando estaba bocabajo sobre la manta de su cama, como si esperara que yo no me diera cuenta. Le di la vuelta y la analicé. Estaban mi madre y mi padre, Gabe, y nosotras tres, cuando éramos más chicas. Vivi llevaba un grueso abrigo de *tweed* verde. Grey estaba vestida con una chamarra de piel sintética de color vino. Y yo usaba un pequeño abrigo de tartán con botones dorados. Alrededor de nuestros cuellos colgaban unos dijes de oro en forma de corazón con nuestros nombres grabados en el metal: IRIS, VIVI, GREY. Habían sido el regalo de Navidad de nuestros abuelos cuando los visitamos en Escocia, donde se tomó la foto. La policía nunca encontró estas prendas o los pendientes, a pesar de la extensa búsqueda que emprendieron.

—Es de ese día —dije en voz baja. Nunca había visto una fotografía de ese día. Ni siquiera sabía que había alguna—. Todos nos vemos tan diferentes.

—Puedes... —la voz de Cate se quebró y emprendió el camino de regreso a su garganta. Luego, dejó escapar un fino suspiro—. Puedes ir al concierto de Vivi.

—¡Gracias, gracias!

—Pero te quiero en casa de regreso antes de la medianoche.

—Tenemos un trato.

—Debería hacer algo para que comamos antes de que te vayas a la escuela, y tú definitivamente necesitas tomar un baño —terminó mis trenzas y me besó en la parte superior de la cabeza antes de salir.

Cuando ya no estaba, volví a mirar la fotografía: su cara, la de mi padre, sólo unas cuantas horas antes de que ocurriera la peor cosa que les había pasado jamás. Había extraído algo de mi madre, había arañado las manzanas de sus mejillas y la había dejado más delgada y gris que nunca antes. Durante gran parte de mi vida, ella había sido la acuarela de una mujer carente de vitalidad.

Había extraído aún más de Gabe.

Sin embargo, fuimos nosotras tres, las niñas, quienes cambiamos más. Apenas reconocía el cabello oscuro y los infantiles ojos azules que me devolvían la mirada.

Me habían dicho que nos volvimos más reservadas después de lo sucedido. Que no hablamos con nadie que no fuera entre nosotras durante meses. Que nos rehusamos a dormir en habitaciones separadas, o incluso en camas separadas. En ocasiones, en medio de la noche, nuestros padres despertaban para revisar cómo estábamos y nos encontraban acurrucadas juntas en nuestras pijamas, con nuestras cabezas tan juntas, como brujas que se inclinan susurrantes ante el caldero.

Nuestros ojos se volvieron negros. Nuestro cabello se tornó blanco. Nuestra piel comenzó a oler como la leche y la tierra después de la lluvia. Siempre estábamos hambrientas, pero nunca parecíamos ganar peso. Comíamos y comíamos y

27

comíamos. Incluso mientras dormíamos seguíamos masticando, rechinando nuestros dientes de leche y, a veces, mordiéndonos la lengua y las mejillas, por lo que despertábamos con los labios manchados de sangre.

Los médicos nos diagnosticaron de todo, desde TEPT hasta TDAH. Acumulamos un alfabeto de acrónimos, pero ningún tratamiento o terapia parecía ser capaz de devolvernos a como habíamos sido antes de que esto sucediera. No estábamos enfermas, se decidió: tan sólo éramos extrañas.

Y ahora, a la gente le costaba creer que Grey, Vivi y yo éramos las hijas de nuestros padres.

Todo lo que tenía que ver con Gabe Hollow era gentil, salvo por sus manos, que eran ásperas a causa de su trabajo como carpintero y su afición de fines de semana de modelar tazas en un torno de alfarero. Vestía ropa cómoda que adquiría en tiendas de caridad. Sus dedos eran largos y se sentían como papel de lija cuando te tomaba la mano. Nunca veía deportes o elevaba su voz. Atrapaba a las arañas en recipientes de plástico y las liberaba hasta el jardín. Hablaba con sus hierbas de la cocina cuando las regaba.

Nuestra madre era una mujer gentil, de igual manera. Bebía de todo —fuera té, jugo o vino— sólo en las tazas que había hecho mi padre para ella. Tenía tres pares de zapatos y usaba botas para la lluvia enlodadas tan a menudo como podía. Después de la lluvia, ella recogía caracoles de las aceras y los ponía a salvo. Le encantaba la miel: en el pan tostado, en el queso, en sus bebidas calientes. Cosía sus propios vestidos de verano siguiendo los patrones que le había heredado su abuela.

Ambos vestían chamarras Barbour enceradas y preferían caminar por los campos ingleses que viajar al extranjero.

Tenían bastones de madera para salir a caminar y carretes de mano para pescar en los arroyos. A los dos les gustaba envolverse en mantas de lana y leer en los días de lluvia. Los dos tenían ojos azul claro, cabello oscuro y dulces rostros en forma de corazón.

Ambos eran personas gentiles. Personas cálidas.

De alguna manera, combinados, ellos habían producido... a nosotras. Cada una medía uno ochenta, veinticinco centímetros completos más que nuestra diminuta madre. Las tres éramos angulosas, alargadas, afiladas. Las tres éramos inconvenientemente hermosas, con pómulos marcados y ojos como de venado. Cuando estábamos pequeñas, la gente hablaba con nuestros padres sobre lo exquisitas que éramos. Por la manera en que lo decían, sonaba como una advertencia... supongo que lo era.

Las tres éramos conscientes del impacto de nuestra belleza y cada una lo esgrimía de diferentes maneras.

Grey conocía su magnetismo y lo blandía de forma contundente, como yo había visto a muy pocas chicas hacerlo. De cierta manera, yo tenía miedo de reflejarme, porque había sido testigo de las repercusiones de ser hermosa, de ser bonita, de ser linda, de ser sensual y de atraer la clase indebida de atención, no sólo de los chicos y los hombres, sino de otras chicas, de otras mujeres. Grey era una hechicera que atraía como el sexo y olía como un campo de flores silvestres, la encarnación humana de las tardes de verano en el sur de Francia. Ella acentuaba su belleza natural siempre que era posible. Llevaba tacones altos y delicados sostenes de encaje y maquillaje ahumado en los ojos. Siempre sabía cuál era la cantidad justa de piel que debía mostrar para conseguir esa apariencia fresca y sensual. Así es como supe que mi hermana mayor era diferente a mí: ella caminaba de regreso a casa por la noche, siempre hermosa, algunas veces ebria, con frecuencia en faldas cortas o blusas escotadas. Caminaba a través de parques oscuros y calles vacías, o a lo largo de los canales pintados de grafitis, donde se reunían los ambulantes para beber y drogarse y dormir apiñados. Lo hacía sin temor. Iba a cualquier lugar y se vestía de tal manera que, si cualquier cosa le hubiera sucedido, la gente habría dicho que se lo había buscado.

Ella se movía por el mundo como ninguna otra mujer que yo conociera.

Lo que no entiendes, me dijo una vez, cuando yo le hablé de lo peligroso que era todo eso que hacía, *es que yo soy la cosa en la oscuridad*.

Vivi era lo contrario. Ella trataba de desvanecer su belleza. Se afeitó la cabeza, se perforó el cuerpo, se tatuó las palabras "FUCK OFF" entre los dedos de sus manos, un hechizo para intentar repeler el anhelo indeseado de los hombres. Incluso con estos hechizos, incluso con la nariz zigzagueante y una lengua viperina, un muy presente vello corporal y los oscuros surcos marcados bajo sus ojos por la bebida, las drogas y las noches sin dormir, era angustiantemente hermosa, y eso era doloroso incluso para ella misma. Coleccionaba cada silbido de admiración, cada palmada en el trasero, cada caricia artera, y guardaba todo ello debajo de su piel, donde hervían en un caldero de rabia que dejaba salir sobre el escenario a través de las cuerdas de su bajo.

Yo me sentía en algún punto intermedio entre mis hermanas. No intentaba de manera activa usar o desperdiciar mi belleza. Mantenía mi cabello lavado y no usaba perfume, sólo desodorante. Olía a limpio, pero no tenía un aroma embriagador, dulce o tentador. No usaba maquillaje y sólo vestía ropa holgada. No subía el dobladillo de mi uniforme. No caminaba sola por las noches.

Guardé la fotografía en el cajón abierto del buró de Cate. Una carpeta de papel manila, repleta de papeles, estaba debajo de sus calcetines y su ropa interior. La saqué y la abrí. Estaba llena de fotocopias de expedientes policiales, con los bordes doblados por el constante uso y el paso del tiempo. Vi mi nombre, los nombres de mis hermanas, atisbé algunos fragmentos de nuestra historia mientras hojeaba los papeles, incapaz de apartar la mirada.

Las niñas afirman no tener recuerdos de donde estuvieron o lo que les sucedió.

El oficial ▮▮▮▮▮▮▮▮▮▮▮▮▮ y el oficial ▮▮▮▮▮▮▮▮▮▮▮▮▮ se niegan a permanecer en la misma habitación de las niñas, citando pesadillas compartidas después de haber tomado sus declaraciones.

Las flores encontradas en el cabello de las niñas son híbridos no identificables, posibles pirófilas.

Los perros rastreadores de cadáveres siguen reaccionando a las niñas, incluso días después de su regreso.

Gabe Hollow insiste en que los ojos de las
tres niñas han cambiado, y que los dientes
de leche volvieron a crecer en los lugares
vacíos.

Mi estómago se presionó con fuerza contra mis pulmones.
Cerré de golpe la carpeta e intenté meterla de nuevo en el
cajón, pero se atoró en la madera y se abrió. Todos los papeles cayeron al piso. Me arrodillé y reuní las hojas en una pila
con manos temblorosas intentando no fijarme en su contenido. Fotos, declaraciones de testigos, evidencias. Tenía la boca
seca. Esas hojas se sentían corrompidas y malévolas entre mis
manos. Quería quemarlas, de la misma manera que se quema
una cosecha echada a perder, para que la podredumbre no se
extienda.

Y ahí, hasta arriba de la pila de documentos, encontré una
fotografía de Grey a los once años, dos flores blancas —flores
vivas, reales— crecían del papel, como si estuvieran brotando
de sus ojos.

3

Tenía hambre cuando llegué a la escuela, a pesar de que Cate me había preparado el desayuno. Incluso ahora, años después de que el trauma —cualquiera que éste fuera— había provocado mi inusual apetito, yo *todavía* tenía hambre todo el tiempo. Apenas la semana pasada había llegado a casa hambrienta y había arrasado con todo en la cocina. El refrigerador y la despensa estaban llenos de comida, dado que Cate había hecho la compra quincenal: dos barras de pan rústico fresco, un frasco de aceitunas marinadas, dos docenas de huevos, cuatro latas de garbanzos, una bolsa de zanahorias, papas fritas y salsa, cuatro aguacates... la lista continuaba. Suficiente comida para dos personas durante dos semanas. Me lo comí todo, cada bocado. Comí y comí y comí. Comí hasta que mi boca sangró y mi mandíbula comenzó a dolerme de tanto masticar. Incluso cuando había devorado todos los víveres recién comprados, me comí una vieja lata de frijoles, una caja de cereal rancio y una lata de galletas de mantequilla.

Después de eso, con el hambre por fin saciada, me paré frente al espejo de mi recámara y me giré hacia un lado y otro, preguntándome adónde demonios se iba toda la comida. Yo seguía siendo delgada, sin nada más que una ligera protuberancia en el vientre.

En la escuela, me sentía tensa y nerviosa. Cuando la puerta de un auto se cerró de golpe en la entrada, me llevé la mano con tanta fuerza al pecho, que la piel siguió punzándome. Me alisé la corbata del uniforme e intenté enfocar mi mente. Mis dedos se sentían sucios y olían a algo pútrido, incluso después de haberlos lavado tres veces en casa. El olor provenía de las flores de la foto. Había arrancado una del ojo de mi hermana antes de irme. Era una flor extraña, con pétalos encerados; sus raíces se habían enroscado en el papel como puntadas. La había reconocido. Era la misma flor que Grey había convertido en un patrón y bordado en muchos de sus diseños. La acerqué a mi nariz e inhalé esperando percibir un aroma dulce como el de la gardenia, pero el hedor a carne cruda y a basura me hizo querer vomitar. Dejé la carpeta y la fétida flor en el cajón de mi madre y azoté la puerta de su habitación detrás de mí.

Sentí que mi respiración se volvía más fácil en la escuela y que volvía a ser yo, o al menos la versión de mí que había sido aceptada en la escuela femenil Highgate Wood a través de un cuidadoso proceso de selección. Mi mochila, cuyas costuras se quejaban con el peso de los libros de Python y las guías de estudio de nivel avanzado, hendía sus huellas ardientes en mis hombros. Las reglas y la estructura tenían sentido aquí. A la extrañeza que acechaba en las viejas casas vacías y los matorrales silvestres de los antiguos brezales se le dificultaba impregnar la monotonía de los uniformes y la iluminación fluorescente. Se había convertido en mi santuario, lejos de la extrañeza común de mi vida, aunque no perteneciera a ese lugar, que compartía con los hijos de algunas de las familias más ricas de Londres.

Atravesé con prisa los concurridos pasillos, con destino a la biblioteca.

—Llegaste cinco minutos *tarde* —dijo Paisley, una de la docena de estudiantes a los que les daba tutorías antes y después del horario de clases. Paisley era una menuda chica de doce años que de alguna manera se las arreglaba para hacer que su uniforme tuviera un aspecto *boho chic*. Sus padres llevaban semanas pagándome para intentar enseñarle la programación básica. Lo molesto era que Paisley tenía talento natural. Cuando ponía atención aprendía Python con una elegancia que me recordaba a Grey.

—Lo siento mucho, Paisley. Te daré una hora extra gratis después de la escuela para compensar esto —ella me fulminó con la mirada—. Eso es lo que pensé. ¿Dónde está tu laptop? —agregó ella.

—He oído que eres una bruja —dijo mientras volvía a escribir sin parar en su teléfono; sus rizos caían sobre sus ojos—. Escuché que tus hermanas fueron expulsadas por ofrecer en sacrificio al diablo a un profesor en el auditorio.

Vaya. Los rumores se habían salido de control en los últimos cuatro años, pero honestamente estaba más sorprendida de que alguno de ellos hubiera tardado tanto en llegar a ella.

—No soy una bruja. Soy una sirena —dije, en tanto preparaba mi laptop y abría el libro de texto donde lo habíamos dejado la última vez—. Ahora, enséñame la tarea que te dejé la semana pasada.

—¿Por qué tienes el cabello blanco si no eres bruja?

—Me lo decoloro —mentí. De hecho, una semana antes de que Grey y Vivi se fueran, había intentado teñirlo de algún tono oscuro. Había comprado tres cajas de tinte y pasé una lluviosa tarde de verano bebiendo sidra de manzana mientras pintaba mi cabello. Esperé los cuarenta y cinco minutos que recomendaban las instrucciones, y luego un poco más sólo para asegurarme, antes de enjuagarlo. Estaba emocionada de ver a la nueva yo. Se sentía como una escena de transformación en una película de espionaje, cuando el protagonista huye y se ve obligado a cambiar su apariencia en el baño de una estación de gasolina, después de rebelarse.

Cuando limpié el vapor del espejo, solté un alarido. Mi cabello seguía siendo rubio lechoso, por completo intacto, a pesar del tinte.

—*La tarea* —repetí la orden.

Paisley puso en blanco sus pequeños ojos y sacó la laptop de su bolsa Fjällräven.

—Aquí está —giró su pantalla hacia mí—. ¿Y entonces? —preguntó mientras yo revisaba su código.

—Está bien. A pesar de todo tu esfuerzo estás entendiendo todo esto.

—Qué pena más terrible que ésta sea nuestra última sesión.

Dios, ¿qué clase de niña de doce años habla así?

Chasqué la lengua.

—No tan rápido. Desafortunadamente para las dos, tus padres ya pagaron el resto del curso.

—Eso fue antes de que descubrieran quiénes son tus hermanas —Paisley me entregó un sobre. Mi nombre estaba escrito en el frente con la letra curva de su madre—. Son muy religiosos. Ni siquiera me dejan leer Harry Potter. De pronto, parece que ya no creen que seas una buena influencia para mí —recogió sus cosas y se levantó para irse—. Adiós, Sabrina —dijo con voz dulce mientras salía.

—Vaya —llegó una voz incorpórea—. Algunas personas son *tan groseras*.

—Oh —exclamé, mientras una pequeña rubia con cuerpo de reloj de arena salía de entre las pilas de libros y acercaba una silla frente a mí—. Hola, Jennifer.

En los meses después de que Grey y Vivi dejaron la escuela, cuando la soledad de estar sin ellas me invadía tan profundamente que cada latido me dolía, quise con desesperación hacer amigas entre algunas de mis compañeras. Nunca antes había necesitado amigas, pero sin mis hermanas no tenía con quien comer a la hora del almuerzo y nadie, salvo mi madre, con quien pasar el tiempo los fines de semana.

Cuando Jennifer Weir me invitó a su pijamada de cumpleaños (sospecho que a regañadientes: nuestras madres trabajaban juntas en el Royal Free), acepté con algo de cautela. Fue una aventura apropiadamente elegante: cada chica tenía su propio mini tipi instalado en el gran salón de los Weir, cada uno adornado con guirnaldas de luces y un mar flotante de globos rojos y dorados. Vimos tres películas de la saga *El conjuro* en las primeras horas de la mañana y comimos mucho pastel de cumpleaños y tantos delicados productos de panadería que pensé que alguien terminaría vomitando. Hablamos de los chicos que asistían a las escuelas cercanas y de lo guapos que eran. Nos colamos en la vitrina de licores de los padres de Jennifer y bebimos dos copas de tequila cada una. Ni siquiera a Justine Khan, la chica que me acosaba y que después se afeitó la cabeza frente a toda la escuela, parecía importarle mi presencia. Durante un puñado de horas rosas, azucaradas y suavizadas por el alcohol, me atreví a permitirme imaginar un futuro que se pareciera a eso… y podría haber sido posible, de no haber sido por el ahora famoso juego de la botella que nos llevó a mí y a Justine a la sala de urgencias. Jennifer Weir no me había hablado desde aquella noche, cuando salí de su casa con sangre goteando de mis labios.

—¿Quieres algo? —le pregunté.

—Bueno, de hecho —dijo Jennifer con una sonrisa—, compré boletos para el concierto de esta noche en el café Camden Jazz. Escuché que tu hermana estaría allí.

—Por supuesto que va a estar allí —dije, confundida—. Es parte de la banda.

—Oh, no, tonta, me refiero a tu otra hermana. Grey. Me preguntaba... quiero decir, me encantaría conocerla. ¿Tal vez tú podrías presentármela?

La miré fijamente por un largo rato. Jennifer Weir y Justine Khan (juntas, se hacían llamar JJ) habían convertido mi vida en un infierno durante la mayor parte de estos cuatro años. Mientras que Jennifer me ignoraba, Justine se encargaba de compensar la diferencia: la palabra bruja garabateada en mi casillero con sangre, pájaros muertos metidos en mi mochila, y —una vez— pedazos de vidrio esparcidos sobre mi almuerzo.

—Como sea —continuó Jennifer, mientras su sonrisa de sacarina comenzaba a agriarse—, piénsalo. No sería lo peor que podría pasarte, ya sabes... ser mi amiga. Te veré esta noche.

Cuando se fue, leí la nota de Paisley, en la que sus padres explicaban que habían escuchado algunas "acusaciones preocupantes" y pedían que les devolviera el adelanto. La rompí y arrojé los pedazos al basurero, luego hice el conteo hacia atrás en mi teléfono para saber cuántos días faltaban para la graduación: cientos. Una eternidad. La escuela tenía una larga memoria cuando se trataba de las chicas Hollow y había sido mi carga desde ese mes en que mis dos hermanas se escaparon de la ciudad.

Mi primera clase del día era Literatura. Tomé mi lugar habitual al frente del salón, cerca de la ventana, con mi ejemplar anotado de *Frankenstein* abierto sobre el escritorio, con sus páginas llenas de un arcoíris de notas adhesivas multicolores. Lo había leído dos veces para preparar esta clase y había subrayado cuidadosamente algunos fragmentos y hecho mis apuntes, intentando encontrar el patrón, la clave. Mi profesora de Literatura, la señora Thistle, discrepaba profundamente con este comportamiento: por un lado, una estudiante que cumplía con sus lecturas asignadas —*todas* ellas y, con frecuencia, más de una vez— era una especie de fenómeno. Por el otro, una estudiante a la cual buscar la *respuesta correcta* para un trabajo literario la volvía medio loca.

Afuera lloviznaba. El destello de un movimiento extraño captó mi atención mientras acomodaba mis cosas, y observé a través del vidrio el húmedo barranco de hierba entre los edificios.

Allí, a lo lejos, estaba el hombre de la calavera de toro, observándome.

4

Me puse de pie de manera tan abrupta y con tanta fuerza que mi escritorio volcó hacia el frente y mis libros y bolígrafos se desperdigaron por el piso. El grupo completo, sorprendido por la repentina y violenta interrupción en medio de la tediosa jornada de escuela, quedó en silenció y volteó a mirarme fijamente.

Yo tenía los ojos muy abiertos, la respiración jadeante y el corazón golpeteando en el interior de mi pecho.

—Iris —dijo la señora Thistle, alarmada—, ¿estás bien?

—No se acerque demasiado a ella —advirtió Justine Khan a nuestra profesora. Alguna vez había pensado que ella era hermosa… y probablemente todavía lo era, si no conseguías ver, más allá del barniz de su piel, el charco de veneno estancado en su interior. Ahora usaba su cortina de oscuro cabello largo y lacio, y llevaba un cepillo en su mochila para peinarlo a la hora del descanso. Era tan sedoso y estaba tan bien cuidado que resultaba casi ofensivo. También cumplía el doble propósito de ocultar las cicatrices que mis uñas habían dejado a ambos lados de su cuello cuando me obligó a besarla—. Todos saben que muerde —añadió.

Hubo algunas risitas, pero la mayor parte de las estudiantes parecían estar demasiado nerviosas para saber cómo reaccionar.

—Eh... —necesitaba una excusa, una cubierta para salir de aquí—. Me estoy sintiendo mal —dije mientras me arrodillaba para guardar las cosas en mi mochila. Dejé el escritorio y la silla donde estaban.

—Ve a la enfermería —me indicó la señora Thistle, pero yo ya estaba a mitad de camino hacia la puerta.

Otra cosa buena sobre ser la descarada favorita de los profesores: ellos nunca dudarán si argumentas estar enferma.

Una vez que estuve fuera del salón de clases, me colgué la mochila al hombro y salí corriendo en dirección al lugar donde había visto al hombre, en el oscuro espacio entre dos edificios. El día era gris, sombrío: típico de Londres. El agua fangosa resbalaba por la parte trasera de mis calcetines, mientras corría. Desde donde estaba, ya podía ver que no había nadie allí, pero seguí corriendo hasta llegar al sitio exacto donde él había estado. El aire alrededor de mí se sentía húmedo y olía a humo y a animales mojados. Podía ver mi salón de clases a través de la neblina que formaba la lluvia.

Llamé a Grey. Necesitaba escuchar su voz. Ella siempre había sido buena para calmarme.

La llamada entró directo a buzón de voz; ya debía estar en el avión volando desde París. Dejé un mensaje.

—Hey. Eh... llámame cuando aterrices. Estoy un poco asustada. Creo que alguien me está siguiendo. Bueno. Adiós.

Entonces sin muchas ganas de hacerlo, llamé a Vivi.

—¡Sabía que cambiarías de opinión! —dijo después de que sonó una sola vez.

—No lo he hecho.

—Oh. Bueno, esto es incómodo. Voltea.

Me giré. A lo lejos, en el estacionamiento, pude verla saludando.

—Uff —dije—. Debo irme. Una mujer extraña me está acosando.

A sus diecinueve años, mi hermana era una mujer tatuada, perforada, bajista, fumadora de cigarrillos de clavo de olor, con el cabello rubio rapado, una nariz zigzagueante y una sonrisa tan afilada que podía atravesarte de un tajo. Cuando llegué con ella, en el estacionamiento de la escuela, estaba recostada en el cofre del auto rojo de algún profesor en plena crisis de la mediana edad, sin que la lluvia le molestara ni un poco. A pesar de que acababa de aterrizar de Budapest, no traía equipaje, sólo una pequeña mochila de piel. Iba vestida como aquella canción de Cake, *con una falda corta y una chamarra larga*. Hace dos años, cuando la cicatriz de Grey se convirtió en el accesorio de moda de temporada y las adolescentes comenzaron a marcarse medias lunas en el cuello, Vivi cubrió la suya con un tatuaje de wisteria que se desplegaba por sus clavículas y su espalda, y luego bajaba hasta la mitad de sus brazos. Tenía un perforación en la lengua y otra en la nariz; sus orejas probablemente contenían suficiente metal para fundirlo y hacer una bala.

Grey era fashionista, Vivi era puro *rock and roll*.

La miré de arriba abajo.

—¿Te escapaste del set de *Mad Max*, Furiosa?

Dejó que sus ojos negros se posaran en mí, mientras le daba una calada a su cigarrillo. Pocas personas pueden llevar la cabeza rapada, tener el asqueroso hábito de fumar y, aun así, seguir luciendo como una sirena… Vivi era una de ellas.

—Como digas, Hermione —me dijo, yo volví a pensar en la canción de Cake: *una voz oscura como vidrios entintados*.

—Oh, ése fue un revés brillante —dije, sacudiendo mi cabeza—. Tu mente se está acelerando en la vejez.

Las dos reímos. Vivi se bajó del auto y me jaló para darme un abrazo de oso. Pude sentir la fuerza de sus músculos bajo la pesada cortina de su abrigo. Ella podía arreglárselas sola: se había tomado en serio las clases de defensa personal desde que aquel tipo intentó meterla en su auto.

—Me da gusto verte, niña —dijo.

—Dios, hueles espantoso. ¿Qué *es* esto?

—Ah —Vivi ondeó la mano debajo de sus axilas y empujó el aire hacia mí—. Este nocivo hedor debe ser perfume de Grey.

Hollow, de Grey Hollow, la fragancia que lleva su nombre, la que escondía en pequeños frascos dentro de sus creaciones de alta costura. Hacía dos años, cerca de Navidad, me había enviado un frasco de perfume que olía a humo y a bosque, con algo silvestre y podrido arañando al fondo. Una sola inhalación me hizo caer de rodillas, con arcadas.

Como todo lo que Grey Hollow hacía, se convirtió en un éxito de ventas. Las revistas de moda lo calificaron como embriagador y críptico. Grey envió una caja de esa cosa vil a mi escuela, un regalo de jódete-y-mira-dónde-estoy-ahora para todos los profesores que alguna vez le habían causado alguna aflicción. Lo usaron como si fuera un perfume comercial. Se quedaba impregnado al cabello y a la ropa, como un aura verde y húmeda. Parecía arrastrar otros olores a su órbita y tomarlos como rehenes, notas de leche cortada y de madera podrida tiraban de los bordes del perfume cada vez que el calor se elevaba demasiado. Los salones de clase apestaban. A nadie más parecía importarle el olor.

—¿Cuántos de tus amigos dijeron que no querían encontrarse hoy contigo antes de que me llamaras? —pregunté, aunque ambas sabíamos que ella, igual que yo, no tenía amigos en Londres.

—Como cinco o seis, máximo —dijo Vivi—. Todo el mundo está consiguiendo *trabajo*. Es asqueroso. Entonces, ¿vienes conmigo o no?

—No puedo *irme* simplemente de la escuela.

—Sí puedes. Ya deberías saberlo. Yo lo hacía todos los días.

—Sí, bueno, algunas de nosotras queremos ir a la universidad. Además, Cate se alarmará si escapo de la escuela. Ya fue lo suficientemente difícil que me diera permiso para ir a tu concierto. Ya sabes como es.

—La codependencia entre Cate y tú, y tu respeto por la autoridad son igual de repulsivos. Dame tu teléfono.

Vivi adivinó mi contraseña: 16 por el cumpleaños de Grey, 29 por el de Vivi, 11 por el mío, y llamó a nuestra madre, que respondió de inmediato.

—No, Cate, no hay ningún problema —Vivi puso los ojos en blanco—. Sólo estoy secuestrando a Iris por un día —cruzamos la mirada cuando dijo *secuestrando*. Sacudí la cabeza—. No va a estar en la escuela, así que no enloquezcas cuando revises tu espeluznante rastreador-invasor-de-la-privacidad, ¿de acuerdo?... Sí, lo sé. No, Grey no está aquí. Sólo Iris está aquí conmigo, lo prometo... yo... lo sé... sí, Cate, *lo sé*. Estará a salvo conmigo, ¿de acuerdo?... Sí, me quedaré en casa después del concierto. Yo también tengo ganas de verte. Te amo —Vivi terminó la llamada y me devolvió el teléfono—. Hecho. Tranquila.

Me pregunté cuál habría sido la reacción de Cate si Grey se hubiera presentado en mi escuela sin avisar para intentar sacarme de clases por un día. Probablemente ya habría sirenas de policía sonando a lo lejos.

44

—¿*Secuestrarme?* —dije—. ¿En serio? Vaya virtuosa selección de palabras.

—Fue un accidente. Oh, mierda, alguien viene.

La señora Thistle caminaba apresurada hacia nosotras.

—Iris —dijo—, vine a ver cómo seguías. ¿Te sientes mejor?

—Oh —dije—. No. Creo que debo irme a casa —señalé a Vivi.

La mirada de la señora Thistle se deslizó hacia mi hermana.

—Hola, Vivienne —saludó de manera inexpresiva.

—Hola, *Thistle* —respondió Vivi con un gesto de saludo de la mano... que luego convirtió en el dedo medio levantado. La señora Thistle frunció los labios y volvió por donde había llegado, sin dejar de sacudir la cabeza. Vivi no había sido la alumna más receptiva. La golpeé en el estómago con el dorso de mi mano.

—¡Vivi! —dije.

—¿Qué? No importa cuántas veces le diga a esa vieja bruja que me llamo *Vivi*, a secas, ella insiste en llamarme *Vivienne*. Además, me reprobó.

—Sí, porque jamás entraste a su clase.

—Eso se dice.

Puse los ojos en blanco.

—¿Has sabido hoy algo de Grey?

—No. Desde hace unos días. Intenté llamarla cuando aterricé, pero su teléfono debió haberse quedado sin batería. Pero ella conoce el plan. Vamos. Busquemos algo de comida y ahí esperaremos a que nuestra terriblemente ocupada e importante hermana nos honre con su presencia.

☽

Vivi se pasó el día fumando un cigarrillo de clavo tras otro y bebiendo té Earl Grey con licor de un termo. Había olvidado lo *divertida* que ella podía ser. Después del almuerzo en un local de kebab pasamos la tarde en sus lugares favoritos de Londres: tiendas de guitarra en la calle Denmark, tiendas vintage en Camden, el estudio de tatuajes Flamin' Eight en Kentish Town, donde pasó quince minutos intentando convencerme de que me hiciera un tatuaje en todo el brazo. Comimos croissants y rebanadas de pizza de masa madre, y me contó todo sobre los seis meses desde la última vez que la había visto: la gira europea por Alemania, Hungría y la República Checa, los conciertos en bares en ruinas y almacenes abandonados y piscinas vacías, las hermosas mujeres europeas con las que se había acostado durante el camino, con más detalles de los yo estaba interesada en conocer.

La hora en que Grey se suponía que debía reunirse con nosotras llegó y se fue. Se sentía casi raro pasar tiempo a solas con mi hermana de enmedio, sólo las dos. Durante toda nuestra vida, incluso después de que Vivi y Grey se hubieran mudado, cada vez que nos reuníamos estábamos las tres juntas. Siempre en tríada, nunca en pareja. Sin Grey, me sentía desprovista de algún tipo de anclaje, como si la jerarquía interna de nuestra hermandad se hubiera hundido en el caos. Todas sabíamos nuestros roles: Grey era la jefa, la líder, la capitana, la que se hacía cargo y tomaba decisiones e iba al frente. Vivi era la asistente divertida, la que sugería travesuras, la que contaba chistes, la salvaje… pero incluso con su afición a la anarquía y su aversión a la autoridad, siempre se alineaba detrás de Grey. Casi sospechaba que la razón por la que Vivi se había independizado a los quince años se debía a que quería escapar del férreo control de Grey. Mi papel era ser la más joven, la bebé, alguien a quien proteger. Mis hermanas eran más amables y gentiles conmigo que entre ellas. Grey rara vez me ponía a raya como lo hacía con Vivi. Y Vivi rara vez me gritaba como lo hacía con Grey.

Cuando la tarde se convirtió en noche, le enviamos fotos por WhatsApp de nosotras pasando el tiempo sin ella, de toda la diversión que se estaba perdiendo. Era un tipo especial de castigo entre hermanas: Grey odiaba que la dejáramos fuera, odiaba que nos embarcáramos en planes que no hubieran sido sancionados por ella de antemano. Ella era la general y nosotras éramos su pequeño pero ferozmente leal ejército. *Si Grey saltara de un puente, ¿saltarías tú detrás de ella?*, me había preguntado mi madre alguna vez mientras entablillaba mi meñique roto. Grey se había roto el meñique unas horas antes, así que yo había encontrado el martillo en el taller de cerámica de mi padre y lo había utilizado para destrozar el mío. Era una pregunta sin respuesta. Una pregunta imposible.

Yo no seguía a mi hermana. Yo *era* mi hermana. Yo respiraba cuando ella respiraba. Parpadeaba cuando ella parpadeaba. Sentía dolor cuando ella sentía dolor. Si Grey fuera a saltar de un puente, yo estaría ahí con ella, sosteniendo su mano.

Claro que sí, por supuesto.

Por la noche, nos reunimos con las compañeras de la banda de Vivi para cenar antes del concierto: Candace, una alemana que bebía mucho y tenía una voz como la de Janis Joplin, y Laura, danesa, que parecía un duendecillo y tocaba la batería como una *banshee*. Me había enamorado de alguna manera de ella desde que la vi tocar por primera vez, en un viaje de fin de semana a Praga seis meses atrás. Grey se reunió con nosotras y pasamos dos noches recorriendo las laberínticas callejuelas empedradas del casco antiguo, comiendo sólo *trdelník* y sin beber otra cosa que no fuera absenta.

Cuando vimos a la banda tocar en un bar del sótano iluminado de rojo, Grey coreó en silencio todas las canciones. Era una de las cosas que más me gustaban de ella: podías no verla durante meses y entonces aparecía y se sabía cada palabra de cada canción que habías escrito, y te las recitaba como si fueran poemas de Shakespeare. Grey no sólo *sabía* que yo obtenía buenas calificaciones, sino que se ponía en contacto con mis profesores y les pedía que le leyeran cada ensayo que yo había entregado, y luego me comentaba los méritos la siguiente vez que nos encontrábamos.

¿Y dónde estaba ahora?

Cenamos tazones de pollo *karaage* picante en el pub favorito de Vivi, el Lady Hamilton, que lleva el nombre de la famosa musa y amante del siglo XVIII, Emma Hart. El primer tatuaje de Vivi había sido el cuadro de George Romney de Emma Hart como Circe, una suave belleza de ojos redondos, labios de puchero y cabello azotado por el viento. Yo no estaba segura de si Vivi había descubierto primero el pub o a la mujer, pero sin importar cómo hubiera sido, siempre que venía a Londres, era inevitable terminar comiendo aquí. En su interior, el pub era cálido y acogedor, las paredes y los muebles eran de madera oscura, el techo era un entramado de cornisa bordelesa con florones. Las velas goteaban su cera blanca sobre nuestra mesa mientras cenábamos. Vivi me pasó una copa de vino tinto de la casa a escondidas. Otra diferencia entre mis hermanas: los presupuestos. Si Grey estuviera aquí, tal vez habríamos estado comiendo el menú de degustación en el restaurant de Sketch y bebiendo cocteles de veinte libras como si fuera agua.

Pensé en las clases que tenía al día siguiente, en todo el trabajo de preparación que me estaba perdiendo por haberme tomado la noche libre. Pensé en la cicatriz en la piel del cuello de Laura, en cuál sería su sabor si la besara. Pensé en lo joven que me veía con mi uniforme. Pensé en el hombre con cuernos y en cómo Vivi no podía estar en la ciudad ni diez minutos cuando ya comenzaban a pasar cosas raras.

Después de la cena, deambulamos por la calle Kentish Town con rumbo a Camden, pasando por tiendas y barberías nocturnas, y el olor a aceite caliente que permanecía en las puertas de restaurantes de pollo frito. Incluso tratándose de una noche de invierno, las calles alrededor de la estación de Camden Town estaban llenas de gente: un punk con chamarra de piel y una cresta naranja fluorescente cobraba a los turistas una libra por las fotos; una empresa de vapeo repartía muestras gratis entre la gente que volvía a casa del trabajo o se dirigía al mercado cercano a comprar algo de comida; los juerguistas salían de los bares con iluminación de color ámbar; las parejas se tomaban de las manos de camino al cine Odeón; los compradores llevaban sus bolsas de comida de M&S, Sainsbury's y Whole Foods.

El grupo de Vivi, Hermanas de lo Sagrado, había sido contratado para tocar en el Jazz Café, que, al contrario de lo que el nombre podría sugerir, no era en realidad un café de jazz, sino un club nocturno y un local de música en vivo en una antigua sucursal del banco Barclays. Sus columnas blancas y sus ventanas arqueadas le conferían un aire de falsa Grecia, y las letras azules de neón lo anunciaban a bombo y platillo como EL MÁS FAMOSO LOCAL DE JAZZ DE LONDRES. A pesar del frío, ya había una fila en la entrada, lo que hizo que Vivi y sus compañeras de la banda se asombraran.

—¡Vaya! —dijo Laura—. ¿Ahora somos famosas?

Las Hermanas de lo Sagrado era una banda semidesconocida en las escenas *underground* de las ciudades más fantásticas y aficionadas al *grunge* del continente, pero ciertamente no era famosa. No de la manera en que Grey lo era.

Vivi se quedó mirando fijamente la fila de gente y encendió un cigarrillo.

—Puede que le haya comentado al encargado del local que mi hermana y una pandilla de supermodelos escasamente vestidas vendrían a ver nuestro concierto si nos contrataban.

—¿Éste es el término correcto para una multitud de supermodelos? —preguntó Candace—. ¿Pandilla?

—Lo es, en efecto, Candace.

—Vender a tu propia hermana para exhibirla es una acción un poco falta de moral —dije.

—Las supermodelos se *inventaron* para vender mierda a la gente —dijo Vivi—. ¿Qué sentido tiene ser pariente directa de una si no la utilizo de vez en cuando para mi beneficio?

—¡Ay, Dios mío, Iris! —una mano me saludaba frenéticamente desde la fila—. ¡Aquí!

Jennifer Weir y Justine Khan se encontraban paradas cerca de la puerta de entrada. Jennifer era la que me estaba saludando. Justine tenía los brazos cruzados y tan sólo miraba fijamente al frente, con la mandíbula apretada.

—¿Amigas tuyas? —murmuró Vivi, mientras Jennifer se escabullía de la fila y jalaba a Justine detrás de ella.

—Enemigas mortales, de hecho —respondí en un susurro.

—¡Dios mío, esperaba encontrarme con ustedes! —dijo Jennifer—. Llegamos temprano y hemos estado esperando en la fila como una hora.

—¿Grandes admiradoras de la banda? —preguntó Vivi.

—Oh, claro, sí —respondió Jennifer.

La mirada de Vivi se deslizó hacia Justine.

—Me pareces familiar —mi hermana chasqueó sus dedos y luego los apuntó hacia ella—. ¡Ya sé! ¡Tú eres la chica que rasuró su cabeza frente a toda la escuela! Eso fue tan rudo —Vivi alargó su mano y enroscó un mechón del largo cabello de Justine alrededor de sus dedos—. Es una pena que te lo hayas dejado crecer. Lo prefería corto.

—No me toques, bruja, ¡carajos! —espetó Justine. Enseguida se dio media vuelta y se dirigió a un restaurante italiano al otro lado de la calle.

—¡Justine! ¡Justine! —la llamó Jennifer—. Me disculpo por ella. No sé qué le pasa —Jennifer se giró hacia mí—. ¿Está aquí tu hermana? ¿Vendrá?

—Yo soy su hermana —intervino Vivi.

—Creo que vendrá —dije—. No hemos sabido nada de ella hoy.

—¿Crees que irán al Cuckoo después? —preguntó Jennifer—. Ay, Dios, ¿crees que Tyler Yang esté allí?

—¿Cuckoo?

—Sólo el club nocturno más genial y ultraexclusivo de Londres, boba. Es imposible que los humanos normales entren, pero Grey y Tyler van cuando ella está aquí.

Una sonrisa lenta y aguda se extendió por el rostro de Vivi. Despreciaba que la gente hablara de nuestra hermana como si la conociera. Grey era nuestra. Nos pertenecía.

—Nos aseguraremos de avisarte —dijo, manteniendo la sonrisa—. Hasta luego.

Al parecer, Jennifer no se dio cuenta de que estaba siendo despedida.

—Oh, en realidad, perdí mi lugar en la fila. ¿Crees que podría entrar contigo? Me *encantaría* conocer lo que hay detrás del escenario.

Vivi dio una larga y última calada a su cigarrillo y dejó que el humo con aroma a clavo floreciera en la cara de Jennifer.

—¿Conoces algo de nuestra música... o sólo viniste aquí para acosar a Grey? ¿Puedes nombrar una de nuestras canciones? Jennifer tartamudeó.

—Yo... no creo... Eso no es justo.

—De hecho —dijo Vivi, en tanto apagaba su cigarrillo con la bota—, ¿cómo se llama nuestra banda?

Nuevamente, Jennifer hizo sonidos de peces jadeantes.

—Sí, eso es lo que pensé —dijo Vivi—. Vuelve a la fila.

—Ah. La clásica Vivi. Haciendo amigos adonde quiera que va —reflexionó Laura mientras los cadeneros nos abrían las puertas y nos dirigíamos al interior.

Vivi rodeó con sus brazos los hombros de sus compañeras de banda y entró pavoneándose al club como la estrella de rock que era.

—Los malditos acosadores nunca cambian —dijo, sin tener en cuenta que mañana sería yo quien tendría que enfrentarse a esa maldita acosadora en cuestión (que ahora mismo me estaba fulminando con la mirada, de brazos cruzados) y a sus secuaces en la escuela.

☾

Pasamos el rato entre bastidores mientras los teloneros calentaban al público. Luego, cuando las Hermanas de lo Sagrado subieron al escenario y Grey seguía desaparecida, le envié otro mensaje:

Ya van a empezar. ¿DÓNDE ESTÁS?

Era raro que no hubiera visto mis mensajes anteriores. Vivi podía pasar semanas sin revisar las redes sociales, pero Grey estaba encadenada a ellas. Abrí Instagram. Mi cuenta estaba configurada como privada, pero tenía miles de solicitudes de mensajes. Todo el mundo quiere un trozo de ti cuando tu hermana es famosa. O, mejor dicho, quieren un trozo de tu hermana, y quieren que tú se lo entregues. Los *gul* acechaban mi Instagram, mi Facebook, hambrientos de una muestra filtrada de ella.

Vas a la escuela con mi primo. Creo que eres preciosa. Envíame una foto tuya desnuda, preciosa. (¡O de tu hermana, si tú eres demasiado tímida!)

Dile a Grey que si rompe el corazón de Tyler la mataré. Literalmente.

Hey, tengo una teoría sobre lo que les pasó cuando eran niñas. ¿Han considerado la posibilidad de que hayan sido abducidas por extraterrestres? El tío abuelo de mi mejor amiga trabaja en el Área 51 y dice que tiene pruebas. Puedo compartir los detalles por un módico precio. ¡Envíame un mensaje!

Sé que quizá nunca leerás esto, pero siento que estoy DESTINADA a convertirme en una modelo y te agradecería mucho que le pasaras mis fotos a tu hermana.

Revisé el perfil de Grey para ver si había publicado algo recientemente. Grey Hollow, supermodelo, tenía noventa y ocho millones de seguidores. NOVENTA Y OCHO MILLONES. Había fotos de ella con otras supermodelos, fotos de ella en portadas de revistas, fotos de ella entre bastidores en conciertos con estrellas del pop, fotos de ella en yates, fotos de ella con su novio modelo, Tyler Yang, en algún club iluminado de rosa —el Cuckoo, supuse—, en Mayfair.

Grey me había hablado por primera vez de Tyler hacía seis meses, durante nuestro viaje a Praga, después de que cada una de nosotras había bebido unos cuantos tragos de absenta en unas delicadas copas. Estábamos sentadas juntas en una cabina de un club nocturno, cálidas y relucientes desde el interior gracias al alcohol y al ajenjo, con su cabeza apoyada en mi hombro mientras veíamos a Vivi moverse en la pista de baile con una chica que había conocido en la barra. Grey levantó su mano izquierda y yo levanté la derecha y juntamos las yemas de los dedos en un arco. Sentí el latido de su corazón en mi piel, en mi pecho, sentí el fuerte lazo que nos mantenía unidas.

—Creo que estoy enamorada de él —dijo en voz baja, con su aliento cargado de azúcar y anís. Pude oír la sonrisa en su voz. Yo ya sabía que lo amaba. Lo había sabido desde el día anterior, cuando nos encontramos en el aeropuerto Václav Havel y la abracé por primera vez en meses. Olía diferente. Olía… más suave, de alguna manera. Le sentaba bien. Estar enamorada la hacía aún más embriagadora.

Me sorprendió y no me sorprendió a partes iguales. No me sorprendió porque ya sabía que estaban juntos. Había visto fotos de los *paparazzi* de ellos tomados de la mano en la portada de revistas sensacionalistas, y Tyler había empezado a aparecer con cada vez mayor frecuencia en sus historias de Instagram. Me sorprendió porque Grey nunca había tenido un novio de verdad, sólo amantes que le interesaban por un breve tiempo, y —a diferencia de Vivi, que hablaba con frecuencia de los detalles de su vida amorosa y sexual—, Grey era una caja cerrada. No compartía más que bocados.

—¿Tyler Yang? —le pregunté, y ella asintió, somnolienta.

—Es muy especial —continuó—. Sabrás lo que quiero decir cuando lo conozcas.

El encuentro aún no había tenido lugar, pero tal vez sería esta noche... si es que ella se molestaba en aparecer.

La última publicación de Grey era de cinco días atrás: una imagen de ella con un vestido de tul verde, recostada contra un barandal rojo, con una copa de champán en la mano; su piel lucía saturada de una luz rosa fluorescente, su cabeza rubia parecía envuelta en aliento de bebé. *#TBT Semana de la Moda en Londres,** decía el pie de foto. El lugar fue etiquetado como el Club Cuckoo. A algo más de quince millones de personas les había gustado.

En el interior del Jazz Café había dos niveles: el inferior, con el escenario, el público apretado contra él, la banda empapada de luz naranja y rayos láser. Por encima, en el mezzanine, un restaurante y un bar envolvían el espacio para aquellos que preferían beber vino a empaparse de cerveza en el *mosh pit*. Vi a las JJ sentadas en una mesa redonda, ambas con aspecto malhumorado.

Grey no estuvo ahí para la primera canción, ni para la segunda, ni para la tercera. Candace se movía por el escenario con el pavoneo típico de Mick Jagger, el sexo personificado,

---

* #TBT, abreviatura de *Throwback Thursday*, o "recuerdos de los jueves", es un *hashtag* común en redes sociales, sobre todo en Instagram, que se utiliza para aclarar que se trata de una foto del pasado, un recuerdo. (N. del T.)

pero yo observaba a Laura, un dedal de mujer con ojos de Bambi transformada en una bestia mientras atacaba su batería. El cabello en la cara, el sudor y la saliva volando, su camiseta subiéndose para revelar un vientre plano.

El público estaba encantado con la banda, pero a la cuarta canción yo ya estaba distraída, preocupada. No dejaba de buscar a mi hermana mayor, segura de que se acercaría por detrás de mí y me taparía los ojos en cualquier momento, pero no aparecía.

Entonces, hacia el final del concierto, ocurrió algo.

En el escenario, Vivi dejó de tocar el bajo y dejó caer los brazos, que quedaron flácidos a sus costados. Miraba fijamente a alguien o algo en el público detrás de mí, con un velo sobre sus ojos. Me giré para ver qué observaba fijamente, pero la sala estaba a oscuras y llena de gente. Laura y Candace intercambiaron miradas confundidas e intentaron captar la atención de Vivi, sin suerte. Ella estaba congelada, con los ojos muy abiertos, respirando rápida y superficialmente a través de su boca temblorosa. Candace se movió por el escenario mientras cantaba y le dio un codazo a Vivi, que parpadeó con furia y sacudió la cabeza. Encontró mis ojos entre la multitud. Una lágrima resbaló por su mejilla.

Entonces supe que algo estaba muy mal.

Vivi tragó saliva y volvió a aferrar su instrumento. La banda tocó dos canciones más, pero Vivi parecía desganada y seguía cometiendo errores. Cuando el público pidió otra canción tras la última, sólo Candace y Laura subieron al escenario para hacer una versión acústica. Me abrí paso entre la multitud y me escabullí entre los bastidores. Vivi estaba fumando un cigarrillo como si estuviera conectada a un tanque de oxígeno, con la cabeza entre las rodillas.

—Dios —dije. Corrí al lavamanos, mojé un trapo y se lo pasé por la coronilla, que parecía pelusilla de durazno—. ¿Qué demonios pasó allá afuera? ¿Estás bien?

—No lo sé. No lo sé —un collar de saliva surgió de su boca abierta y cayó al suelo entre sus pies—. Creo que tuve un ataque de pánico.

—Viste algo —dije.

Vivi negó con la cabeza.

—Sí, viste algo —insistí—. ¿Qué fue?

Se incorporó. Sus labios estaban teñidos de un azul tenue y su piel estaba húmeda de sudor.

—Un hombre. Pero no era un hombre. Un... tipo con un cráneo de toro sobre su cabeza.

Me levanté y saqué mi teléfono.

—Voy a llamar a la policía.

—¿Qué? No. Iris, en serio, estaba oscuro y tal vez todo fue una alucinación...

—Yo también lo vi hoy. *Dos veces*. Estuvo en mi escuela. Un tipo alto y sin camisa disfrazado como un minotauro demoniaco en descomposición.

—*¿Qué?*

—Sí. Así que no, no estabas alucinando. Algún acosador enfermo de internet ha decidido asustarnos, como aquella mujer que entró en casa cuando éramos niñas, y eso no lo voy a permitir.

Vivi frunció el ceño.

—Iris... sabes que no es eso, ¿verdad?

Dudé.

—Mmm. ¿No?

—Reconocí... su olor. No puedo explicarlo. Me resultó... familiar.

Me quedé mirando a mi hermana durante un largo rato, y luego a mi teléfono, que seguía sin mostrar ninguna notificación de nuestra hermana mayor.

—¿Dónde está Grey, Vivi? ¿Por qué no está aquí?

—No lo sé.

—Grey no falta a estas cosas. Si dice que hará algo, lo hace. Si ella no viene a nosotras, nosotras iremos a ella.

5

Nos escabullimos por la puerta trasera del Jazz Café aunque Laura y Candace seguían en el escenario, y luego nos apresuramos hacia la abarrotada boca de la estación Camden Town, revisando por encima del hombro durante todo el trayecto que no nos estuviera siguiendo quien fuera —o lo que fuera— que nos estaba acechando.

Vivi seguía nerviosa. En el tren, respiraba entre sus manos ahuecadas para calmar su estómago. Pasaron unas cuantas paradas antes de que el color volviera a sus mejillas y los puntos de sudor dejaran de brotar de su frente.

Salimos del metro en Leicester Square, en un mundo al que Vivi ya no pertenecía. En Camden, sus tatuajes y sus perforaciones no parecían estar fuera de lugar, pero aquí, mientras caminábamos rápido entre las multitudes de turistas, los restaurantes de cadena y los quioscos que vendían entradas para *Matilda* y *Magic Mike*, era una rareza.

Entramos en el edificio del departamento de Grey con los códigos de acceso que nos envió cuando compró el departamento, hacía un año, aunque estaba en Londres con tan poca frecuencia que ni Vivi ni yo habíamos ido a visitarla nunca. Imágenes horribles se filtraron en mis pensamientos cuando subíamos en el elevador hasta el *penthouse*, una tras otra, como si en mente tuviera uno de esos viejos proyectores de diapositivas: Grey, tirada con una sobredosis en el suelo del baño; Grey, asesinada por el hombre del cráneo de toro. Sin embargo, cuando abrimos la puerta principal, encontramos el lugar ordenado, inmenso e impersonal. Las luces de la ciudad se filtraban a través de las ventanas que iban del suelo al techo y daban al Támesis. El London Eye giraba lentamente a lo lejos.

No había señales de nada extraño. De hecho, había muy pocas señales de que alguien viviera allí. Un par de libros ilustrados sobre moda, pero ningún librero repleto hasta reventar de los oscuros cuentos de hadas que a Grey le encantaban cuando era adolescente. Una elegante cocina de mármol blanco brillante con suelos de concreto pulido, pero nada de madera, de calidez, de comida. El aire tenía un sabor amargo y un aroma a lejía y amoniaco. Todo el mobiliario parecía haber sido elegido por un diseñador de interiores, y luego decorado e iluminado para una sesión fotográfica de *Vogue* sobre anodinas casas de celebridades.

No se sentía como Grey. El cerebro de Grey era caótico. Cuando era adolescente, su habitación jamás había estado ordenada. Sus calcetines nunca habían hecho juego. Siempre llegaba al menos quince minutos tarde a todo. Nada en su vida había sido limpio u organizado. Irrumpía con fuerza en el mundo como un tornado en forma de niña y dejaba un rastro de destrucción tras ella. Eso es lo que había sido a los diecisiete años, al menos. Tal vez convertirse en supermodelo y diseñadora de moda había cambiado todo eso, pero parecía tan imposible como cambiar los huesos de un esqueleto.

Vivi y yo recorrimos el departamento en medio de un inquietante silencio, pasando las yemas de los dedos por las posesiones de Grey. Los sofás, los espejos, los relojes y los armarios. Se sentía como algo clandestino estar así en el espacio personal de otra persona. Como si pudiera abrir cualquier cajón o puerta o armario, y encontrar allí el alma desnuda de mi hermana, pulcramente doblada. Un estremecimiento se apoderó de mí. De repente volvía a tener diez años y estaba obsesionada con mi hermana mayor. Por aquel entonces, el dormitorio de Grey había sido un templo en tiempos de guerra, un lugar de culto en él que tenía que colarme cuando su guardiana estaba desprevenida. Cuando sabía que ella iba a estar fuera de casa por al menos un par de horas empujaba la puerta y empezaba a explorar. Sólo lo hacía cuando sabía que podía tomarme mi tiempo, saborear la experiencia. Su bolsa de maquillaje era una de mis favoritas, un cofre de tesoros que parecía no tener fondo, lleno de brillos y destellos que me dejaban la piel pegajosa y coloreada. Quería vivir en su piel, saber lo que era ser tan hermosa y misteriosa como Grey Hollow.

Pero este departamento no era el hogar de la hermana que yo conocía. Cuando Grey soñaba con huir, no había sido a un lugar como éste. Había sido a algún escondite majestuoso y oscuro de Budapest o Praga, un lugar envuelto en terciopelo y oropel. La petición de Vivi a Grey fue que el lugar tuviera una biblioteca. Lo único que yo quería era que hubiera suelos de tablero de ajedrez en blanco y negro en la cocina y los baños, como los que ponía en todas mis casas de *Los Sims 4* cuando jugaba. A los trece años, eso era lo que yo consideraba el colmo de la opulencia.

Aquí no encontramos ninguna de esas cosas.

—Es como si un diseñador de interiores se hubiera masturbado aquí —dijo Vivi, golpeando con las uñas un jarrón—, y hubiera eyaculado encima de todo.

—Asqueroso.

—Pero cierto. Nada de esto es Grey. Debe haberle pagado a alguien por hacerlo. Eso o un reptiliano cambiaformas está usando su piel.

—No sabía que los reptilianos cambiaformas fueran famosos por sus habilidades en la decoración de interiores.

—Y ésa es la razón por la que nunca serás parte de los Illuminati.

El dormitorio principal era algo salido de un hotel de lujo: elegante, moderno, carente de alma. La cama estaba dispuesta de manera impecable, y no había objetos personales a la vista, ni siquiera un cepillo para el cabello o una fotografía. Abrí el vestidor. También aquí estaba minuciosamente ordenado. Filas y filas de zapatos de tacón sin usar, brillantes como lomos de escarabajo. Pasé los dedos por encima de la ropa. Lentejuelas y terciopelo trenzado y seda, todo excesivo y costoso.

Óscar de la Renta, Vivienne Westwood, Elie Saab, Grey Hollow.

Vivi levantó unos pantalones de piel de serpiente.

—La teoría del reptiliano cambiaformas reptilianas está empezando a comprobarse.

—No parece que alguien haya estado aquí en semanas —dije.

—No parece que alguien haya estado aquí *nunca*.

—¿Supongo que contrató a alguien que viniera a limpiar o algo así?

Vivi pasó un dedo por una repisa del guardarropa; no había polvo.

—Tiene que ser así, ¿cierto? Grey *no* es tan pulcra.

—¿Qué hacemos ahora? —pregunté.

Vivi se encogió de hombros.

—No sé si deberíamos de estar preocupadas. Tal vez ni siquiera llegó de París.

Volví a mirar el guardarropa de Grey. El vestido de tul verde que había llevado al Club Cuckoo en su publicación de Instagram de hacía cinco días estaba ahí, planchado y sin vida ahora que no tenía su cuerpo para animarlo.

—Si vino a Londres, creo que sé dónde podría estar.

☽

Se sentía como un ritual sagrado. Algo que yo había esperado toda mi vida. Sentarme donde ella se sentaba, maquillar mi cara con sus cosméticos, meter mi cuerpo en su ropa. Convertirme en Grey.

Buscamos en su vestidor y nos pusimos su ropa. Incluso Vivi, a la que por lo general no le impresionaba la moda, a menos que estuviera rasgada o repleta de pinchos, se quedó sin aliento y mareada ante la perspectiva de un acceso ilimitado al guardarropa de Grey. Nos probamos una prenda tras otra. Al final, me decidí por un minivestido dorado y un abrigo de seda verde que se deslizaba sobre mi piel como si fuera telaraña. Vivi eligió un traje rojo cardenal con pantalones *cigarette* y labial a juego, con la pelusilla de durazno pegada al cráneo con un gel brillante.

Llamé a Grey una y otra vez durante el trayecto en taxi hasta el Club Cuckoo, segura de que estábamos exagerando, segura de que respondería a mi siguiente mensaje y de que Vivi y yo pasaríamos el resto de la semana avergonzadas por nuestra estupidez, pero Grey no respondió, nunca leyó ninguno de mis mensajes.

Nos bajamos del taxi en la calle Regent y caminamos por debajo de un enorme arco sombreado hasta la callejuela donde se alojaba el Club Cuckoo. Guirnaldas de luces de cubrían la calle como una red, y los restaurantes seguían bullendo con bebedores nocturnos y comensales acurrucados bajo los calentadores exteriores. No había fila afuera del club. La puerta era discreta, sin marcas. Una pareja que caminaba delante de nosotras llamó al timbre y la puerta se abrió un par de centímetros para que se filtrara la luz púrpura de neón y la música *electro house*. Mantuvieron una conversación en voz baja con la persona que acudió a la puerta y luego fueron rechazados.

Vivi y yo éramos las siguientes. Llamé al timbre. Nos abrió la puerta una mujer rubia y bajita con ojos de gato.

—*Sur la liste?* —preguntó, pero enseguida nos miró de cerca y se quedó con la boca ligeramente abierta. Éramos los fantasmas de Grey; por supuesto, nos reconoció—. No está aquí —dijo en nuestro idioma; su acento era tan fuerte que su lengua sonaba como si estuviera hinchada.

—¿Sabes dónde está? —preguntó Vivi.

—Se lo dije a su amigo ayer: no la he visto.

—¿Alguien más la estaba buscando? —pregunté—. ¿Quién?

La expresión de la mujer se ensombreció.

—Un hombre. Un hombre que olía a… muerte y a incendio.

Los latidos de mi corazón se aceleraron. Pensé en la mujer que se había colado por la ventana de mi habitación cuando era niña y me había cortado un mechón de cabello, en el hombre que había intentado meter a Vivi en su auto porque había leído sobre ella en internet.

—¿Dijo por qué la buscaba? —pregunté—. ¿Qué quería?

La mujer negó con la cabeza.

—No le permití entrar. Él era… Sus ojos. Eran negros, como la tinta. Me dio miedo.

Vivi y yo compartimos una mirada y un pensamiento: *Tenemos que encontrarla.*

—Queremos hablar con este tipo —le mostré a la presentadora una foto del novio de Grey—. Tyler Yang. ¿Está aquí?

—Sí, pero esta noche tenemos un evento privado —dijo, vacilante—. Si no están en la lista de invitados, no las puedo dejar...

—No se lo diré a nadie si tú no lo haces —dijo Vivi, prácticamente ronroneando. Posó su dedo contra los labios de la mujer y eso fue suficiente. La mujer cerró los ojos ante el contacto de Vivi, aturdida y embriagada por el excitante olor de la piel de mi hermana. Con los ojos aún cerrados, abrió la boca y chupó el dedo de Vivi.

Ya había visto a mis hermanas hacer esto antes. Yo también lo había hecho, un par de veces, aunque su poder me aterraba. Las cosas que podía hacer la gente cuando estaba embriagada de mí.

Cuando la mujer abrió los ojos, sus pupilas eran enormes y su aliento olía a miel y a madera podrida. Vivi le acarició la mejilla y se inclinó para susurrarle:

—¿Quieres dejarnos entrar?

La recepcionista abrió la puerta, mareada, con una sonrisa boba en la cara. Su mirada estaba fija en Vivi. A la luz púrpura del vestíbulo, vi lo mismo que ella: lo espantosamente hermosa que era mi hermana, más afilada y delgada que Grey, un florete donde Grey era una espada.

—No deberías hacerle eso a la gente —dije mientras avanzábamos por un pasillo hacia la fuente de la música. Un sonoro bajo saltó en mi pecho.

—¿Hacerle qué? —preguntó Vivi.

—Lo que sea que sea eso.

El club —el favorito de Grey, si se podía creer en su Instagram— estaba iluminado desde todos los ángulos por chillantes luces rosa neón. Para el evento privado, el techo había sido adornado con un bosque de flores de cerezo que caían sobre la pista de baile. Las cubetas de Dom Pérignon, cuyas etiquetas brillaban en la oscuridad, daban a cada mesa una ligera fosforescencia verde. La barra era dorada y de vidrio, y estaba enmarcada por un conjunto de suntuosas cortinas de terciopelo morado. Las bebidas se servían en vasos altos e imposiblemente elegantes que se parecían mucho a las mujeres altas e imposiblemente elegantes que bebían en ellos. La mayoría de los asistentes pertenecían a la industria de la moda —modelos, diseñadores, fotógrafos—, pero también vi a un famoso rapero, a una pareja de actores de una serie de culto estadounidense para adolescentes y a la hija *socialite* de una leyenda del rock británico. Muchos nos dedicaron una doble mirada al pasar, y luego se inclinaban para hablar en voz baja.

—Mantén los ojos abiertos hasta que lo encontremos —le dije a Vivi.

—¿Cómo sabías que estaría aquí?

—Grey está aquí todo el tiempo. Tyler siempre está en sus fotos.

Tyler Yang era un modelo coreano-británico muy tatuado que se había ganado una reputación en el mundo de la moda por la facilidad con la que su estilo difuminaba las fronteras de género. Rara vez se le veía con algo que no fuera atrevido: trajes florales de Gucci, blusas de encaje hechas a la medida, hilos de perlas antiguas, camisas con lazo, mocasines de tacón. Sus ojos estaban siempre delineados, sus párpados y labios embadurnados con una tienda entera de caramelos de brillantes colores pop.

La sexualidad de Grey era un tema muy debatido, pero finalmente no confirmado. ¿Salía con ese ángel de Victoria's Secret o con ese joven actor de Hollywood? Vivi y yo sabíamos que Grey era heterosexual. Para ella siempre habían sido los hombres, del mismo modo que para Vivi siempre habían sido las mujeres.

Para mí habían sido ambos. Mi primer beso había sido con Justine Khan en el juego de la botella en la pijamada de Jennifer Weir. Su boca era suave y su perfume olía a brillo labial y a glaseado de vainilla. Se suponía que tan sólo se trataba de un poco de diversión y risas, pero encendió algo dentro de mí. Una bola de discoteca en mi pecho, un hambre insistente en algún lugar en mi interior que me hizo desear hurgar con mis dedos a través de su entonces corto cabello y presionar mis caderas contra las suyas. Me confirmó algo sobre mí que ya sospechaba desde hacía tiempo. El beso también le hizo algo a Justine, algo extraño y siniestro. Me besó una y otra vez, hambrienta e insistente, hasta que intenté apartarla y ella me obligó a seguir, hasta que me mordió el labio con tanta fuerza que me hizo sangrar, hasta que sus uñas me dejaron sus marcas como de garras en los brazos y entonces tuve que empezar a forcejear con ella, hasta que todas las chicas que nos observaban se dieron cuenta de que ya no era un juego y tuvieron que arrancarla de mí, gimiendo y echando espumarajos por la boca. La historia se había retorcido con el tiempo, de modo que ahora las chicas de la escuela decían que *yo* había sido quien la había mordido, que *yo* había sido quien no la dejaba ir, que *yo* era la bruja loca que había intentado arrancarle la cara de un mordisco.

Seguía siendo el menos aterrador de los dos besos que yo había soportado.

—Ahí —dijo Vivi, señalando la pared del fondo.

Tyler estaba en una cabina de terciopelo rosa, metido entre una estrella del pop y una supermodelo. Una antigua estrella adolescente de Disney rondaba cerca, tratando de encontrar una manera de entrar en conversación.

Me di cuenta de por qué a Grey le gustaba Tyler: el ramillete de cabello negro anudado en la coronilla, la fuerte línea de su mandíbula, los músculos que se tensaban bajo sus tatuajes. Esta noche, sus ojos castaños estaban delineados con kohl y sus labios estaban pintados de verde. Llevaba una blusa lila transparente y unos pantalones de cintura alta, de esos que a los hombres les gustaba usar en los años veinte. La brillante etiqueta de Dom Pérignon confería a su piel un aspecto como de absenta. Las mujeres eran hermosas, pero Tyler Yang era —igual que Grey— increíblemente impactante. Me humedecí los labios.

—Maldita sea, ¿es quien creo que es? —dijo Vivi, mirando a la supermodelo—. Es un ángel de Victoria's Secret, ¿verdad? Creo que acaba de romper con su novia.

—Contrólate —dije—. Estamos investigando la misteriosa desaparición de nuestra hermana. No es momento para fraternizar.

—Lo dice la chica que babea por Tyler Yang. El *novio* de la hermana desaparecida.

—No estoy babeando.

—Quizá no con tu boca.

—Asqueroso.

—Pero cierto.

Tyler nos vio en ese momento. Hicimos y mantuvimos el contacto visual a través de la habitación.

—Eh… No parece muy contento de vernos —dijo Vivi.

La expresión de Tyler se había agriado hasta convertirse en vinagre. Ahora tenía los ojos oscuros y la mandíbula desencajada. Levantó uno de sus delgados dedos y lo curvó hacia sí mismo. *Vengan.*

—Parece que nos están llamando —dije.

—Bueno, ésa es toda la invitación que necesito —Vivi me empujó y se dirigió a la modelo. Descarada. Cuando nos acercamos a la mesa, sin embargo, Tyler habló en voz baja con las mujeres y éstas se levantaron y se dirigieron hacia la barra, dos diosas envueltas en la luz de las estrellas.

—No, ¿por qué se van? —dijo Vivi, mirando fijamente a las mujeres mientras se deslizaban entre la multitud. Mi teléfono sonó en mi mano. Miré la pantalla, pero el mensaje era de mi madre, no de Grey. Mierda. Con todo este pánico de intentar encontrar a Grey, olvidé mi toque de queda.

Regresaré pronto a casa, le escribí a Cate, y luego activé el modo avión para evitar que se apareciera en el club para acompañarme de regreso.

—Las Pequeñas Hollow —dijo Tyler, mirando de Vivi a mí—. Tienen que serlo.

—Somos las hermanas de Grey —dije mientras nos sentábamos.

—Si las envió para disculparse, no me interesa escuchar.

—¿Disculparse por qué? —preguntó Vivi.

—Oh, ya sabes, por ser una *bruja* mentirosa y tramposa.

Vivi levantó las cejas. Yo apreté los dientes. Ambas odiábamos esa palabra.

—Estamos aquí porque no podemos encontrar a Grey —dijo—. Nos preocupa que pueda haber desaparecido.

Tyler rio, pero no era un gesto amable.

—No, no ha desaparecido.

—¿Cuándo la viste por última vez? —pregunté.

—No lo sé. Hace unos días, cuando rompimos. Supongo que no la he visto desde entonces.

—¿Rompieron? —preguntó Vivi.

—Sí.

—¿Por qué? ¿Tuvieron una pelea?

—Eso es lo que suele ocurrir cuando una pareja rompe.

La mandíbula de Vivi se ladeó hacia abajo. Todavía estaba el fantasma de una sonrisa en sus labios, pero sus ojos eran afilados. Listos para matar.

—¿Te enojaste? —por la forma en que lo preguntó, era casi como si estuviera coqueteando—. ¿Le hiciste daño?

Tyler revolvió su bebida.

—No me gusta el rumbo que está tomando esto.

Intentó ponerse en pie, pero Vivi lo agarró por el cuello y tiró de él hacia abajo. Se acercó a él y enganchó su pierna sobre su muslo; para cualquiera que la viera, habría parecido seductora, no amenazante.

—Eres la primera persona a la que acudirá la policía después de que la llamemos —dijo Vivi, con los labios cerca de la oreja de Tyler. Me senté más erguida al oír la palabra *policía*. Vivi estaba alardeando, seguramente. Todavía no era tan grave, ¿verdad?—. El exnovio. Sabes que es verdad. Así que cuéntanos qué pasó —ella le acarició la mejilla, pero cualquier hechizo empalagoso que hubiera utilizado con la recepcionista, no estaba funcionando con él.

Él es muy especial, me había dicho Grey. *Sabrás lo que quiero decir cuando lo conozcas*. ¿Era esto a lo que se refería?

Tyler se veía de la misma manera en que yo me sentía: aterrorizado.

—Vaya, calma, calma. ¿Policía? ¿Por qué quieres involucrar a la policía?

—Porque no podemos encontrarla, idiota —dijo Vivi—. No hemos podido contactarla. La *hostess* de esta noche dijo que un tipo extraño la estaba buscando. Algo podría haberle *pasado*.

—Grey siempre desaparece. No es nada nuevo.

—¿Qué quieres decir? —pregunté.

—Desaparece de la faz de la Tierra por días enteros, ¿de acuerdo? No responde a las llamadas, falta al trabajo, a las citas, a las pruebas. Todos los demás están acostumbrados a eso. Era parte de su misterio. ¿Aparecería o no aparecería? Todo muy emocionante. Pero apesta cuando sales con ella. Su hermana era una pésima novia.

Vivi se erizó.

—Ten mucho cuidado con lo que dices de ella.

—¿Por qué? ¿Hablaría mal de ella si le hubiera hecho algo? No. Lo digo en serio, Grey era una mala novia. Había alguien más, supongo. Por eso rompimos. Y ésa es la persona con la que probablemente se encuentra ahora.

—¿Grey te engañó? —pregunté. No sonaba como ella. Grey era salvaje, claro, pero no era displicente... sobre todo, no con el corazón de otras personas.

—Bueno, no lo admitió en mi cara, pero ¿qué más puedo suponer? ¿Adónde va cuando desaparece? Lo único que sé es que cuando estaba aquí, sólo estaba a medias... *si* tenía suerte. Estuvimos juntos durante un año y siento que apenas he arañado la superficie de lo que era. Guardaba muchos secretos, mucho de sí, en los cajones. En especial, toda esa cosa del ocultismo.

Vivi y yo intercambiamos miradas. Tyler tenía nuestra atención, y lo sabía.

—Supongo que no saben mucho de eso, ¿cierto? —dijo—. Yo tampoco, en realidad. Lo único que sé es que la única vez que me dejó ir a su departamento, me encontré en el lugar más espeluznante en el que hubiera estado nunca. Lleno de cosas raras. Cosas muertas, magia oscura. Grey cree que es una especie de bruja.

—Estuvimos en su departamento esta noche —dije—. No había nada de eso allí.

—Todo el mundo guarda secretos, pequeña Hollow. Quizá tu hermana mayor te ha estado ocultando más secretos de los que crees.

No me sorprendió que Grey siguiera interesada en el ocultismo. Había sido así durante toda su adolescencia. A Grey le gustaban las cosas oscuras y peligrosas: los hombres mayores, las drogas, las sesiones de espiritismo en los cementerios, los pesados libros encuadernados en piel que olían a chocolate y prometían hechizos para hablar con los demonios.

—¿Por qué fue la pelea que los hizo terminar? —preguntó Vivi a Tyler.

—Vi a un hombre salir de su departamento —respondió él. Vivi y yo compartimos otra mirada—. Ésa fue la gota que derramó el vaso.

—¿Acaso él…? —empezó Vivi—. Eh… ¿Cómo decirlo? ¿Él era, por casualidad, una especie de minotauro con todos los huesos de la cara despojados de carne?

Tyler la miró fijamente durante unos instantes y luego sonrió.

—Creo que es todo, Pequeñas Hollow —dijo, en tanto se terminaba su bebida y se encogía de hombros en su chamarra de terciopelo—. Cuando encuentren a Grey, díganle que la odio.

Tras eso, se puso en pie y se marchó.

6

Tenía siete llamadas perdidas y una docena de mensajes de mi madre cuando salimos del club, y todas sonaron en mi teléfono a la vez cuando desactivé el modo avión.

—Maldita sea —susurré, mientras tocaba el nombre de Cate en la pantalla para llamarla, con el corazón acelerado e hinchado de culpa—. Nuestra madre me va a matar.

—¿Iris? —respondió Cate al instante. Pude saborear el pánico en su lengua, un aroma agrio que hizo que se me retorciera el estómago.

—Lo siento mucho —Vivi y yo íbamos caminando hacia el metro, sentía como si el frío estuviera arrancándome la piel de las piernas, volteándome al revés—. Estoy bien. Vamos a casa ahora.

—¿Cómo pudiste hacerme eso? —me reclamó mi madre—. ¿Cómo pudiste hacerme eso?

—Lo siento. Lo lamento en verdad. Estoy bien.

—Estoy en el trabajo. Estuve a punto de llamar a la policía.

—Estoy bien, *mamá* —no había querido decirlo. A veces simplemente se me escapaba.

Podía oír la respiración de Cate al otro lado de la línea.

—Por favor, no me llames así —dijo en voz baja—. Sabes que no me gusta.

—Lo siento.

—Ve a casa *inmediatamente*.

—Ya estamos en camino. Estaremos allí en media hora. Te enviaré un mensaje en cuanto lleguemos.

Colgué. El frío me había entumecido las manos y luché por doblar mis dedos lo suficiente como para meter el teléfono en el bolsillo del abrigo. Sentí que Vivi me miraba con desaprobación.

—Iris —dijo.

—No digas nada —espeté.

—¿Qué va a hacer Cate el próximo año, cuando vayas a la universidad, eh? ¿Mudarse a Oxford o a Cambridge contigo?

—Hemos estado investigando varios lugares y ella ha estado tanteando el terreno en busca de un trabajo.

—¿Estás *bromeando*?

—No es que vayamos a vivir *juntas*. Sólo cerca. Sólo para que pueda verla de vez en cuando y para que ella no se sienta...

—*Iris*.

—Mira, es fácil para ti sermonearme. Tú nunca estás *aquí*. Soy lo único que le queda, ¿de acuerdo? Tengo que estar para ella, todos los días —Cate Hollow había sufrido más dolor en su vida que la mayoría de la gente. Sus padres habían muerto de manera repentina, a sus hijas les había ocurrido algo terrible, su marido había perdido la cabeza y después las ganas de vivir, y luego sus hijas mayores se habían ido de casa muy jóvenes y habían cortado el contacto con ella casi por completo. No podía entender la forma en que mis hermanas la trataban a veces, como si fuera una extraña. Lo único que Cate quería era que la necesitaran—. Soy lo único que le queda —repetí esta vez con más suavidad. Parecía lo menos que podía hacer, dejar que me siguiera en una aplicación y que me trenzara el cabello como lo había hecho desde que yo era pequeña.

—Es una carga bastante pesada de llevar —dijo Vivi—. Ser todo para alguien.

—Sí, bueno. ¿No tienes suerte de no tener que cargar tú con eso?

Vivi puso su mano en medio de mi espalda, entre mis omóplatos. Sentí el calor de su piel a través de la tela sedosa, sentí el hilo de poder que nos conectaba. Sangre con sangre, alma con alma. El nudo de pánico que se había enredado en algún lugar entre mis costillas y mi garganta empezó a deshacerse.

—Vamos, niña —dijo Vivi—. Vamos a llevarte a casa.

Tomamos la Línea del Norte de vuelta a Golders Green; y los viajeros nocturnos contemplaron mis piernas y mis clavículas desnudas con ojos grandes y hambrientos. Me sentí como un objeto para ser devorado, absorbido hasta el tuétano. Me encogí en mi asiento y traté de estirar un poco más el corto vestido sobre mis muslos. El vagón del metro se sacudía y chirriaba. La mujer que estaba sentada a mi lado olía a alcohol dulce, su aliento era una nube de fruta y azúcar. Las ventanas curvadas del otro lado del vagón reflejaban una extraña bestia hacia mí. Había dos Iris: una, en mi reflejo normal, otra al revés, ambas unidas por un mismo cráneo. Una criatura con dos bocas, dos narices y un par de ojos compartidos, negros y vacíos óvalos distorsionados y enormes a causa de la curvatura del cristal.

Vivi y yo volvimos a casa caminando juntas por la misma ruta que tantas veces habíamos recorrido, más allá de los autobuses rojos de dos pisos a la salida de la estación, a través de una calle larga y recta, bordeada de casas bajas con oscuras ventanas de plomo. Siempre habíamos venido por aquí, aunque el camino a nuestra casa era más rápido si tomábamos las callejuelas, porque la calle principal estaba muy iluminada y tenía mucho más tránsito. Sabíamos muy bien lo que les podía pasar a las chicas en las calles mal iluminadas por la noche, porque nos había pasado a nosotras.

Pero todas las chicas sabían eso.

Esta noche, ese viejo peligro se sentía cerca. Revisábamos detrás de nosotras cada pocos pasos, para asegurarnos de que nadie nos estuviera siguiendo. Una anciana en camisón y abrigo estaba fumando en el balcón de un edificio de departamentos, y nos observó con ojos hundidos mientras pasábamos. ¿Se acordaría de nosotras si nos encontráramos con el hombre de los cuernos de aquí a nuestra casa y nunca consiguiéramos llegar a nuestro destino? ¿Qué le diría a la policía si vinieran a buscar posibles testigos? *Parecían agitadas. Iban escasamente vestidas para el tiempo que hacía. Tenían prisa. No dejaban de mirar detrás de ellas, como si las estuvieran persiguiendo. ¿Qué esperaban, si salen a la calle vestidas de esa manera?*

Dimos vuelta a la izquierda y luego dimos vuelta otra vez en nuestra calle. Estaba más oscura que la avenida principal y la flanqueaban árboles esqueléticos que parecían monstruosos a la escasa luz.

El hombre, fuera quien fuera, conocía la ruta que yo recorría por Hampstead Heath por las mañanas.

Sabía adónde iba a la escuela.

Sabía dónde sería el concierto de Vivi.

Sabía, estaba segura, dónde vivíamos.

Después de cerrar la puerta tras de nosotras, le envié un mensaje a Cate para informarle que me encontraba a salvo, mientras Vivi comprobaba que todas las ventanas y puertas estuvieran aseguradas. Nos cambiamos la delicada ropa de

Grey y nos pusimos una pijama que se sintió áspera contra nuestra piel después de la seda y la lana de diseño. Nos sentamos con las piernas cruzadas en la isla de la cocina y comimos pasta de un tazón que Cate había dejado en el refrigerador. Sasha maullaba desde el suelo, rogando por más comida, aunque ya se había alimentado.

Todavía no teníamos noticias de Grey. Volví a llamarla —nada— y envié otro mensaje que no fue entregado. Decidimos darle esta noche antes de llamar a la policía. No había señales de lucha en su departamento y, además, ella era una viajera incansable; bien podría estar en un yate en medio del Caribe por lo que sabíamos, con su teléfono fuera de servicio.

El hecho de que un pervertido nos estuviera acechando y de que un hombre de ojos negros que olía a muerte hubiera preguntado por ella no significaba que a Grey le hubiera pasado algo malo.

Yo soy la cosa en la oscuridad, había dicho una vez, y en ese momento, le había creído.

—¿Por qué crees que somos tan extrañas? —le pregunté a Vivi mientras comíamos—. ¿Por qué crees que podemos hacer las cosas que podemos hacer?

—¿Como qué? —dijo Vivi en medio de un bocado de pasta.

—Como hacer que la gente haga lo que nosotras queremos. Otras cosas.

—Eso no me parece extraño. Me parece correcto.

—Los demás no pueden hacer lo que nosotras hacemos.

—Claro que pueden. Otras personas también pueden hacer cosas raras, ya sabes, sólo que no hablan de ello. Siempre ha habido gente como nosotras, Iris. Busca en cualquier libro de historia, en cualquier tradición: brujas, médiums, wiccas. Como quieras llamarlas. Estamos conectadas con el mundo y con los demás de una manera diferente. Puede que seamos peculiares, pero no somos *nuevas*.

Sacudí la cabeza.

—Hay algo malo en nosotras. A veces lo siento. Algo podrido por dentro —ésa era la razón por la que me había enterrado en los libros sobre códigos y robótica, para que el mal tuviera menos espacio donde pudiera filtrarse. Estaba segura de que los demás (personas como Justine Khan y Jennifer Weir) también podían sentirlo. Quizá tenían razón al ser crueles conmigo. Tal vez las dejaba salirse con la suya porque una parte de mí creía que lo merecía—. ¿Crees que esa cosa, el tipo de la calavera... tiene algo que ver con lo que nos pasó? ¿Crees que ha vuelto para terminar lo que empezó? —extendí la mano para pasar mis dedos sobre la cicatriz del cuello de mi hermana, oculta ahora bajo una retorcida enredadera de tinta—. ¿Quién les corta la garganta a unas niñas?

Vivi masticó su bocado lentamente, con los ojos fijos en mí.

—Creo que es hora de que nos vayamos a la cama —se bajó del banco de la cocina y se fue sin decir más.

Me cepillé los dientes, traté de ponerme al día con algunas de las tareas escolares que me había perdido ese día y luego fui a buscarla a su antigua habitación, donde permanecía acurrucada en su cama individual de la infancia. Me arrastré a su lado. El olor del perfume se había desvanecido y el aroma natural de Vivi —silvestre y lechoso— se percibía ahora. Le limpié un poco de lápiz de ojos que había manchado su mejilla y la observé mientras dormía. Ninguna de nosotras era una durmiente atractiva. Todos los ángulos que nos hacían impresionantes cuando estábamos despiertas daban paso a mandíbulas flojas y charcos de baba en el momento en que nuestras cabezas tocaban la almohada. Una vez nos habíamos pasado un mes entero viendo quién podía hacer las fotos más horribles de las otras dos durmiendo.

Acaricié la mejilla de Vivi y sentí una punzada de añoranza por ella, y por Grey, por aquellos años en que habíamos sido inseparables. Cuando no estábamos separadas por países y zonas horarias y carreras y vidas.

Apreté ligeramente las yemas de los dedos sobre su cuello, justo en el punto en el que los latidos de su corazón se percibían bajo su piel. Así era como dormíamos de niñas, con nuestros dedos apoyados en los puntos de pulso de la otra, un matorral cruzado de muñecas, cuellos y manos. Durante mucho tiempo, años, no pude dormir profundamente a menos que sintiera los latidos de mis dos hermanas vibrando bajo mis dedos. Pero ellas habían crecido y se habían ido de casa, y me había dado cuenta de que había cosas más temibles en el mundo que los monstruos que poblaban mis pesadillas.

Grey, pensé en una oración silenciosa, sabiendo de alguna manera que, dondequiera que estuviera, me escucharía. *Espero que estés bien.*

☽

Desperté antes del amanecer, como siempre, envié un mensaje a mi madre, comprobé mi aplicación Find Friends y salí a correr por Hampstead Heath, maldiciendo a los romanos por haberse instalado en un lugar tan húmedo y miserable. Otra vez estaba lloviendo, porque era Londres. La extrañeza de ayer se había desvanecido, pero seguí ciñéndome a los caminos más transitados y evitando la zona boscosa donde había visto al hombre ayer. Corrí hasta que me dolió respirar y mi cuerpo me pidió que me detuviera, y luego corrí un poco más. Sostuve mi teléfono en la palma de la mano todo el tiempo deseando que vibrara con un mensaje de Grey, pero no había notificaciones nuevas por más que lo mirara.

Cuando llegué a casa, Cate estaba preparando el desayuno, todavía vestida con su bata del hospital. Vivi estaba sentada de nuevo en la isla de la cocina, con sus largas piernas tatuadas colgando, mientras se llevaba tomates cherry a la boca.

—Mira a quién me encontré —dijo Cate cuando me vio.

—La hija pródiga vuelve —dijo Vivi, abriendo los brazos de par en par y con la mirada fija en algún punto lejano, como un cuadro renacentista de Jesús.

—¿Sabes que la definición de pródigo es "extravagante derrochador"? —pregunté, al dirigirme al refrigerador en busca de leche.

Vivi bajó los brazos.

—Pensé que significaba "la favorita", y me voy a quedar con eso. Sírveme uno a mí también —dijo, mientras sacaba un vaso.

—Por favor —pidió Cate por costumbre.

—*Por favor* —accedió Vivi. Le di un vaso de leche y me senté en la barra-desayunador, en tanto Cate cocinaba unos huevos revueltos.

Vivi tenía una relación menos complicada con nuestra madre que Grey. Cate siempre había sido sobreprotectora —¿cómo se podría esperar que fuera de otra manera, después de lo que había pasado?—, algo que Grey había tomado como una amenaza personal a su libertad. A Vivi, en cambio, nunca le molestaron las reglas de nuestra madre, porque nunca las cumplía. Si atrapaban a Vivi en algo, cosa que no ocurría a menudo porque se le daba muy bien escabullirse, se disculpaba con tarjetas escritas a mano y el desayuno en la cama.

Eran mujeres muy diferentes que habían vivido vidas muy divergentes y estaban interesadas en cosas muy distintas, pero de alguna manera —a pesar de que cada una consideraba a la otra una anomalía— solían encontrar un punto medio. Hablaban por teléfono al menos una vez al mes. Se burlaban la una de la otra de forma constante: Cate le enviaba a Vivi enlaces de clínicas de eliminación de tatuajes, Vivi le enviaba a Cate enlaces de fotos de personas con modificaciones corporales como lenguas bífidas y dientes limados en punta, a los que añadía el título: *¿Crees que esto se me vería bien?* Cuando Vivi enviaba las grabaciones de sus nuevas canciones, Cate respondía con comentarios como: *Creo que te equivocaste de archivo de audio. Ésta es una grabación de gatos que están siendo asesinados.* Eran bobas la una con la otra. Y dulces.

—¿Sabes algo de Grey? —le pregunté a Vivi.

Ella negó con la cabeza.

—Cate no parece creer que debamos preocuparnos.

—Grey puede cuidarse sola —dijo Cate. La forma en que lo dijo, sin siquiera levantar la vista de lo que estaba haciendo, me hizo fruncir los labios.

Mis pensamientos se dirigieron a la noche en que Grey se fue de casa. Cate y Grey llevaban meses discutiendo sobre toques de queda, novios, fiestas y alcohol. Grey estaba sobrepasando los límites, viendo de lo que era capaz. Una noche, llegó tropezando a casa, sumamente ebria, y vomitó en el piso de la cocina.

Cate se puso furiosa y la castigó en el acto. Grey era una chica de diecisiete años, llena de la rabia y el poder de una tormenta eléctrica enroscado bajo su piel. Cuando estalló puso

81

las manos alrededor del cuello de nuestra madre, la empujó con fuerza contra la pared y le susurró algo al oído. Una aguja. Un pinchazo. Algo que era tan pequeño, tan silencioso, que no lo escuché. Cate se quedó quieta. Entonces lo que sea que Grey le haya dicho se astilló a través de ella, electrizándola. Era un árbol partido por un rayo. En un momento era una mujer, y al siguiente algo salvaje y roto. Abofeteó a mi hermana con tanta fuerza en la cara que el labio de Grey se abrió; todavía había tres manchas oscuras en la pared donde su sangre había empapado el yeso.

—Lárgate de mi casa —había ordenado Cate en voz baja y firme—, y no vuelvas nunca, no regreses *jamás*.

La repentina violencia de aquello me había hecho hiperventilar. Durante años, a medida que los delirios de mi padre habían crecido dentro de su mente, yo había tenido cada vez más miedo de que nos hiciera daño, de que nos pusiera una almohada en la cara mientras dormíamos. No era inusual que me despertara en mitad de la noche con su figura sombría rondando a los pies de mi cama, susurrando suavemente: *¿Quién eres? ¿Qué eres?* Sin embargo, a pesar de que estaba perdiendo la cordura, nunca nos puso un dedo encima.

Y entonces, ahí estaba Cate Hollow, una mujer pequeña y gentil que había hecho algo tan brutal, tan indefendible. Yo todavía no estaba segura de qué cosa terrible le habría dicho Grey para hacerla estallar de esa manera, para sacarla así de sus casillas.

Grey no había llorado. Había apretado la mandíbula, había empacado sus maletas y había hecho justo lo que nuestra madre le había pedido: salir de la casa y no volver nunca más, salvo por una vez, para limpiar su habitación. No habían vuelto a hablar desde aquella noche, hacía ya cuatro años.

—¿Debemos llamar a la policía? —pregunté—. ¿Debería faltar a la escuela? —era un pensamiento tentador. Me pregunté qué nuevo castigo me tendrían reservado las JJ por haberlas avergonzado la noche anterior.

—Vas a *ir* a la escuela —dijo Cate, apuntando de mí a Vivi—. Un día de pinta con tu hermana malvada es tolerable, pero no más.

—Creo que lo que quisiste decir es con tu "hermana genio y diosa del rock", pero está bien —dijo Vivi.

—Me gustaría tener una doctora en la familia —dijo Cate, con los dedos cruzados en ambas manos—. O al menos una hija que termine la preparatoria. Así que vete preparando.

—¿Y si no sabemos nada de ella? —pregunté.

Miré a Vivi, que se encogió de hombros. Me sentí frustrada de inmediato con la sensación de que, si Grey estuviera aquí y Vivi hubiera desaparecido, Grey sabría exactamente qué debíamos hacer. Habría una dirección. Habría un plan. Grey era así: no había problema tan grande que no pudiera resolverse. El Universo parecía plegarse a su voluntad. Vivi y yo, en comparación, estábamos demasiado acostumbradas a ser soldados de infantería bajo el dominio de nuestra hermana mayor. Sin nuestra unidad de mando central unificadora estábamos perdidas.

—Se suponía que tenía que volar de regreso a Budapest esta tarde, pero supongo que puedo retrasar mi vuelo hasta mañana —dijo Vivi—. Llamaré a su agente y a su representante después de las nueve. Estoy segura de que sabrán dónde está.

7

Llamé a Grey mientras caminaba a la escuela y volví a llamarla entre cada una de mis clases, aunque sabía de antemano que me mandaría a buzón. Revisé Find Friends —tanto Vivi como Cate estaban en casa—, pero la ubicación de Grey no estaba disponible. Me mantuve distraída en las clases, revisando constantemente Instagram y Facebook para ver si ella había publicado algo nuevo.

A la hora del almuerzo, me pregunté si las JJ me dejarían libre del pecado de tener a Vivi como hermana. Justine me había ignorado en la clase de Literatura, y todavía no había visto a Jennifer… pero entonces, cuando me senté a comer, encontré la foto. Un trozo de papel de la impresora había sido doblado dos veces y metido en mi mochila. En él había una imagen medieval de tres mujeres ardiendo en estacas, con las manos entrelazadas detrás de los hierros mientras las llamas les lamían los dedos de los pies. Sus rostros habían sido alterados digitalmente para que se parecieran a mis hermanas y a mí. No había ninguna nota de acompañamiento, aunque el mensaje era bastante claro.

Vas a arder.

Suspiré. Mi primer instinto fue desecharlo o mostrárselo a alguno de los profesores. Sin embargo, lo doblé y lo metí otra vez en mi mochila. A Grey le gustaría esto, tal vez lo encontraría divertido, tal vez apreciaría la destreza que se había empleado en hacer que las mujeres en llamas se parecieran a nosotras. Era el tipo de cosas que habría enmarcado y colgado en la pared de su habitación cuando tenía mi edad.

Levanté el teléfono para llamarla, olvidando, por un instante, que era poco probable que me contestara. En su lugar llamé a Vivi para que me pusiera al tanto de la situación, pero su teléfono sonó y sonó y sonó. Cuando su avatar desapareció de Find Friends unos minutos más tarde, me quedé con una sensación de pánico en el estómago pensando que lo que fuera que le había ocurrido a Grey también le había ocurrido a Vivi.

Escapé de la escuela por segundo día consecutivo y volví a casa trotando bajo una lluvia torrencial. Cuando llegué, el auto de Cate no estaba y la casa estaba cerrada, oscura.

—¿Vivi? —llamé cuando abrí la puerta principal.

No hubo respuesta.

—¡¿Vivi?!

—¡Aquí arriba! —respondió ella—. ¡En la habitación de Grey!

Subí corriendo las escaleras, con el corazón acelerado. Vivi estaba en la antigua recámara de Grey, ahora vacía, sentada en el suelo, con Sasha en su regazo y la revista *Vogue* abierta delante de ella.

—¿Cómo entraste aquí? —pregunté, sin aliento—. La puerta lleva años cerrada.

—Grey se ha ido, Iris —dijo sin mirarme.

Un relámpago brilló en el exterior. Los truenos siguieron un momento después, retumbando por la casa y haciendo temblar los cristales de las ventanas. Yo tenía el cabello mojado y mis dientes no paraban de castañear a causa del frío. Cate me contó que las tres habíamos nacido en medio de tormentas. Grey era el relámpago, Vivi el trueno y yo el mar en la tempestad. Grey siempre había odiado las tormentas, pero a Vivi le encantaban. Cuando un segundo trueno se coló por la ventana abierta, me pregunté si ella lo había invocado.

—¿Qué quieres decir con que Grey se ha ido? —pregunté.

—Hablé con su agente, con su representante, con su publicista, con el fotógrafo con el que tenía pactada una sesión ayer. He hablado con sus amigos de París y Londres. Hablé con su portero. Hace días que nadie la ha visto y nadie sabe nada de ella —Vivi levantó el último número de *Vogue*, el que yo había guardado bajo la almohada para esconderlo de mi madre—. ¿Leíste esto?

—Un par de párrafos, pero...

—Lee un poco más.

—Hay cosas más importantes...

—En serio, *léelo*.

—¿Qué estoy buscando?

—Lo sabrás cuando lo veas.

Abrí la revista y retomé la lectura donde la había dejado.

El día de Año Nuevo se cumplían diez años de uno de los misterios modernos más recordados del mundo: la desaparición de las hermanas Hollow. En una tranquila calle de Edimburgo, tres niñas pequeñas desaparecieron frente a la atenta mirada de sus padres. Luego, exactamente un mes más tarde, volvieron a la misma calle de la que fueron raptadas. Estaban desnudas y no llevaban encima más que una antigua navaja plegable de caza. No tenían heridas graves ni signos de agresión sexual. No estaban deshidratadas ni desnutridas. Las tres tenían una fina incisión en forma de medialuna en el cuello, en la base de la garganta, encajada en el pliegue de sus clavículas, que había sido cosida con hilo de seda. Las heridas estaban cicatrizando bien.

Nadie ha sido capaz de decir adónde fueron o qué les ocurrió, ni siquiera Grey Hollow, la mayor de las tres. Tenía once años en ese momento, ciertamente una edad suficiente para recordar fragmentos de su experiencia, pero se negó a presentar su declaración a la policía escocesa y nunca ha hablado públicamente sobre su presunto secuestro.

Abundan las teorías conspiracionistas, siendo las más populares la abducción por parte de extraterrestres, una estafa por parte de los padres y (tal vez debido al entorno celta) que las niñas habían sido reemplazadas por hadas.

Hubo varios acuerdos extrajudiciales con importantes cadenas de noticias que habían acusado falsamente a los padres de las niñas de estar involucrados en su desaparición. Los fondos se destinaron a inscribir a las tres hermanas en la Escuela para Señoritas Highgate, una institución diurna notoriamente costosa que cuenta con actrices, poetas y periodistas famosas entre sus exalumnas. Una de las Señoritas Veteranas se casó recientemente con un miembro de la rama extendida de la familia real. Los terrenos de la escuela son verdes y amplios, y el edificio principal es una mansión Tudor con entramado de madera. Las wisterias crecen en su fachada. Grey Hollow se esforzó por prosperar allí.

En los años siguientes se sucedieron una serie de tragedias familiares, la más devastadora de las cuales fue el síndrome de Capgras: el padre de las Hollow, Gabe, creía que todas sus hijas habían sido sustituidas por impostoras idénticas. Tras dos años entrando y saliendo de instituciones psiquiátricas, se suicidó cuando Grey tenía trece años.

Poco más se sabe de su etapa de adolescencia, pero a los diecisiete años tuvo una pelea con su madre y se encontró sin hogar. Abandonó la preparatoria, se mudó a un departamento de una sola habitación en Hackney, con otras tres chicas, y probó su suerte en el modelaje. A los seis meses de haber salido de casa ya desfilaba para Elie Saab, Balmain, Rodarte y Valentino. En dos años se convirtió en la supermodelo mejor pagada del mundo. Ahora, a los veintiún años, Hollow es la propietaria y diseñadora principal de Casa Hollow, cuyas creaciones se han convertido en algunas de las más codiciadas en la industria tras el lanzamiento de la marca en la Semana de la Moda de París, hace poco menos de dieciocho meses.

Una de las primeras cosas que le digo es que coser trozos de papel en sus creaciones me recuerda a otro infame crimen sin resolver: el misterio del hombre de Somerton. En 1948, un hombre no identificado fue encontrado muerto en una playa de Australia. Todas las etiquetas habían sido cortadas de su ropa, y la policía encontró más tarde un pequeño papel enrollado y cosido en el bolsillo de su pantalón. Decía "Tamám Shud", que significa "acabado" en persa. Las palabras habían sido arrancadas de la última página del *Rubáiyát de Omar Khayyám*.

—De ahí saqué la inspiración inicial —dice Hollow con entusiasmo, mientras envuelve sus largos dedos (con una destreza sobrenatural, como si fuera una costurera que lleva cien años trabajando) alrededor de una taza de té Ceilán sin azúcar. Su voz es sorprendentemente profunda y rara vez parpadea. Con el cabello rubio platino, los ojos negros y una pizca de pecas alrededor de su nariz, es la definición de lo etéreo. He entrevistado a muchas mujeres hermosas, pero ninguna tan verdaderamente sobrenatural—. De niña estaba obsesionada con los misterios, probablemente porque yo misma lo era.

Tengo instrucciones estrictas de su publicista de no preguntarle por el mes que estuvo perdida, pero como fue ella quien sacó el tema, tiento a la suerte.

¿En verdad ella no recuerda nada?

—Por supuesto que recuerdo —dice, mientras su mirada entintada sostiene la mía. Su sonrisa es tenue, maliciosa; la misma sonrisa de duendecillo travieso que la ha hecho famosa—. Lo recuerdo todo. Pero no me creerías si te lo contara.

El artículo continuaba, pero me detuve bruscamente en esa línea, la línea de la que Vivi sin duda había hablado: *Por supuesto que recuerdo. Lo recuerdo todo.*

Pero no me creerías si te lo contara.

Las palabras se hundieron en mí como un ácido que disolvía mi carne a su paso. Cerré la *Vogue* y me senté en la cama desnuda de Grey, con la mano cubriéndome la boca.

—Sí —dijo Vivi con fuerza.

—Eso no puede ser cierto.

Cuando yo tenía siete años desaparecí sin dejar rastro durante todo un mes.

En las escasas ocasiones en que mi madre había bebido el suficiente vino como para hablar de ello, enfatizaba la imposibilidad de todo ello. Cómo íbamos caminando por el laberinto de callejuelas del casco antiguo de Edimburgo, de vuelta a la casa de los padres de nuestro padre. Cómo estábamos allí en un momento, y al siguiente ya no. Cómo nos quitó la vista de encima por apenas uno o dos segundos, el tiempo suficiente para besar a nuestro padre en la mejilla cuando empezaron a silbar los fuegos artificiales de Año Nuevo. Cómo no oyó nada, ni vio a nadie, simplemente levantó la vista para encontrar la calle vacía. En el aire caía una nieve muy fina, de la que se derrite al llegar a la acera. El callejón estaba iluminado por manchas aceitosas de luz y estallidos de efervescencia de los fuegos artificiales que explotaban sobre sus cabezas.

Donde debería haber tres niñas, no había ninguna.

Cate sonrió al principio: pensó que estábamos jugando con ella.

Iris, Vivi, Grey, salgan, salgan ya, dondequiera que se encuentren, cantó. Éramos malas jugando a las escondidas, pero ella siempre fingía que tardaba una eternidad en encontrarnos. Esta vez, no le respondieron risitas. Ni susurros. De inmediato supo que algo estaba mal. En su primera declaración a la policía, Cate diría que el aire sabía a quemado y olía a animal salvaje y húmedo. Que lo único fuera de lugar en la calle era un puñado de hojas otoñales y flores blancas en la entrada de una casa que se había quemado el mes anterior. Ése fue el primer lugar donde nos buscó. Lo único que había sobrevivido a las llamas del incendio era un marco de puerta sin apoyos sostenido por nada. Mi madre lo atravesó, nos llamó por nuestro nombre y deambuló de habitación en habitación en el cascarón de ladrillos y escombros quemados, con un pánico creciente.

No estábamos allí. No estábamos en ninguna parte. Era como si la calle empedrada se hubiera abierto y nos hubiera tragado.

Mi padre, Gabe, cuando estaba vivo, completaba el resto de la historia. Cómo llamó a la policía menos de cinco minutos después de nuestra desaparición. Cómo golpeó las puertas de todas las casas de la calle, pero nadie nos había visto. Cómo se oía a la gente gritar nuestros nombres —¡*Iris*! ¡*Vivi*! ¡*Grey*!— de una punta a otra del casco antiguo, hasta que salió el sol y los buscadores se fueron a casa a descansar sus gargantas y abrazar a sus hijos dormidos.

Yo no recordaba nada de eso. Al igual que un idioma que antes hubiera dominado, pero que tiempo atrás hubiera dejado de hablar, los recuerdos de lo que realmente había sucedido se habían ido desvaneciendo hasta convertirse en fragmentos sutiles con el paso del tiempo, y luego en nada en absoluto.

Me sentía agradecida por ello. Sabía lo que solía ocurrirles a las niñas secuestradas. Era mejor no saber lo que nos habían hecho.

Mis recuerdos comenzaban un mes después, cuando una mujer nos encontró a medianoche, acurrucadas y temblando en la acera de la misma calle de la que habíamos desaparecido. No teníamos nuestros abrigos y estábamos desnudas en el frío, pero aparte de eso, estábamos ilesas. Nuestra piel estaba limpia. Teníamos hojas y flores blancas en el cabello. Olíamos a moho, a humo de leña, a leche y a muerte. La policía vino y tomó la navaja de la mano temblorosa de Grey y nos envolvió en mantas de papel de aluminio y nos ofreció chocolate caliente y pastel horneado con melaza oscura y especias. Yo estaba hambrienta. Todas lo estábamos. Devoramos todo.

Después de los exámenes médicos, nos entregaron a nuestros padres. Cate me abrazó y se desplomó en el suelo del hospital entre sollozos. Tenía la cara empapada por las lágrimas y su cabello era un nido grasiento recogido en un moño en su nuca. No podía hablar, tan sólo se balanceaba adelante y atrás en el suelo llorando en mi oído.

Es el primer recuerdo real que tengo de mi madre.

Por supuesto que recuerdo.

Lo recuerdo todo.

Pero no me creerías si te lo contara.

Tenía que ser mentira. Grey no lo recordaba. Ninguna de nosotras lo recordaba. Era un principio central de nuestra historia. Fuimos secuestradas. Regresamos. Ninguna de nosotras sabía lo que había pasado, y ninguna lo sabría nunca. Éramos el milagro con el que soñaban los padres de todos los niños desaparecidos. Habíamos sido escupidas del abismo, ilesas, sanas y salvas.

—No puedo sentirla, Iris —dijo Vivi—. No puedo *sentirla*.

—¿Qué significa eso?

—Anoche hablaste de las cosas extrañas que podemos hacer. Ésa es una de ellas. Lo había olvidado... no lo había intentado desde hace muchos años... pero cuando desperté esta mañana y no estabas allí... yo todavía podía *sentirte*. Seguí tus pasos por las escaleras hasta la puerta principal. Estamos... conectadas, o algo así. Siempre hemos sido capaces de encontrarnos. En la oscuridad, al otro lado de la ciudad, incluso más allá de los océanos. Mis pies me llevan a ti si yo quiero.

Sabía de qué estaba hablando. Yo siempre sabía si Grey o Vivi me estaban llamando sin mirar siquiera el identificador de llamadas. Siempre sabía dónde encontraría a mis hermanas si iba a buscarlas... pero suponía que los recuerdos de haber sido capaz de *sentirlas*, de encontrarlas si lo necesitaba, eran cosas que había medio soñado de niña, como respirar bajo el agua o ser capaz de volar.

—Pero no puedo sentirla —continuó Vivi—. Grey se ha ido... ¿Y si lo que nos pasó antes está ocurriendo de nuevo? Tal vez seamos las únicas que podríamos ayudarla.

—No digas eso. Ni siquiera lo pienses, ¿de acuerdo? No le ha *pasado* nada —podía oír en mi voz lo desesperadamente que deseaba que eso fuera cierto—. Ya no somos niñas. Además, oíste a Tyler anoche. Desaparece todo el tiempo.

—Tenemos que buscarla, Iris.

—No, tengo que regresar a la escuela. Tengo clases, tengo tutorías. Hay un concurso de valoración dentro de un mes para el que no he practicado ni una sola vez y mis habilidades en Python necesitan algo de...

—Dime que crees que está bien y yo misma te llevaré a la escuela.

—Vivi... esto es una locura.

—Di que está bien, entonces. Escucha tu instinto y dime que crees que Grey está bien. Haz lo que podemos hacer. Encuéntrala.

—No lo he intentado desde hace mucho tiempo.

—Hazlo.

Dejé escapar un largo suspiro e hice lo que Vivi me pidió. Extendí la mano y traté de encontrar a Grey, de sentirla, de la forma en que había podido hacerlo de niña, pero lo único que percibí fue una sensación de vacío.

Me mordí el labio. ¿Era eso una prueba de algo?

—Eso es lo que pensaba —dijo Vivi. Golpeteó la portada de *Vogue*—. Grey siempre ha guardado secretos. Cuando éramos niñas, solía ocultarnos cosas. Su diario, el dinero, el alcohol. Lo escondía todo bajo las tablas del suelo o detrás de los libreros. Entonces, ¿dónde guardaría sus secretos ahora?

Miré alrededor de la habitación.

—¿Cómo *entraste* aquí? ¿Forzaste la cerradura?

Vivi se encogió de hombros.

—La puerta estaba abierta.

—La única persona que tiene llave de esta habitación es Grey —lo sabía porque yo misma había intentado entrar muchas veces desde que ella se fue, sin éxito. Pensé en la puerta de entrada abierta ayer, en las huellas húmedas que habían dejado un rastro en el interior, en Sasha afuera, en el tapete.

—¿Y si...? —empecé. Era una teoría loca, pero ya estábamos hablando de cosas desquiciadas—. ¿Y si Grey abrió la puerta? ¿Y si estuvo aquí ayer? ¿Y si dejó algo para nosotras, algo que sólo nosotras sabríamos encontrar?

Vivi chasqueó los dedos.

—Ahora sí estás pensando como una Hollow.

☽

Pasamos la tarde revisando la recámara de Grey, buscando señales de nuestra hermana. Vivi encontró la primera: una colección de runas bordadas a mano en hilo esmeralda en la parte inferior de su colchón. Yo encontré la segunda: una página anotada, arrancada de un libro de poesía de Emily Dickinson, enrollada dentro de una barra de la cortina, y la tercera...

Estaba de rodillas bajo la cama de Grey, pasando las yemas de los dedos por la base, cuando mi piel se enganchó en una astilla de la madera. Una gota de sangre brotó en la yema de mi dedo. Me la limpié en la falda del uniforme, y luego me agaché para inspeccionar el panel culpable.

—Hay algo aquí —le dije a Vivi. Una grieta en la tabla de la base. Deslicé las uñas bajo la madera y la levanté. Cedió, pero no lo suficiente—. Tráeme un cuchillo de la cocina.

Vivi estaba de pie junto a mí.

—¿Por qué no vas tú por él? —dijo.

Suspiré y me giré para dedicarle una mirada de: *¿En serio?*

—Lo siento. Los viejos hábitos de las hermanas son difíciles de erradicar.

Cuando Vivi volvió con un cuchillo de untar, lo introduje en la grieta y la abrí con facilidad.

—La vas a romper —dijo Vivi, mientras trataba de apartarme con el hombro—. Deja que lo haga yo.

Me detuve y la miré fijamente.

—¿Quieres dejar de hacer eso?

—Bien. Como sea. Sólo sé más delicada.

—*Estoy* siendo delicada.

Finalmente, la madera se desprendió de la pared con un brillante estallido y cayó al suelo. Detrás de ella había un agujero en la placa de yeso, con los bordes removidos. El lugar exacto en el que a Grey le gustaba guardar secretos.

—Dame tu teléfono —le dije a Vivi, y ella lo hizo, con la linterna ya encendida. La apunté a la oscuridad, ansiosa por descubrir más misterios de Grey, como lo había hecho cuando era niña. Mi corazón me palpitaba en la garganta. El agujero estaba lleno de telarañas. No había diarios, ni dinero, ni condones, ni pequeñas botellas de ginebra de flor de saúco, que es lo que solíamos encontrar en los escondites de Grey antes de que se fuera de casa. Sólo había una flor blanca seca, una antigua navaja de caza y una llave de latón con una nota atada.

—Ahora sí, *esto* es más propio de Grey —dijo Vivi mientras le entregaba los extraños tesoros. Podía percibir a Grey en ellos, sentir su energía; ella los había tocado, no hacía mucho tiempo.

En el rollo de papel amarrado a la llave había una dirección en Shoreditch, seguida de un mensaje con la fecha de ayer:

Vivi, Iris,

Antes que nada, dejen de meterse en mi porquería. No sé cuántas veces tengo que decírselos. (De acuerdo, bien, esta vez contaba con que vinieran a husmear... pero aun así. No está bien.)

Odio escribirlo, pero sí están leyendo esto, es probable que esté muerta. Hay tantas cosas que me gustaría haberles contado. Vayan a la dirección de arriba. Lleven la llave. Encuentren la puerta. Sálvenme.

Y sí él viene por ustedes... corran.

Las amo más que a nada.

Grey

P.D. Respecto a la navaja, como decian Jon y Arya: tienen que clavarla por el extremo puntiagudo.

8

Es probable que esté muerta.

Estábamos en un Uber en camino a la dirección que Grey
nos había dejado como pista. Las palabras de su carta me al-
teraban los nervios y hacían que se me salieran las lágrimas.
Vivi permanecía en silencio, con la cabeza apoyada en la ventanilla y la mandíbula tan apretada que me preocupaba que
se le rompieran los dientes.

Le di la vuelta a la navaja en mis manos. La desplegué y
la volví a plegar. El mango de asta de ciervo tenía pátina
y la hoja estaba manchada por el paso del tiempo, pero parecía
afilada como para deslizarse a través de la piel como si fuera
mantequilla. Era la misma navaja que habían encontrado con
nosotras cuando éramos niñas, la misma que la policía le había
quitado a Grey la noche que regresamos. Durante un tiempo
pensaron que era evidencia importante, pero las únicas huellas
dactilares que encontraron en ella pertenecían a mi hermana.
Me pregunté cómo la había recuperado de entre las evidencias,
teniendo en cuenta que nuestro caso seguía abierto, y luego
volví a caer en la piscina de mi terrible imaginación.

Un mundo sin Grey era imposible. Mis dos hermanas
eran los grandes amores de mi vida. No podía vivir sin ellas.
No quería.

El Uber se detuvo frente a un pub en una estrecha calle llena de grafitis. Era el final de la tarde y había un puñado de londinenses acurrucados en el resplandor de la barra, bebiendo cerveza. La dirección que nos había dado Grey era la del piso de arriba. Vivi y yo adivinamos la clave de acceso al edificio: 162911, la misma que todas utilizábamos en nuestros teléfonos, y subimos la escalera de caracol hasta el segundo piso. La puerta de Grey era de color verde escarabajo y la manija de latón, a juego con la llave.

Vivi puso la mano sobre la pintura y sacudió la cabeza.

—Ella tampoco está aquí —yo también lo sabía, me di cuenta. Sabía cómo se sentía Grey, la manera en que su energía se instalaba en una habitación. Llegaron viejos recuerdos. Cómo podía seguir su rastro por nuestra casa cuando éramos niñas, cómo podía seguir los pasos por donde había estado ella cinco, seis, siete horas antes. Qué libros había leído, qué piezas de fruta había tomado, inspeccionado, devuelto. No era que pudiera ver los hilos que se arrastraban tras ella, ni oler el aroma de su piel. Era una sensación general de saber que estaba en lo correcto. Sí, ella había estado aquí. Sí, ella había hecho esto. También podía hacerlo con Vivi, pero eso me despertaba una fascinación menor. Grey era mi obsesión. Grey era la que yo quería ser.

Un largo y perezoso verano en Francia, el primero sin nuestro padre, pasé dos meses viviendo una hora detrás de Grey. Ella tenía catorce años y acababa de comprender el estimulante poder de su belleza. Yo tenía diez. Demasiado flaca, demasiado alta, todavía tímida y torpe. Para mí, en ese entonces, Grey era una diosa. Ella se ceñía vaporosos vestidos blancos y coronas de lavanda silvestre entretejidas en el cabello. Yo copiaba todo lo que ella hacía, viviendo en el mundo liminal que dejaba a su paso. No tenía que verla todo el día para saber dónde había estado, qué había hecho. Tomar el sol en el tejado. Un baño de mediodía en el río. Nectarinas y queso duro para el almuerzo. Un beso con un chico de la zona en las bancas de la iglesia medieval (ahí tuve que improvisar y usé mi mano... pero el cura no se veía contento cuando vio lo que yo hacía).

Espera.

Un extraño recuerdo invadió mis pensamientos. Algo perdido y luego encontrado. Otra iglesia, pero ésta arruinada y medio devorada por el bosque. La encontramos en nuestro primer día allí, junto al río. Cate nos advirtió que no nos acercáramos. Estaba abandonada. Pero... Grey fue. Sí. Fue a un lugar al que no la pude seguir. No porque tuviera miedo, sino porque su rastro simplemente... se detuvo. Porque atravesó una puerta y no estaba del otro lado. Estuve vagando por la vieja iglesia durante horas, tratando de averiguar adónde se había ido. Finalmente, Grey regresó, entera y sólida. Olía a quemado y tenía flores atrapadas en los enredos de su cabello.

Encuentren la puerta, decía la nota de Grey.

Vivi metió la llave en la cerradura y la giró. Entramos.

El olor nos golpeó primero. El hedor húmedo y pesado de las heces fermentadas se vio reforzado por una dulzura empalagosa. Las dos sentimos náuseas al mismo tiempo y salimos al vestíbulo, presas de arcadas. Vivi me miró, con los ojos muy abiertos, consciente. Ya habíamos olido un cadáver una vez. Hacía unos años, en la semana posterior a que Grey se marchara, pero antes de que Vivi hiciera sus propias maletas, el hombre de la casa vecina a la nuestra se había resbalado en su bañera. Pasaron ocho días antes de que alguien lo encontrara. Para entonces, su cuerpo había empezado a licuarse y su olor se había filtrado por las paredes, los techos y los suelos. Cuando los paramédicos llegaron por él y abrieron la puerta principal, el hedor estalló en la calle e impregnó el aire. Se colgó de las ramas de los árboles como un collar y tardó semanas en disolverse.

Las palabras de la nota de Grey me dieron un mordisco en los pulmones. *Si están leyendo esto, es probable que esté muerta.*

—Un animal muerto —dijo Vivi con determinación—. No es Grey —luego entró, respirando por la boca. Hice lo mismo, aunque todavía podía saborear la cosa muerta en mi lengua, pesada y persistente.

Nos movimos juntas por el departamento clandestino de Grey, medio buscando la fuente del hedor, medio dominadas por el magnífico tamaño de este tesoro. Toda nuestra joven vida, habíamos subsistido con pequeños bocados de los secretos de Grey Hollow. Páginas de un diario leídas a la luz de la linterna después de que ella se hubiera escabullido, dedales de vino dulce robados de la botella que ocultaba bajo su cama. Y, ahora, aquí estaba su alma desnuda para ser tomada. Un festín para las hambrientas.

Todas las cortinas estaban corridas, y el espacio se sentía leñoso y fresco. La oscuridad era densa y húmeda, como la maleza de un bosque. Vivi encendió una lámpara. No se parecía en nada al primer departamento. Aquí, las paredes estaban pintadas de un color verde oscuro y ulceroso. Los pisos eran de madera blanqueada con patrón de espina de pescado. Había terrarios llenos de plantas carnívoras y bandejas llenas de diversos cristales y delicados huesos de animales. Jarrones con plumas y frascos con pequeñas criaturas sumergidas en formol. Cajas apiladas de incienso de abeto balsámico y cedro rojo. Botellas de ginebra y absenta. Libros de botánica y taxidermia y de cómo comulgar con los muertos. Había bocetos a lápiz clavados en casi todas las superficies disponibles: creaciones de alta costura de Grey, pero también otras imágenes, de criaturas extrañas y casas en ruinas. Del techo colgaban ramos de flores secas y hojas otoñales. Y lo más extraño de todo era la taxidermia: una serpiente saliendo de la boca de una rata, un zorro saliendo de la piel de un conejo.

El espacio se sentía denso con la energía de Grey, rastros de ella se entrelazaban en el pasillo y las habitaciones como telarañas apretadas. Ella había estado aquí hacía menos tiempo que en su otro departamento.

La primera habitación del pasillo era la cocina. Hice una pausa cuando la vi, mientras algo duro se instalaba en mi estómago. El suelo era de cuadros de mármol blanco y negro, y la pared opuesta estaba completamente cubierta de estanterías repletas de libros.

El suelo de mi tablero de ajedrez. La biblioteca de Vivi. Los detalles exactos que habíamos querido cuando habíamos soñado con huir juntas. ¿Por qué Grey no lo había compartido antes con nosotras?

—Vamos —dijo Vivi—. Sigue moviéndote. Busquemos lo que quiere que encontremos y salgamos de aquí.

Había dos puertas más al final del pasillo. Tomamos una cada una. Giré la manija y me asomé a la recámara de Grey. El olor era más fuerte ahí, tan acre que me picaba en los ojos y casi me empujaba físicamente hacia atrás. Una parte instintiva de mi cerebro me rogaba que no me acercara, la parte que sabía que el olor a muerte era una advertencia. *Mantente lejos.*

—Vivi —dije en voz baja—. Hay sangre aquí.

Sentí a mi hermana mayor en mi hombro. Observamos juntas el daño desde la puerta, sin querer dar un paso dentro de la habitación. Estaba destrozada. Era la escena de pesadilla que había temido encontrar en el primer departamento de Grey: salpicaduras de sangre al estilo Hitchcock en las paredes, muebles volcados, una lámpara hecha añicos, un espantoso mosaico de charcos marrones secos en las sábanas desordenadas. Había huellas de botas en la pared, agujeros en las placas de yeso y resbaladizas huellas de pies desnudos en la sangre del piso.

Alguien había sido atacado en esta habitación. Alguien se había defendido en esta habitación. A juzgar por la cantidad de sangre derramada, alguien había muerto en esta habitación.

Es probable que esté muerta.

Yo estaba llorando cuando Vivi me empujó hacia el apestoso desorden y encontró el iPhone de Grey, con la pantalla destrozada, en su buró, junto con su pasaporte. Ambos se encontraban encima de un ejemplar de *Guía práctica de las runas: sus usos en la magia y la adivinación*, de Lisa Peschel. No podía ver la cara de Vivi, pero sí su pecho agitado.

—Mataré a cualquiera que la haya tocado —dijo, con voz terrible y grave. Le creía. Y yo estaría junto a ella.

—¿Qué es ese sonido? —había un zumbido bajo de fondo. Un zumbido furioso, procedente del armario. Entré en la habitación, cuidando no pisar la sangre. Vivi abrió la puerta del guardarropa y encendió la luz.

Había un panel de acceso al techo en el vestidor. Una docena de moscas zumbaban debajo de él. Un líquido negro goteaba de una esquina. Se acumulaba en el suelo, donde había convertido la madera en una suave ciénaga de podredumbre. Vivi agarró el cordón de tiro del panel.

—No lo hagas —le dije—. No quiero ver esto. No puedo ver esto —no si era Grey. Ver su cadáver putrefacto me destruiría.

102

Vivi me ignoró.

—No es ella —dijo... un deseo, más que certeza—. No será ella —entonces jaló el cordón. El panel se abrió y sacó un cuerpo. Las dos gritamos y nos aferramos la una a la otra mientras caía al suelo y aterrizaba con un chirrido húmedo a nuestros pies. Definitivamente era humano, no animal.

—Mierda, mierda, mierda, mierda, mierda —gritó Vivi. Y luego—: No es ella —no se trataba de un deseo esta vez, sino de una constatación de los hechos.

De algún modo, yo había saltado del armario hasta el otro extremo de la habitación y ahora me encontraba agachada junto a la cama ensangrentada, aunque no recordaba cómo había llegado hasta allí tan rápido.

—Mmm... Iris, deberías ver esto —dijo Vivi mientras se ponía en cuclillas para inspeccionar el cuerpo.

Yo no podía mirar. No quería mirar. No creía que mi estómago pudiera soportarlo.

Abrí una ventana y tomé una bocanada de aire invernal antes de acercarme al lugar donde había caído el cuerpo. Estaba magullado e hinchado, pero era evidente que no se trataba de Grey. Era el cuerpo de un hombre. Joven, musculoso, desnudo salvo por tres runas escritas en su pecho con sangre seca. La causa de su muerte estaba clara: le habían cortado el cuello.

Sin embargo, el hecho de que estuviera muerto, cubierto de runas y escondido en el techo del departamento de nuestra hermana no era lo más extraño acerca de él.

—¿Qué le está *pasando*? —dijo Vivi. Había flores blancas y cerosas brotando de su boca, de su nariz, de los restos reblandecidos de sus globos oculares. Flores que crecían rabiosas desde el corte en su piel, con las raíces rojinegras por la sangre muerta. Algo se movía en la parte posterior de su garganta, detrás de sus dientes rotos. Algo vivo entre la vegetación.

—¿Llamamos a la policía ahora? —pregunté.

—En cuanto llamemos a la policía, esto se convertirá en la escena de un crimen, y no podremos encontrar lo que Grey quiere que encontremos. Mira alrededor. Busca en todo. Hay algo aquí que sólo nosotras podríamos hallar.

Fue una brisa la que nos salvó. Entró por la ventana del dormitorio y corrió por el pasillo, donde azotó de golpe la puerta principal. La puerta que yo había cerrado detrás de mí sólo unos minutos antes.

Un nuevo azote de miedo me recorrió la columna vertebral. Esta vez no por Grey, sino por Vivi y por mí. Quienquiera que hubiera asustado a Grey, sabía dónde vivía. Había estado aquí. Tal vez había matado a alguien. Tal vez había regresado.

Se escucharon pasos fuertes. En el pasillo, justo afuera del dormitorio de Grey.

Escóndete, gesticuló con la boca Vivi, que ya se había quitado la mochila y se había agachado para meterse debajo de la cama de Grey. Entonces, una mano se apoyó contra la puerta del dormitorio y la empujó para abrirla. No tuve más remedio que retroceder hasta el armario, sobre el cuerpo del muerto. Años de seguir a mi hermana como una espía me habían dado pies seguros y tranquilos. Me hice a un lado del charco de podredumbre y me introduje entre la ropa de Grey, esperando que aquello fuera suficiente para ocultarme.

Un hombre se paró frente a la puerta del armario. Un hombre con el pecho desnudo que llevaba un cráneo de toro despojado de carne para ocultar su rostro. El hombre que me había estado siguiendo. Apestaba a podredumbre y a tierra, y el olor era lo suficientemente intenso como para enmascarar por el momento el olor del cuerpo.

El olor de la parte más oscura del bosque.

El olor del perfume de Grey.

El olor del mes perdido.

Un recuerdo zumbó a través de mí, agudo como una cuerda punteada. Una casa en el bosque. Grey tomándome de la mano y conduciéndome a través de los árboles. Una tira de tela de tartán atada a una rama baja. Grey diciendo: *Ya no está lejos.* ¿Dónde estábamos?

Retrocedí más en el interior del armario, sin respirar, sin pestañear, mientras el hombre descubría el cadáver... sin sorprenderse en absoluto. El hombre —en la penumbra, su piel parecía cetrina y sembrada de líquenes— empujó el cuerpo con su pie desnudo. Pensé en la anfitriona de la noche anterior, en cómo había dicho que un hombre aterrador había preguntado por Grey.

El hombre gruñó. Su aliento caliente salió de las fosas nasales del cráneo.

Sin decir nada, se arrodilló para recoger al muerto y lo levantó sobre su hombro. Un reguero de líquido negro se deslizó por su espalda desde la garganta abierta del muerto. Me cubrí la boca para contener las arcadas. Dejó el cuerpo en la cama de Grey y luego trabajó con rapidez, yendo de una habitación a otra, con los brazos llenos de las posesiones de Grey para apilarlas sobre el cadáver. Ramitas de flores secas, cuadernos empastados en piel, huesos de animales. Tapices, bocetos de diseños de vestidos, joyas. Fotografías. Muchas, muchas fotografías, de Grey, Vivi y yo, de las tres juntas. Lo amontonó todo en una pira sobre el muerto y encendió las llamas con papel estrujado, luego se quedó mirando cómo ardía.

Desde donde estaba escondida, pude establecer contacto visual con Vivi. Se había llevado una mano a la nariz y a la boca para no toser a causa del humo. Tenía los ojos muy abiertos por el pánico. Si el hombre se quedaba mucho más tiempo, tendría que salir de debajo de la cama antes de que las llamas atravesaran el colchón o el humo fuera asfixiante.

Despacio, me moví para cubrirme la boca y la nariz con ambas manos. El hombre volteó para mirar fijamente la sombra del armario, directamente hacia mí. Dejé de respirar, no parpadeé. La luz del fuego bailaba en sus ojos, en sus iris negros dentro de la calavera que llevaba para ocultar su rostro. También había runas sangrientas escritas en su torso, las mismas marcas que en el hombre muerto. ¿Esa criatura me había arrebatado de la calle cuando tenía siete años? ¿Nos había encerrado a mí y a mis hermanas durante un mes?

Esperé a que un recuerdo horripilante fuera desbloqueado pero no fue así.

El hombre se dio media vuelta y se marchó.

El humo era negro y asfixiante cuando la puerta principal se cerró por fin y salí del armario, con el aire cargado del olor a cabello chamuscado y grasa quemada.

Vivi luchaba por respirar mientras la sacaba de debajo de la cama.

—Salva eso —jadeó entre sus tosidos—. Salva eso —las cosas de Grey. Arranqué una colcha de un sillón volcado y la arrojé sobre la pira como si fuera una red de pesca esperando que actuara como una manta para el fuego.

Vivi y yo nos detuvimos al verla. En la colcha estaba la imagen cosida a mano de una puerta de piedra en ruinas repleta de flores blancas. Una extraña mirada cruzó el rostro de Vivi, un breve momento de reconocimiento y comprensión que dio paso a la confusión.

—Yo no... —dijo entre un ataque de tos—. ¿Qué demonios está pasando?

—¿Qué es esto?

—Un recuerdo —Vivi trazó sus dedos sobre las costuras del mapa—. O quizás un *déjà vu*.

Yo también lo sentía, una palabra en la punta de la lengua que no podía invocar.

Vivi sonrió.

—El Camino Medio. El lugar inventado por Grey. Dios, nos contaba historias sobre él cuando éramos pequeñas.

Sacudí la cabeza.

—No lo recuerdo.

—Era un lugar extraño en algún sitio entre la vida y la muerte. Un lugar al que la gente iba a parar si no podía desprenderse de algo... o si alguien no podía desprenderse de ellos. Algunas personas se quedan atrapadas allí después de morir. Las que no pueden continuar.

—Como... ¿el limbo?

—No lo sé. Grey nunca lo hizo sonar religioso. Era más bien una versión de la otra vida que encontrarías en un oscuro cuento de hadas: todo estaba como atascado a medio camino. Como si siempre estuviera anocheciendo y amaneciendo al mismo tiempo. Todos los árboles se pudrían, pero nunca morían. La comida sólo te dejaba medio satisfecha —Vivi rio—. Hace años que no había pensado en esto.

—¿Qué tiene que ver la puerta?

—Así es como llegas, creo. Caes por una puerta rota.

Lleven la llave. Encuentren la puerta.

Vivi y yo esperamos a ver si las llamas lamían la tela, pero el fuego se había apagado. Retiré la colcha lentamente, como si quitara el apósito de una herida, y la dejé caer, aún humeante, en un montón. El humo recorrió la cama, pero las llamas no se reavivaron.

—El cuerpo ardió tan rápido —dije mientras buscaba entre los diarios y los dibujos y las joyas que habían sobrevivido. Los músculos, los dientes y los huesos tardaban horas en arder, pero habían sobrevivido más posesiones de Grey que el muerto.

—¿Qué respuestas quiere que encontremos? —se preguntó Vivi mientras seguía revisando los restos carbonizados, más frenética a cada segundo—. ¿Qué puerta estamos buscando?

Mi mirada se desvió de nuevo hacia la descomposición que había dejado el cuerpo del hombre. ¿Quién era? ¿La había atacado? ¿Ella lo había matado tratando de defenderse y luego se había escondido? ¿Quién era el hombre que había regresado por el cadáver?

¿Adónde quería que la siguiéramos?

—Necesito agua —dije. El aire seguía cargado del olor a muerte, y el humo del fuego se cernía sobre nosotras, enganchándose en nuestras gargantas—. ¿Quieres un poco?

Vivi asintió con gesto ausente. Salí al pasillo, frotándome los ojos, y di dos o tres pasos antes de levantar la vista y detenerme.

—Oh —dije—. Diablos.

9

El hombre de la calavera estaba parado al final del pasillo, mirándome fijamente. Había regresado por algo... quizá para asegurarse de que el fuego se hubiera extendido, o para recuperar algo que había olvidado. No esperaba verme, ni yo a él, así que ambos nos quedamos impactados, inmóviles. Durante un eterno y extraño segundo pareció que la criatura me tenía miedo. Entonces, se puso a tantear algo en la parte trasera de su cinturón. Vi un destello de metal.

—Demonios, tiene una pistola —dije mientras me lanzaba en la habitación al tiempo que sonaba el primer disparo. La bala destrozó el espejo que estaba detrás de mí y envió una lluvia de cristales a mi cabello. Vivi cerró la puerta en cuanto entré y la aseguró, pero eso sólo nos hizo ganar uno o dos segundos. Las balas atravesaron la madera y la convirtieron en astillas.

Vivi gritó y se dobló sobre ella misma. Mi mundo se redujo al tamaño de una cabeza de alfiler.

No.

No.

No a Vivi. No podía perder a las dos.

Pero se incorporó cuando los disparos cesaron, con la mano derecha apretada contra su brazo izquierdo. Una mancha roja se extendía bajo sus dedos.

—Dios, me disparó. ¡Me disparaste, psicópata! —gritó a la puerta. Hubo silencio por un momento, luego la puerta comenzó a gemir cuando el hombre apoyó su peso en ella. La madera se hinchó hacia dentro, como una tela estirada sobre un vientre gordo.

—Toma esto, tómalo —dije mientras recogía un puñado de tesoros chamuscados de la cama de Grey y los arrojaba por la ventana a la calle húmeda, un piso más abajo. Vivi hizo lo mismo y utilizó su mano libre para recoger un diario, algunas fotografías y su mochila. Las dos nos escabullimos por la ventana hacia la parte trasera cuando el marco de la puerta tronó con un suspiro de alivio y el hombre se precipitó hacia nosotras. Bajé hasta quedar colgada. Vivi, incapaz de agarrarse con un brazo herido y una mano mojada de sangre, cayó y aterrizó descompuesta debajo de mí. El departamento de Grey sólo estaba en la segunda planta, pero el suelo seguía pareciendo lejano. Me solté y aterricé con fuerza sobre mis pies; la onda del impacto subió por mi columna, forzando el aire de mis pulmones y haciendo que todos mis huesos se sintieran estrujados. Recogimos lo que pudimos de las cosas de Grey y corrimos. El hombre de la calavera nos observó desde la ventana, con nuestros brazos cargando algunos de los trofeos ensangrentados que había intentado incinerar.

Corrimos durante casi un kilómetro, con montones de papel y gotas de sangre detrás de nosotras mientras zigzagueábamos por las callejuelas de Shoreditch, pasando por murales y restaurantes de moda, seguras de que él estaría justo detrás de nosotras. Dos camiones de bomberos pasaron con las sirenas encendidas en la dirección de la que veníamos. Redujimos la velocidad para verlos. Una fina columna de humo se elevaba a lo lejos ahora. Nos pusimos de pie, respirando con dificultad, y nos tomamos de la mano libre, sabiendo que el hombre había incendiado la vida de nuestra hermana y que lo único que quedaba de ella era lo que sosteníamos entre nuestros brazos. Dondequiera que Grey se encontrara, lo que fuera que le hubiera sucedido... nosotras debíamos averiguarlo utilizando solamente lo que habíamos conseguido salvar.

—¿Estás bien? —le pregunté a Vivi sin aliento. Mis dedos estaban pegajosos con su sangre seca. La manga izquierda de su chamarra estaba empapada. Se quitó la prenda con facilidad y utilizó la otra manga para limpiarse la mancha roja. La bala sólo le había rozado el brazo. Había mucha sangre y le dejaría una cicatriz en el tatuaje de la wisteria tan ancha y larga como un dedo, pero no era profunda. Vivi buscó en su mochila un pañuelo y empezó a atarlo sobre la herida para frenar la hemorragia.

Una transeúnte, una mujer mayor con abrigo de piel, se detuvo y nos miró fijamente.

—Mi gato es *despiadado* —dijo Vivi con un encogimiento de hombros, totalmente impasible.

La mujer se alejó a toda prisa.

—Me dispararon —me dijo Vivi—. ¿Puedes creerlo? Me dispararon. ¡Con una bala!

—Lo sé —dije mientras le ayudaba a atar el vendaje improvisado.

—¿Qué carajos? —dijo Vivi.

—Lo sé.

—Quiero decir, ¿qué carajos?

111

—Lo sé.

—Iris, no me estás escuchando. ¿Qué *carajos*?

—Tenemos que alejarnos de la calle —dije, mientras otra mujer nos dedicaba una segunda mirada. Alguien podría llamar a la policía, y no estaba segura de cómo explicaríamos nuestra historia. La hermana desaparecida, el cadáver, el departamento quemado, la herida de bala, el montón de objetos robados. Más difícil aún: el hombre de la calavera, las flores que crecían desenfrenadas en todas las partes blandas de un cadáver—. Sígueme —di marcha atrás, justo por donde habíamos venido, en parte para despistar a nuestro perseguidor si seguía el rastro sangriento de Vivi, en parte porque había visto un café cien metros atrás en el que podríamos escondernos.

El interior era pequeño y oscuro, con el papel tapiz de flores iluminado por focos de color albaricoque que colgaban del techo en tarros. Nos metimos en un privado del fondo. Mi adrenalina disminuía y el cuerpo empezaba a dolerme por todas partes. Había aterrizado mal sobre uno de mis tobillos y una brillante punzada de dolor me molestaba cada que ponía peso en él. La capa de cortes que había acumulado en las palmas de las manos se sentía arenosa y me aguijoneaba en el calor del café. Tenía vidrios en el cabello y sangre en las manos, y el olor a muerte seguía adherido a mi nariz.

Vivi y yo pusimos nuestros objetos rescatados en la mesa entre nosotras. Un diario encuadernado en piel, con los bordes de las páginas húmedos y salpicados de sangre. Hojas sueltas y arrugadas que habían sido arrancadas de un cuaderno. Un puñado de dibujos, en su mayoría destruidos por la sangre y la humedad de la acera y por haber sido agarrados con tanta fuerza durante nuestra huida. Colocamos los dibujos hasta arriba.

Los cuatro primeros eran bocetos de diseños de Casa Hollow: figuras distorsionadas, sin rostro, enfundadas en capas de tela oscura y plumas. Los trazos de lápiz que las habían dibujado eran frenéticos. Pero el último era algo por completo diferente: una representación de una casa derruida con ventanas rotas y paredes de piedra marchitas, con una tira de tartán hecha jirones ondeando desde la puerta principal.

—Tengo la impresión de haber visto este lugar antes —dije mientras me inclinaba sobre la mesa para estudiar la imagen más de cerca. El recuerdo era granuloso, estaba cubierto de polvo. ¿Había estado allí o lo había visto en una película cuando era pequeña?—. La tela parece ser del abrigo que me cubría el día que desaparecimos.

—Me resulta *vagamente* familiar —coincidió Vivi—. Supongo.

—Espera —dije mientras arrebataba las páginas del cuaderno de la mesa—. Ésta es la letra de Gabe —reconocí al instante las apretadas espirales de su escritura porque guardaba en mi buró la tarjeta que había hecho para mí cuando cumplí cinco años. Al frente había una flor de iris dibujada a mano, con pétalos púrpura en plena floración, y dentro un breve mensaje sobre por qué me habían llamado Iris: ésa había sido la flor favorita de su madre.

—¿Qué dice? —preguntó Vivi.

Repasé las páginas. Parecían entradas de diario sin fecha.

Mis hijas están en casa. Hace una semana, esto se sentía como una fantasía imposible. Ahora estamos aquí.

—Oh, Dios mío —dije—. Es acerca de nosotras —seguí leyendo.

No hablan, excepto para susurrar entre ellas. Cuando volvimos a Londres vagaron por nuestra casa durante una hora, como si la hubieran olvidado. No quieren dormir solas en sus habitaciones. Se meten debajo de la cama de Grey y duermen juntas y amontonadas. Todavía tengo muchas preguntas. ¿Qué les pasó? ¿Dónde estaban? ¿Alguien las lastimó? Por ahora, me alegro de que estén en casa.

Le entregué la primera página a Vivi y luego comencé a leer la siguiente, y la siguiente, y la siguiente después de esa.

Mis hijas llevan tres semanas en casa. Debería de estar contento. Estoy feliz... pero todavía no puedo quitarme de encima la sensación de que algo está mal con ellas. Cate cree que estoy paranoico. Probablemente ella tenga razón. ¿Qué otra explicación podría haber?

—

Hoy se cumplen seis semanas de que volvieron a casa. Se comen todo lo que está a la vista. Son como langostas. Anoche, nos quedamos sin comida. Las encontramos en la cocina alrededor de las 2:00 de la madrugada, desnudas, metiéndose puñados de comida para gatos en la boca. Gritaron y nos

arañaron cuando intentamos quitárselas.
Cate lloró y las dejó que siguieran. Yo no
podía soportarlo. Ya no podía estar en la
casa. Caminé por Hampstead Heath hasta el
amanecer.

—

Cuando desaparecieron, lo único que quería
era que estuvieran en casa. Que regresaran
a salvo. Ahora están aquí, y lo único que tengo
son malos pensamientos. ¿Qué me pasa?

—

Han pasado tres meses. Cuando volvieron, se
veían casi igual que mis hijas, a excepción de
los dientes y los ojos. Ahora su cabello se está
volviendo blanco. ¿Por qué Cate no puede ver lo
que yo veo?

—

Antes éramos felices. La vida no era
perfecta y ni siquiera fácil. No éramos ricos
y teníamos que trabajar duro día tras
día para mantener a nuestras hijas, pero
éramos felices. Yo amaba a mi esposa. Cate
era... efervescente. Tenía una risa aguda
como la de un pájaro tropical. Fuimos al cine
en nuestra primera cita y reía tanto y tan
fuerte que el resto de la sala se reía de ella,
y luego con ella.
    Era mágico. Hace meses que no la oigo reír.
Está muy delgada. Les da toda la comida
a las niñas y ella apenas come. Nos están
drenando la vida.

Tal vez me estoy volviendo loco. Así me siento.
Cate cree que lo estoy. Mi terapeuta cree que
lo estoy. No deja de decirme que mi teoría es
errónea e imposible, que es una manifestación
de mi trastorno de estrés postraumático.
Que mis hijas actúan de forma extraña
porque también tienen trastorno de estrés
postraumático.

—

Hay algo malo en todas ellas, pero sobre todo
en la que se parece a Grey. Les tengo miedo.
Le temo mucho a ella. ¿Dónde están mis hijas?
Si estas cosas no son mis hijas, entonces,
¿qué pasó con ellas?

—

He llegado a una terrible conclusión:
Mis hijas están muertas.

—Dios —dijo Vivi—. Habla sobre el descenso a la locura.

El desmoronamiento de Gabe Hollow sucedió muy rápido. Cuando regresamos por primera vez después de nuestro secuestro, él había estado exuberante. Nos había balanceado con sus brazos, un hombre adulto convertido en pulpa húmeda por el milagroso regreso de sus tres hijas.

Fue él quien se dio cuenta de que algo andaba mal en mis dientes y en mis ojos, incluso antes de que saliéramos de Escocia. Me llevó a la comisaría sin avisarle a mi madre y les explicó el extraño problema a los detectives que llevaban nuestro caso:

—Hace un mes, la noche anterior a su desaparición, Iris perdió los dos dientes de leche delanteros, que ya estaban

116

flojos, con un bastón de caramelo duro. Estaba muy emocionada —les dijo. Siete años ya era tarde para perder el primer diente y había estado entusiasmada por conocer por fin al hada de los dientes.

—Entonces, ¿cuál es el problema? —preguntaron los detectives.

—Miren sus dientes ahora —dijo mi padre, tirando de mi labio superior hacia arriba mientras me empujaba delante de ellos—. Mírenlos —mi boca estaba llena. No tenía huecos. Los dientes que había perdido habían vuelto a crecer, pero lo habían hecho como dientes de leche, dientes que volvería a perder sólo unos meses después—. Miren también sus ojos —insistió Gabe—. Todas mis hijas tienen los ojos azules, pero los de esta niña son negros.

Parpadeé un par de veces ante el detective, que me sonrió con tristeza.

—Recuperaste a tus hijas, Gabe —dijo mientras cerraba el expediente que tenía delante—. Tienes el muy deseado, y remoto, final feliz. Vete a casa.

Y entonces nos fuimos a casa y, durante un tiempo, todo estuvo bien. Gabe era un hombre alto y su piel siempre era cálida, y en las semanas que siguieron a nuestro regreso, me encariñé con él, me aficioné a acurrucarme en su regazo y a dormirme en sus brazos. Me gustaba apartarle el cabello de la frente y estudiar los suaves rasgos de su rostro, y cuando se levantaba para ir a algún sitio, me gustaba ir con él, con mis brazos rodeando su cuello. Durante un tiempo, a Gabe le complació la atención. *Mi pequeña sanguijuela*, me decía.

No puedo decir con certeza cuándo exactamente empezó a desviarse su mente, aunque sospecho que el cambio de color de nuestro cabello fue el primer detonador. Las tres teníamos el cabello oscuro cuando éramos niñas, como nuestros padres, pero en las semanas posteriores a nuestro regreso, se aclaró hasta convertirse en rubio blanquecino. No era inusual que quienes habían sufrido un trauma severo desarrollaran de manera espontánea déficit de melanina capilar en un corto periodo de tiempo. Incluso tenía un nombre: el síndrome de María Antonieta, llamado así por la reina cuyo cabello supuestamente se volvió blanco la noche anterior a su cita con la guillotina. Era inusual y extremadamente raro, decían los doctores, pero nada para preocuparse.

La vida continuó. Volvimos a la escuela. Gabe parecía receloso con nosotras. Ya no le gustaba tenerme en su regazo, no le gustaban mis bracitos aferradas a su cuello. Algo agrio y traicionero comenzó a hundirse en él. No sé cómo llegó a la idea de que éramos impostoras, si fue un cuento de hadas de su infancia que cobró un sentido repentino o si lo leyó en un foro de teoría conspirativa, pero se instaló en su cabeza y se acumuló allí como el polvo, hasta que lo cubrió todo.

Incluso cuando los médicos le dijeron que nuestro cambio en el color de los ojos también tenía un nombre —aniridia, la ausencia de un iris, un trastorno causado por un trauma contundente—, Gabe ya había tomado una decisión.

—¿Y si papá tenía razón? —pregunté.

—¿Tenía razón sobre *qué*? —Vivi recogió las hojas de papel y me las sacudió en la cara—. Éstas son las divagaciones desquiciadas de un loco.

—Bueno, ¿qué nos pasó entonces, Vivi? ¿Qué nos ha pasado? Sí, de acuerdo, quizá Gabe se volvió loco, pero algo lo provocó. ¿Quién nos raptó? ¿Adónde fuimos?

—¡No lo sé! —Vivi soltó un chasquido. Arrojó los papeles sobre la mesa—. Necesito un trago.

—Quizá si te enfrentaras a lo que te pasó de niña —dije, incapaz de mirarla a los ojos—, no necesitarías adormecerte con drogas y alcohol —cada una tenía diferentes formas de afrontarlo, pero las de Vivi eran las más destructivas: polvos y venenos diseñados para disminuir el dolor de una tragedia que no entendíamos. Mi hermana se quedó en silencio. Le eché una mirada. Vivi me estaba mirando fijamente con ojos fríos color pizarra, con la mandíbula inferior inclinada hacia delante y con los labios fruncidos.

—Quizá si enfrentaras lo que te pasó de niña —dijo—, tu madre no sería tu única amiga.

Dejé escapar un largo suspiro, mientras todo mi ánimo pendenciero desaparecía de repente.

—No hagamos esto.

—Bueno, no vengas como toda una cretina acusándome de ser una alcohólica.

—*Eres* una alcohólica.

—Oh, vete al demonio, Señorita Perfección.

—Por favor, Vivi. Por Dios. No peleemos por esto ahora.

—Como sea. Bien. Tú empezaste con esto.

Ojeamos juntas el diario. Estaba lleno de recortes de periódicos e impresiones de noticias. Al principio, todas eran sobre nosotras, todas escritas durante nuestra desaparición. Yo había evitado leer mucho sobre nuestro caso. Creía que todas habíamos hecho lo mismo. Al parecer, estaba equivocada.

—Vaya, estaba obsesionada —dijo Vivi mientras pasaba las páginas—. Nunca hablaba de ello. Tampoco quería que nosotras habláramos de ello. ¿Y todo el tiempo estuvo haciendo un álbum de recortes como un ama de casa aburrida?

El resto de los artículos e impresiones de Wikipedia eran sobre otras personas desaparecidas. Todas, igual que nosotras, habían desaparecido en extrañas circunstancias. Grey había resaltado y subrayado y hecho notas en los márgenes. Cosas como:

¿Lo mismo? Poco probable. Tal vez asesinados.
¿Solo una puerta, o muchas?
Difícil de replicar. ¿Casualidad?
¿Tal vez mis recuerdos no son reales?
¡Quiero regresar!
Nada en común.
¿Cuántos vuelven a casa? Muy pocos.
¿Tal vez ninguno?
¿Noche? ¿Tres hermanas? ¿Escocia?
¡Liminalidad! La víspera de Año Nuevo.
Atardecer, amanecer, etc. Momento en el que el velo es delgado.
Si mis recuerdos son ciertos, ¿en qué me convierte eso?
¡Puertas rotas!
¿Regresar a Escocia? (¿Y si no puedo volver?)
¿QUÉ HICE?

La escritura era burbujeante y linda, con las *íes* salpicadas de corazones rosas. Grey lo había escrito cuando era una niña, tal vez a los doce o trece años, antes de que cambiara a las plumas de color verde ácido y a la fina letra que le gustaba en la preparatoria. *¿QUÉ HICE?*, era la última nota. Estaba al margen de una impresión de Wikipedia sobre la desaparición de Mary Byrne, una adolescente británica que se había perdido en Bromley-by-Bow en la víspera de Año Nuevo de 1955. Entre las páginas había un puñado de fotos Polaroid que Grey había tomado cuando fuimos a Bromley-by-Bow a quedarnos con la prima de mi madre, la semana después de la muerte de nuestro padre. Nos alojamos cerca de la estación, al otro lado del río, donde Mary Byrne había sido vista por última vez décadas atrás.

Lo que recuerdo de esa semana: las cuatro dormíamos en un colchón inflable, con nuestros cuerpos pegados por el calor, una ciénaga de sal y sudor y pesar; me caí en la larga hierba de verano de Mile End Park y me raspé las rodillas en las rocas ocultas; vestía pantalones cortos rosas y me untaba brillo labial con sabor a chocolate con una frecuencia alarmante; mi madre lloraba todas las noches; yo le acariciaba el cabello hasta que conseguía quedarse dormida; Grey dormía con el cuerpo rígido contra la pared, de espaldas al resto de nosotras; yo extrañaba a mi padre.

Grey había estado obsesionada con Mary Byrne, otra inexplicable desaparición en la víspera de Año Nuevo, y había pasado gran parte de su tiempo en Bromley-by-Bow vagando por las calles desde el amanecer hasta el atardecer. Vivi y yo éramos demasiado pequeñas para acompañarla, y Cate y los demás adultos estaban demasiado distraídos con la planificación del funeral como para notar o preocuparse mucho por lo que hacía Grey. Era una rara oportunidad esta relajación de la vigilancia constante de Cate, así que Grey, de trece años, aprovechó al máximo esta libertad, deslizándose por las calles del este de Londres sola todos los días y regresando frustrada cada noche.

Entonces, en nuestra última noche allí, la previa al funeral de nuestro padre, Grey había vuelto mareada de emoción y con una sonrisa de oreja a oreja. Estaba más feliz de que la había visto en mucho tiempo. Olía a algo salvaje y herbal. Todas las fotos del diario estaban fechadas ese día, el día antes de que enterráramos a nuestro padre. Las cuatro primeras eran de los alrededores de Bromley-by-Bow: el Greenway, un sendero y una pista para bicicletas que se extendía a lo largo de varios kilómetros a través de Londres, bordeado en la foto de Grey por altos edificios de departamentos blancos contra un cielo oscuro; la pasarela metálica encajonada que se extendía sobre la estación de West Ham, el último lugar en el que se había visto a Mary Byrne; una imagen exterior e interior de House Mill, un enorme y antiguo molino de mareas en la isla de Three Mills que se había quemado y reconstruido en el siglo diecinueve.

La última fotografía mostraba una puerta en ruinas: un muro de piedra sin apuntalar, con un arco en el centro. Estaba en el interior de algún sitio, quizás en el sótano del molino, persistente entre los nuevos edificios que se habían construido encima de él. Las flores blancas crecían rabiosas por su superficie. Se parecía mucho a la puerta bordada en la colcha de Grey.

Un escalofrío se instaló en mi piel.

—¿Grey creía que había resuelto el misterio de Mary Byrne o algo así? —pregunté.

El resto del diario no contenía más que bocetos de puertas en ruinas, con su ubicación y una fecha registradas debajo. Puertas en París, puertas en Berlín, puertas en Cracovia. Puertas en Anuradhapura, puertas en Angkor Wat, puertas en Israel. ¿Había estado Grey en todos esos lugares?

El camarero se inclinó entonces sobre el mostrador.

—Ustedes... eh... ¿están bien? —preguntó.

—Estamos bien, gracias —dije—. Perdón, pediremos algo en un segundo.

—No, me refería a que... mmm... están sangrando en el piso un poco.

—Oh. Sí. Nos... caímos de la bicicleta. ¿Tienes un botiquín de primeros auxilios?

El camarero nos trajo los suministros y un capuchino gratis para cada una para empezar. Vivi y yo nos sentamos juntas en el fondo de la cafetería, ahora vacía, bebiendo café, con la caja verde y blanca abierta en la mesa entre nosotras.

Vivi se quedó ahí sentada con las manos apoyadas en las rodillas, con las palmas hacia arriba, mientras yo le limpiaba sus cortes con yodo.

—Grey está muerta, ¿verdad? —dijo de manera rotunda. Sus ojos eran pozos profundos. Ni siquiera se inmutaba ante lo que debía ser un dolor punzante—. Hay un plazo crucial de cuarenta y ocho horas, y después de eso, están muertos.

—No digas eso —le advertí—. Eso no es lo que nos pasó a nosotras.

—¿Qué recuerdas de haber estado desaparecida? —preguntó Vivi.

—Nada.

—Sé que eso es lo que nos contamos. Sé que eso es lo que le decimos al mundo. Pero yo recuerdo pétalos blancos flotando en el aire como hojas de otoño. Y el humo. Y el crepúsculo. Y...

Una chimenea. Una niña con una navaja en la mano.

—No sigas —dije—. Tú tenías nueve años. Yo tenía siete. No podemos confiar en esos recuerdos. Déjame ver tu brazo.

—Había una niña.

—Basta.

—Creo que ella nos hizo algo. Creo que nos lastimó.

—Vivi.

—Tú preguntaste: "¿Quién les corta la garganta a unas niñas?". ¿No quieres saber qué te pasó?

—No.

—¿Por qué no?

—Porque... tengo miedo.

—No deberías tener miedo de la verdad. Te hará libre, ¿cierto?

—A menos que sea tan terrible que te destruya por completo. No, gracias. Tal vez estoy muy bien con mis recuerdos reprimidos. Ahora enséñame el brazo.

Vivi se quitó la chamarra y se arremangó el suéter ensangrentado; tenía la piel de gallina, erizada. Desenvolví el pañuelo que habíamos utilizado para detener la hemorragia. La tela estaba empapada de sangre gelatinosa y despedía un aroma repelente y a la vez embriagador.

Vacilé al contemplar la herida.

—No te muevas —ordené mientras la limpiaba con una toallita con alcohol para verla mejor—. Hay algo aquí.

Vivi no estaba prestando atención.

—Vamos a recuperarla, Iris —dijo mientras miraba al techo, todavía despreocupada por el dolor—. No viviré en un mundo sin ella.

—Estoy de acuerdo —dije, pero era mi turno de mostrarme distraída. Había algo translúcido enroscado dentro de su carne.

Utilicé la fina punta de la navaja de Grey para sacarlo. No fue difícil, era una única flor anémica. Le di un suave tirón y la arranqué de la herida, con su pequeño sistema de raíces y todo. El mismo tipo de flor que se había apoderado del cuerpo del hombre muerto. El mismo tipo de flor que había crecido de los ojos de Grey en la fotografía.

Había brotado dentro de Vivi, alimentándose de su sangre, floreciendo en su carne abierta.

¿Qué demonios estaba pasando?

Hice girar la flor ensangrentada entre mis dedos y me sentí repentina y desesperadamente enferma. Se me inflamó la garganta. Me tragué un sollozo. Grey se había ido, y la extrañeza de la que yo había estado intentando escapar con tanta desesperación me había encontrado de nuevo.

—Por lo menos tendré una cicatriz nudosa. A las chicas les gustan las cicatrices, ¿cierto? ¿La herida se ve infectada? —preguntó Vivi. Aplasté la flor entre mis dedos antes de que ella pudiera verla. Reconocerla la convertiría en algo real... y yo no estaba preparada para que lo que estaba ocurriendo fuera real.

—Está bien —dije mientras le vendaba el brazo con más yodo y lo envolvía en una gasa, con la esperanza de que eso fuera suficiente para evitar que le brotaran en la carne más jardines—. Creo que es hora de llamar a la policía.

10

DOS DÍAS DESPUÉS

Otro *flash* se disparó, dejando un nuevo grupo de manchas blancas y pegajosas en mi visión. Miré mi vestido e intenté parpadear para que hacerlas desaparecer. Un hilo se estaba soltando en el dobladillo. Lo tomé y observé cómo se deshacía la costura al tirar de él. Era una pieza de Casa Hollow sacada del armario de Grey. Todas nos habíamos vestido con ropa de Casa Hollow para mostrar nuestra solidaridad. Un blazer para Vivi. Un vestido de terciopelo verde esmeralda para mí. Un broche para nuestra madre, a pesar de sus protestas. Una pizca de perfume de Grey, digno de una broma, en nuestros cuellos y muñecas, así que todas apestábamos a humo y a la parte oscura del bosque.

El vestido era de cuello alto y me rozaba la cicatriz del cuello, lo que hacía que estuviera en carne viva, punzante. Aparté la costura de la cicatriz, pero seguía sintiéndose como una lija tallándose contra mi piel.

El detective principal estaba de pie, dando sus comentarios iniciales.

—La señorita Hollow no tiene su teléfono celular con ella —dijo—. No hemos podido rastrearla a través de ninguna red social. Estamos preocupados por su seguridad. Pedimos al público que mantenga los ojos abiertos, y que cualquiera que tenga alguna información sobre su paradero nos la notifique. Los periodistas se pusieron inmediatamente en pie de guerra.

—¿Creen que esta desaparición está relacionada de algún modo con su desaparición de niña? —preguntó uno de ellos.

—No lo sabemos —atajó el detective—. Estamos en contacto con las autoridades escocesas para determinar si hay similitudes, aunque de momento no parece haber correlación.

—¿Dónde fue su última localización confirmada? ¿Quién fue la última persona con la que habló?

—No podemos facilitar esa información todavía. Responderé a más preguntas en un momento. Pero ahora la familia de la señorita Hollow quiere hacer una breve declaración.

En otro universo, estaba en mi clase de literatura de los viernes, discutiendo sobre *Frankenstein* con la señora Thistle. En cambio, Vivi, Cate y yo nos encontrábamos juntas al frente de un auditorio, dentro del Lanesborough. Un candelabro de cristal brillaba en lo alto. Las paredes estaban suntuosamente revestidas y había retratos con marcos dorados; sólo las alfombras con estampado de leopardo parecían modernas.

Mi madre estaba sentada a un lado de mí, leñosa y quebradiza. Vivi estaba sentada a mi otro lado, encorvada, con los brazos cruzados. Apestaba: ese olor aceitoso de la bebida rancia y el sudor y el humo del cigarrillo. Cate no había podido obligarla a darse un baño, así que la había rociado con perfume extra para disimular dos días de pesarosa bebida. Había sido inútil.

Fue el agente de Grey quien había notificado a la policía dos días atrás. Los esperamos en su oficina, un espacio moderno y elegante, adornado con fotos enmarcadas de nuestra hermana. Habían tardado horas en llegar. Después de todo, no había ninguna urgencia. No había escena del crimen, ni cuerpo. Sólo un departamento incendiado y una chica desaparecida... y las chicas desaparecían todos los días. La policía había llegado alrededor del atardecer para tomarnos declaración. Habíamos omitido los detalles que no podíamos explicar —las flores que crecían sobre el muerto, la calavera de toro que el hombre llevaba sobre la cabeza— y les habíamos contado sólo los hechos más contundentes. Grey había dejado una nota diciendo que estaba en peligro. Había un cadáver en su departamento. Un hombre había entrado y prendido fuego al lugar. Le había disparado a Vivi.

Los policías habían sido minuciosos, pero rutinarios, en sus preguntas. Habían intercambiado miradas incrédulas y exasperadas aproximadamente cada treinta segundos. Lo entiendo. Incluso en sus partes más creíbles, era una historia descabellada e inverosímil de una familia descabellada e inverosímil.

Cuando la policía se fue, Vivi llamó a nuestra madre y el agente llamó al publicista de nuestra hermana. Una hora después, el mundo sabía que Grey Hollow —la hermosa y extraña Grey Hollow— había desaparecido. *Otra vez*. Si Grey había sido una famosa supermodelo una semana atrás, ahora era algo diez veces más embriagador: un misterio sin resolver.

Era oficial. Ya había comenzado.

Y todo esto nos condujo a la conferencia de prensa. El evento había sido planeado en la sucia sala de conferencias de una estación de policía local, pero el publicista de Grey lo cambió al Lanesborough.

Nos habían ordenado que luciéramos tristes, recatadas e indefensas, lo cual no era difícil. Estábamos indefensas.

Grey había contado con que vendríamos a buscarla, y lo hicimos. Grey había guardado secretos que sólo nosotras encontraríamos, y lo hicimos. Grey había dejado migajas de pan y había apostado por que la salvaríamos... y habíamos fracasado.

Habíamos omitido algo, alguna pista vital, y ahora Grey se había ido de verdad. Las únicas dos personas que podían tener una esperanza de encontrarla lo habían arruinado por completo.

Algo se retorcía en mi corazón al pensar en Grey sola en algún lugar, asustada, esperando que Vivi y yo la rescatáramos. Esperando y deseando, con la certeza de que llegaríamos... y, al final, dándose cuenta de que no lo haríamos.

Te amo, pensé, conteniendo un sollozo. *Por favor, debes saber que te amo. Por favor, debes saber que lo intenté.*

Los periodistas se alimentaron con mi momento de dolor con avidez. Los destellos de los fotógrafos me dejaron con dolor de cabeza y desorientada. Cate se incorporó y murmuró una súplica para que Grey volviera a casa, pero sus palabras nunca sonaron convincentes. Sus labios fruncidos, su afecto plano. Había visto las imágenes de la rueda de prensa que dieron nuestros padres la primera vez que desaparecimos, en la que nuestra madre había rozado la manía. Entonces, sus mejillas estaban empapadas de lágrimas, sus ojos abiertos y rojos y salvajes, un pañuelo húmedo en la nariz cada diez segundos mientras suplicaba, suplicaba, *suplicaba* que por favor le devolvieran a sus pequeñas.

Lo de ahora en nada se parecía a eso.

Entonces había sido el mes más duro de la vida de mis padres. Los había retorcido y agrietado, a cada uno, como individuos, y a los dos, como pareja.

Se culpaban el uno al otro. Se culpaban a sí mismos. Había sido Gabe quien había presionado para ir a Escocia a visitar a sus padres en Navidad y Año Nuevo. Había sido Cate quien había querido llevarnos a pasear por las calles del casco antiguo a la medianoche para que pudiéramos admirar los fuegos artificiales y vivir una verbena popular. Había sido Gabe quien había decidido la ruta. Habían sido ambos quienes nos habían quitado los ojos de encima para compartir un beso de medianoche.

Culpa de él.

Culpa de ella.

Culpa de ellos.

Culpa de nosotras.

¿No nos habían enseñado que no debíamos hablar con extraños? ¿No nos habían enseñado que no debíamos alejarnos? ¿No habían sido lo suficientemente duros? ¿Lo suficientemente confiables? ¿Suficiente, suficiente, suficiente?

En los días siguientes, la casa de nuestros abuelos fue registrada en busca de sangre, de signos de forcejeo. Los perros rastreadores recorrieron los pasillos y las habitaciones en busca de señales de muerte. Los jardines del patio trasero fueron escarbados, destruidos. Su auto fue confiscado como posible evidencia. Se entrevistó a docenas de testigos para tratar de reconstruir la imagen de lo que había sucedido ese mismo día. Se dragaron los lagos cercanos en busca de nuestros cuerpos. Mis padres se sometieron al detector de mentiras. Les tomaron las huellas dactilares. Fueron fotografiados por todos sus flancos. Fueron acosados, tanto por la policía como por los periodistas. La prensa los inmortalizó en sus peores momentos. Si lloraban demasiado, los acusaban de estar fingiendo. Si intentaban mantener la compostura, los llamaban desalmados.

Que Dios les ayudara si sonreían.

Nadie se creía su historia... ¿y por qué alguien iba a creerla? Era imposible. ¿Quién podría arrebatar a tres niñas sin ser visto, sin ser oído? ¿Quién podría hacerlo en cuestión de segundos? No podían dejar Edimburgo sin una respuesta de cualquier manera. No podían trabajar. No podían quedarse en casa de mis abuelos ahora que era la escena de un presunto crimen. Gastaron todos sus ahorros en hoteles y autos de alquiler y vallas publicitarias con nuestros rostros en ellas. Escasamente comían. Apenas dormían. Llamaron a todas las puertas del casco antiguo. Iban a la deriva por las calles desecadas por la desesperación, aceitosas y fétidas y angostas. Oscilaban entre el consuelo mutuo y el odio por lo que había ocurrido.

Las costuras de sus almas —y de su matrimonio— se deshilaban.

Tal vez se encontraban a un par de días de ser detenidos por nuestros asesinatos cuando hicieron su pacto.

—Si están muertas —le dijo Cate a mi padre—, ¿nos suicidamos?

—Sí —respondió Gabe—. Si están muertas, eso haremos.

Una mujer nos encontró en la calle esa noche, desnudas y temblorosas, pero ilesas. Los periódicos que habían acosado a mis padres se disculparon por haberlos difamado y pagaron grandes indemnizaciones por daños y perjuicios... lo suficiente para inscribirnos a las tres en una lujosa escuela privada.

Gabe y Cate nunca se recuperaron. Habían sido heridos profundamente, y se habían herido mutuamente demasiado. Lo *malo* de *en lo próspero y en lo adverso* había sido mucho más pesado de lo que cualquiera de ellos hubiera podido imaginar.

Ahora mi madre estaba reviviendo esa misma tragedia. Apreté su mano y ella me devolvió el apretón. Y entonces nuestra parte en la conferencia de prensa terminó. Se había decidido que Vivi y yo no hablaríamos, que quitaríamos protagonismo a Grey, así que cuando nos levantamos para salir de la sala, toda la galera de la prensa gritaba, haciendo las preguntas que se les habían ordenado hacer desde que nos vieron.

—Iris, Vivi, ¿hay algo que ustedes quisieran decir sobre lo que les pasó cuando eran niñas?

—¿Van a colaborar en la investigación?

—¿Qué les pasó realmente en Escocia?

—¿Creen que Grey ha sido abducida por las mismas personas que las raptaron a ustedes la primera vez?

—¡Cate! ¡Cate! ¿Qué le dices a la gente que sigue pensando que orquestaste el secuestro de tus propias hijas hace diez años?

Mantuve la cabeza inclinada, los ojos clavados en el suelo, el estómago lleno de alguna sustancia aceitosa. La policía nos hizo señas para que pasáramos a la habitación contigua, un refugio tranquilo lejos de los buitres. Cuando las puertas se cerraron detrás de nosotras, mi familia se separó sin decir más. Vivi se dirigió al bar del hotel. Yo me fui a casa con Cate a nuestra grande y vacía casa. Mi madre se encerró en su cuarto oscuro y yo me quedé sola, todavía vestida con la ropa de mi hermana desaparecida.

El teléfono sonó en mi bolsillo. Había estado sonando sin parar desde el primer comunicado de prensa, con mensajes de profesores y de los padres de las chicas a las que daba clases particulares y de compañeras de estudios que nunca habían hablado conmigo cara a cara, pero que habían conseguido mi número a través de la amiga de una amiga para poder transmitir sus pensamientos y oraciones.

Este nuevo mensaje era de un número desconocido:

> Dios mío, nena, ¡qué horrible lo de Grey! Espero que la encuentren pronto. P.D. ¿Te las arreglaste para pasarle mi portafolio de modelaje a su agente? Te lo adjunté en Instagram, ¿recuerdas? Todavía no me han contestado. Probablemente estén ocupados con todo esto de las personas desaparecidas, ¡pero se me ocurrió que podría comprobarlo!

No podía soportar más el escozor del terciopelo contra mi piel cortando un camino caliente contra mi cicatriz. Me desprendí de él en el vestíbulo, luego lo hice una bola con mis manos temblorosas y grité contra la tela. Quería destruir algo hermoso, así que tomé el vestido y lo rasgué. Mientras lo hacía, un rizo de papel, delicado como un filamento, revoloteó desde algún lugar oculto dentro de una costura. Me hundí en el suelo, con la espalda apoyada en la pared, y lo desplegué. La nota estaba escrita a mano con la tinta verde característica de Grey.

> Soy una chica hecha de migajas de pan, perdida sola en el bosque. –GH

Sí, Grey, pensé para mis adentros. *No me fastidies.*

☽

¿Qué haces cuando alguien a quien quieres ha desaparecido? Cuando todos los sitios en que se te ocurre buscar ya han sido registrados ¿qué haces en las largas horas que te quedan por delante, pesadas por la ausencia y la preocupación? La respuesta de Vivi fue emborracharse sin tregua durante el mayor tiempo posible, desaparecer en su interior. Mi respuesta fue recorrer los pisos de nuestra casa, desempolvando los recuerdos de Grey en cada habitación, con Sasha pisándome los talones como si pudiera sentir mi dolor y mi ansiedad.

Aquí, en el armario bajo las escaleras, estaba el lugar donde Grey había cubierto el espacio con mantas y cojines y guirnaldas de luces, y nos había leído las Crónicas de Narnia todas las noches durante un año. Donde yo había presionado las yemas de mis dedos contra los focos de plástico mientras ella leía, y me maravillaba de cómo su fulgor brillaba a través de mí, convertido en rojo fluorescente por mi sangre, revelando capilares y venas y todo tipo de secretos bajo mi piel.

Aquí, en la cocina, era donde ella había preparado el desayuno cada domingo por la mañana, bailando al ritmo de los Smiths o los Pixies mientras revolvía el contenido de las gavetas y dejaba tormentas de harina en el suelo.

Aquí, en mi habitación, era donde se había acurrucado junto a mí cuando yo estaba enferma y me narraba cuentos de hadas sobre tres valientes hermanas y los monstruos que encontraban en la oscuridad.

Aquí, en su habitación ahora vacía, era donde había colocado el póster de la guía de quiromancia "La mano delatora" encima de su cama y había llenado sus estantes de bálsamos y palitos de incienso.

Me senté en su cama durante mucho tiempo, intentando recordar cómo era la habitación antes de que Grey se fuera. Siempre había habido ropa esparcida por el suelo y la cama estaba siempre sin tender. Los zarcillos de una enredadera de wisterias se habían colado por la ventana y siempre parecían ocuparse de una esquina de la habitación. Una lámpara de sal rosa del Himalaya había derramado su humedad sobre la mesita de noche, rizando las páginas de su ejemplar de *Guía práctica de las runas*, el libro favorito de Grey para dormir. El tocador había estado repleto de bolsitas de hierbas, collares de cristales y libros con textos subrayados acerca de antiguas tablillas de maldición romanas.

Todo había desaparecido, y la chica se había ido con ello. Mi madre estaba llorando. No era un sonido nuevo. Había sido el ruido de fondo durante gran parte de mi vida. La casa gimiendo con el viento y, detrás de eso, mi madre llorando. Caminé descalza por el pasillo hasta su habitación, con cuidado de evitar el crujido del piso que delataría mi presencia. La puerta estaba entreabierta; una fracción de luz sobresalía. Era un cuadro que reconocía: Cate arrodillada junto a su cama, con la fotografía de mis hermanas, mi padre y yo en la mano. Tenía la cara hundida en la almohada mientras sollozaba, pero lloraba tan fuerte que me preocupó que inhalara la tela y las plumas y se asfixiara.

Por la tarde, me dejé caer en la cama con mi laptop y pasé de Twitter a Reddit y a todas las noticias que pude encontrar sobre la desaparición de Grey. El tema había invadido las redes sociales. Seguí los hashtags y leí a profundidad todos los hilos de conversaciones populares hasta que me dolió la cabeza, hasta que mi ansiedad fue una carga física que descansaba con pesadez en mi cráneo, hasta que mi cuerpo se sintió hueco y marchito. Me mordí las uñas hasta que me sangraron los dedos. No podía respirar bien, pero no podía dejar de leer y ver las reacciones de la gente. ¿Era un truco publicitario o un engaño o un acto para llamar la atención o un malentendido o un asesinato o un suicidio o una conspiración del gobierno o extraterrestres o un pacto con el diablo? Me desplacé navegando, tecleé sin parar, me consumí, me llené y me vacié hasta que vi a mi madre pasar frente a la puerta de mi habitación al atardecer, con el uniforme puesto y el oscuro cabello recogido en su habitual peinado de trabajo.

Salí al pasillo y la alcancé al final de las escaleras.

—Debes estar *bromeando*.

—El mundo tiene que seguir girando —dijo mientras tomaba las llaves del auto y se dirigía a la puerta principal. La piel debajo de sus ojos estaba distendida, parecía que sus labios hubieran sido picados por abejas.

—¿Por qué ya no la quieres? —pregunté, siguiéndola—. Quiero decir, ¿qué podría haberte dicho una chica de diecisiete años que fuera tan cruel como para hacerte odiarla?

Mi madre se detuvo a medio camino de la salida. Yo esperaba que protestara. Esperaba que dijera: *No odio a Grey. Yo nunca podría odiar a mi propia hija*. En cambio, dijo:

—Me rompería el corazón que lo supieras.

Respiré profundamente varias veces y traté de descifrar lo que eso significaba.

—¿Te importa siquiera que pueda estar muerta?

Mi madre tragó saliva.

—No.

Sacudí la cabeza, horrorizada.

Cate volvió a acercarse a mí y me abrazó, aun cuando fingí apartarla. Estaba temblando, con una energía frenética a través de ella.

—Lo siento —me dijo—. Lo siento. Sé que es tu hermana.

No debería haber dicho eso —nunca me sentía más ajena a Cate que cuando estábamos de pie una al lado de la otra, la di-

ferencia de altura entre nosotras es extrema. Mi madre, pequeña, dulce y de ojos azules, y yo, altísima y angulosa. Éramos
especies diferentes—. No salgas esta noche, ¿de acuerdo? Por
favor. Quédate aquí. Quédate adentro. Sabes que no podría
soportar perderte. Lo siento... pero tengo que ir a trabajar.

Y así lo hizo. Se fue. Me hundí en las escaleras, mirando tras
ella, con un resabio ácido girando en mi interior. Todavía me
picaba la cicatriz por el vestido de terciopelo, así que me clavé
las uñas en ella. Ahora había un pequeño nódulo duro de tejido
cicatricial en un extremo, inflamado por el roce de la tela. Me
rasqué hasta que sangró. La casa parecía demasiado silenciosa,
demasiado poblada de sombras y de lugares para que un intru-
so se escondiera. ¿Y si el enmascarado ya estaba dentro? ¿Y si
venía durante la noche, mientras yo estaba aquí sola?

Comprobé la ubicación de Vivi en mi teléfono: seguía en
el Lanesborough, tal vez todavía bebiendo en el bar. No había
hablado con ella en todo el día. Vivi era así de volátil. Podía
ser tu mejor amiga en un momento, tu cómplice en toda clase
de travesuras, y al siguiente, retraerse por completo.

Otro pensamiento sombrío: Grey era la fuerza fundamen-
tal de nuestra hermandad, el sol alrededor del cual orbitá-
bamos. ¿Qué seríamos Vivi y yo sin ella? ¿Nos separaríamos
en el espacio cavernoso que Grey había dejado atrás, como
planetas rebeldes que se desvanecen en el abismo?

¿Perdería a mis dos hermanas casi simultáneamente?

Cuando sonó el timbre, pensé que era Cate de nuevo, que
volvía a dar explicaciones. Me tomé mi tiempo para llegar a la
puerta y la abrí lentamente.

—Necesito un trago —dijo Tyler Yang, mientras entraba
pasando directamente por delante de mí sin esperar una invitación.

—Claro, entra, hombre extraño al que sólo he visto una vez —dije a sus espaldas, pero Tyler ya había encontrado el camino por el pasillo hasta la cocina. Oí los golpes de las gavetas y el ruido de las ollas. Cerré la puerta y lo seguí.

—Está encima del refrigerador —dije, con los brazos cruzados mientras lo observaba. Hoy estaba más desaliñado, con el cabello negro cayendo sobre su frente y los jeans rasgados por las rodillas, pero seguía funcionando. Incluso sobre el fondo anodino de una cocina de los suburbios de Londres, Tyler Yang desprendía una energía como de pirata, intensificada por su delineador de ojos difuminado, su ondulante camisa floral y la gabardina con estampado de leopardo de Casa Hollow, que cubría sus brazos tatuados. Era alto y delgado. Inconvenientemente apuesto.

Encontró la reserva oculta de alcohol, eligió la ginebra y bebió un largo trago directo de la botella.

—Encantador —dije.

—Tu hermana me está engañando, estoy absolutamente seguro —dijo Tyler mientras se paseaba por la cocina con la botella de ginebra en la mano.

—¿De qué estás hablando?

—¡Está fingiendo! Voy a caer por esto y eso es exactamente lo que ella quiere —bebió otro largo trago, y luego se detuvo, mientras disparaba los ojos de un lado a otro en un pensamiento demente—. ¿Inglaterra tiene pena de muerte?

—Espera, ¿crees que Grey está fingiendo su desaparición para... castigarte a *ti*?

—¿Te extrañaría viniendo de ella?

Pensé en cómo Justine Khan se había afeitado la cabeza delante de toda la escuela. Pensé en el profesor que no le agradaba a Grey, el que la besó delante de su grupo y fue despedido por ello. Pensé en cómo él había insistido en que no había querido hacerlo, que ella le había susurrado al oído y lo había obligado. Grey Hollow tenía un sentido ligeramente retorcido del crimen y el castigo, y una forma de hacer que le sucedieran cosas malas a la gente que se cruzaba con ella.

Tyler estaba caminando de un lado a otro de nuevo.

—Un montón de cosas extrañas suceden alrededor de esa mujer. ¡Una cantidad *anormal* de cosas extrañas!

Suspiré. Lo sabía.

—La policía fue a mi departamento mientras yo estaba fuera, ya sabes —continuó—. Al parecer, tienen una orden de arresto —resopló—. Es tendencia en Twitter.

Lo comprobé: lo era.

—¿Tienen algo contra ti? —pregunté.

Otro sollozo ahogado. Otro trago de ginebra.

—¿Cómo demonios podría saberlo?

—¿Así que entonces viniste... *aquí*? Cuando la policía está a punto de acusarte... ¿de qué?, ¿del *asesinato* de mi hermana?

Tyler me apuntó con la botella de ginebra, sus dedos ataviados con finos anillos de plata.

—Sabes que yo no tuve nada que ver con su desaparición. Puedo verlo en tus ojos. Tú sabes algo, Pequeña Hollow. Dímelo.

Sacudí la cabeza.

—Pensábamos que sabíamos algo. Pensábamos que podría estar relacionado de alguna manera con lo que nos pasó de niñas, pero... no tenemos nada.

—¡Carajo! —Tyler se pasó la mano por el cabello para apartarlo de su cara, y luego se hundió en el suelo de la cocina, con la cabeza inclinada sobre el pecho y los brazos inertes a sus costados. Me acerqué y me agaché frente a él. De cerca, percibí el olor de la ginebra, la marihuana y el vómito, y me pregunté qué tan borracho y drogado estaba ya cuando llegó aquí.

—Tú la conocías, Tyler —le dije.

Sacudió su cabeza caída.

—No sé si alguien la conocía realmente —dijo arrastrando las palabras.

—*Piensa*. Piensa *bien*. ¿Hay algo que puedas decirme, cualquier cosa, que pueda ser un buen punto de partida? ¿Un nombre, un lugar, una historia que te haya contado? —esperé un minuto entero y luego le sacudí el hombro, pero él lanzó una mano en mi dirección con un gemido y enseguida se desplomó contra la alacena, inconsciente.

—Oh, por el amor de Dios —exclamé mientras me levantaba.

Tyler estaba demasiado pesado para moverlo, así que encontré una manta y una almohada de repuesto en el armario de blancos y lo dejé allí, desplomado en el suelo de la cocina.

☾

El sábado por la mañana desperté con el sabor de la sangre y el olor del sudor y el alcohol. Sentía un hambre profunda y punzante en mi interior; me había estado mordiendo las mejillas y la lengua mientras dormía. La sangre era mía. Se había secado en mis labios, había goteado sobre la funda de mi almohada. El olor a sudor y a alcohol provenía de Vivi, todavía vestida con lo que llevaba ayer en la rueda de prensa; su maquillaje era un fresco que se agrietaba en su piel. Su cálido cuerpo estaba acurrucado alrededor de mí, con una de sus piernas sobre los huesos de mi cadera.

140

Había sido una noche extraña e insomne. Las horas se habían amontonado y luego se habían desplomado en grandes pedazos. No había sido capaz de cerrar los ojos sino hasta que el amanecer blanqueó el cielo invernal. Al final, había agradecido la presencia sin invitación de Tyler Yang. Revisar cómo estaba durante toda la noche, para asegurarme de que no se hubiera ahogado con su propio vómito, me dio algo que hacer que no fuera preocuparme por Grey. La noticia de la orden de arresto contra Tyler se había extendido rápidamente por internet, y caí en un pozo sin fondo leyendo sobre él, sobre su relación con mi hermana y su carrera y su pasado. Lo que inevitablemente me llevó a la trágica historia de Rosie Yang.

Estaba sentada en el suelo de la cocina junto a Tyler cuando me encontré con el titular.

HORROROSO AHOGAMIENTO: LOS TESTIGOS RELATAN LAS ESPELUZNANTES ESCENAS DE LA MUERTE DE UNA NIÑA, DE SIETE AÑOS, EN UNA EXCURSIÓN FAMILIAR A LA PLAYA

Volví a morderme las uñas mientras leía. Había sucedido años atrás, cuando Tyler tenía cinco años, en una concurrida ciudad costera en pleno verano. Hubo una ola de calor. La playa se había llenado de miles de personas que escapaban del pegajoso bochorno. Tyler y su hermana mayor se alejaron de sus padres y fueron encontrados flotando boca abajo en las olas poco después. Tyler fue reanimado en el lugar. Rosie no y fue declarada muerta en el hospital.

El artículo incluía una foto de su fiesta de cumpleaños de la semana anterior. Una niña con un vestido amarillo, con el mismo cabello negro que Tyler, la misma sonrisa pícara, los mismos hoyuelos en las mejillas.

Había apoyado la palma de la mano en el torso de Tyler mientras dormía y había sentido el constante ascenso y descenso de su pecho, el fuerte latido de su corazón, y había imaginado la escena de aquel día en la playa. Las manos de un socorrista contra su pecho, las compresiones tan profundas que astillaban sus finas costillas. La piel desnuda y húmeda de su espalda se hundía en la arena caliente mientras los espectadores se agolpaban alrededor, llevándose la mano a la boca y reteniendo a sus propios hijos para que no pudieran ver. Sus padres se cernían sobre él, se cernían sobre su hermana, apenas capaces de respirar presas del dolor y la esperanza y el anhelo. Un niño escupiendo agua de sus pulmones, una repentina inhalación. La otra inerte, fría, azul.

Tyler Yang era confiado, engreído y displicente. Tyler Yang no parecía un hombre con un pasado trágico. Sin embargo, lo peor que yo podía imaginar que pudiera sucederle a alguien, lo que tal vez me estaba sucediendo a mí ahora mismo —perder a una hermana—, ya le había sucedido a él. Tyler era un sombrío testimonio de una verdad que yo conocía, pero que me negaba a reconocer: que era posible sufrir una pérdida devastadora e incomprensible y seguir viviendo, respirando, bombeando sangre a través del cuerpo y suministrando oxígeno al cerebro.

Me quedé sentada en la cocina durante la mayor parte de la noche después de aquello, revisando la respiración de Tyler, con la navaja de Grey en la mano por si el hombre con cuernos volvía, hasta que finalmente, al amanecer, me metí bajo las sábanas y colapsé.

Apoyé mi mejilla en el pecho tatuado de Vivi y escuché el latido de su corazón, con un brazo sobre su estómago. Mi corazón latía al ritmo del suyo. Las tres, con el mismo ritmo en nuestros pechos. Cuando una se asustaba, los corazones de las otras golpeteaban. Si nos abrieran y nos retiraran la piel, estaba segura de que se encontraría algo extraño: un órgano compartido, de alguna manera, entre tres chicas.

Éramos piezas de un rompecabezas, las tres. Había olvidado lo bien que me sentía al despertarme junto a ella, acurrucada en ella, un todo con tres partes. La ausencia de Grey se sentía cruda y dolorosa esta mañana. La quería ahí más desesperadamente que nunca. Quería encontrarla y derrumbarme sobre ella y dejar que me acariciara el cabello como lo hacía cuando yo era pequeña, hasta que me quedaba dormida entre sus brazos.

Mi hermana. Mi refugio.

Una lágrima se deslizó por el rabillo de mi ojo y mojó la cálida piel de Vivi.

Ella se movió cuando empecé a sollozar.

—Hey —dijo con voz aturdida, soltando una bocanada de aliento agrio—. ¿Qué pasa?

Me acurruqué más contra ella.

—Pensé que también te había perdido. Pensé que no volverías a casa.

—No iré a ninguna parte —Vivi sacudió la cabeza contra mí—. Yo… no debería haberte dejado aquí, Iris. Después de que Grey escapó. Debí haberme quedado aquí para cuidarte, para ayudarte a llevar la carga. No voy a dejarte otra vez.

Tyler irrumpió entonces en la habitación, con la camisa floral arrugada, los ojos muy abiertos y el cabello alborotado.

—¡YULIA VASYLYK! —dijo, señalándome—. ¡SÍ! —luego, tan rápido como había aparecido, volvió a desaparecer.

Vivi se sentó y se quedó mirando la puerta vacía, como si tratara de encontrarle sentido a lo que había atestiguado.

—¿Estoy todavía borracha o realmente acabo de ver a Tyler Yang en tu habitación?

—Creo que se está escondiendo de la policía —dije.

—Eso es... genial, de alguna manera. Es el último lugar donde buscarían.

Tyler apareció de nuevo y comenzó a aplaudir para que nos levantáramos.

—Pequeñas Hollow. Ése fue un momento epifánico. Tienen que *venir*.

—Tengo demasiada resaca para ocuparme de esto —dijo Vivi mientras nos separábamos la una de la otra y bajábamos las escaleras. Encontramos a Tyler en la cocina, con la ropa de cama de la noche anterior perfectamente doblada en el taburete. Había vuelto a caminar de un lado a otro. Ahora lo veía de forma diferente, un hombre que llevaba una tragedia en su corazón. Sasha lo observaba desde lo alto del refrigerador moviendo la cola con furia para mostrar su desagrado por esta invasión a su espacio.

—Yulia Vasylyk —repitió—. Por ahí debemos empezar.

—¿En qué idioma hablas? —preguntó Vivi, en tanto se sentaba y apoyaba la mejilla contra la barra de la cocina, con los ojos cerrados.

—Es un nombre —dijo Tyler—. Una mujer. Alguien a quien Grey mencionó.

Yo tenía tanta hambre que mi estómago se sentía como un agujero negro en expansión hacia mi caja torácica. Saqué mi teléfono, escribí *Yulia Vasylyk* en Google y pulsé el botón de búsqueda.

La desaparición de Yulia Vasylyk hacía tres años y medio no había sido una gran noticia. Sólo había un puñado de artículos breves, y dos de ellos se referían a ella como *Julia*.

—No entiendo la relación —dije—. ¿Otra mujer perdida?

—Escribe *Yulia Vasylyk Grey Hollow* —dijo Tyler.

Tenía mis dudas, pero hice lo que me pidió. Google sólo devolvió una coincidencia exacta. La leí en voz alta.

MUJER UCRANIANA ENCONTRADA
UNA SEMANA DESPUÉS DE SER REPORTADA
COMO DESAPARECIDA

Yulia Vasylyk, ciudadana ucraniana de diecinueve años aspirante a modelo, ha sido localizada una semana después de que su novio denunciara su desaparición. Vasylyk fue encontrada deambulando cerca de su departamento de Hackney a última hora de la noche del lunes, descalza y confundida. La policía la llevó a un hospital cercano para evaluarla. No se han divulgado más detalles.

En un extraño giro del destino, Vasylyk comparte su pequeño departamento de una habitación en Hackney con otras tres chicas, entre ellas...

Dejé de leer y miré a Tyler.

—Sigue —me apremió.

Tomé aire y continué.

... entre ellas, otra famosa persona desaparecida y luego encontrada: Grey Hollow. Hollow, que ahora tiene dieciocho años, fue secuestrada en una localidad escocesa cuando era una niña, pero fue encontrada a salvo un mes después.

No fue posible contactar con Vasylyk ni con Hollow para que hicieran comentarios.

—Mierda —dijo Vivi, levantando la cabeza de la barra de la cocina—. Ocurrió otra vez.

Tyler estaba sonriendo.

—Bingo, nena —maldijo, chasqueando los dedos—. Alguien más ha regresado.

11

Yulia Vasylyk fue fácil de localizar en internet. Con cien mil seguidores en Instagram, la alguna vez aspirante a modelo de pasarela se había convertido en maquillista y peluquera con cierto renombre. Tyler incluso había trabajado varias veces con ella antes de que comenzara a salir con Grey. Cuando Yulia se enteró de que ellos dos estaban juntos, se rehusó a seguir atendiéndolo, y fue entonces cuando Grey le contó a Tyler sus antecedentes, esa extraña historia.

Tyler se pasó la mañana llamando a sus contactos para averiguar dónde podría estar Yulia, pero no tuvo mucha suerte: la noticia de su inminente detención se había extendido rápidamente, y la gente se mostraba recelosa ante el hecho de proporcionarle el paradero de otra joven, no fuera a tratarse de un asesino en serie en ciernes, empecinado en asesinarla a ella también.

Cate me envió un mensaje a la hora en que solía terminar su turno para decirme que se quedaría hasta tarde para cubrir a un colega enfermo y que tal vez yo querría empezar a considerar la posibilidad de regresar a la escuela después del fin de semana.

La rutina ayuda, ella escribió. **La normalidad ayuda. Sé que piensas que soy fría, pero ya he pasado por esto antes, ¿recuerdas?**

No le respondí.

Finalmente, después de que Vivi y yo habíamos tomado un baño y nos habíamos cambiado de ropa y habíamos alimentado a Sasha y desayunado tres veces cada una, Tyler empezó a sacudir el puño en el aire mientras hablaba por teléfono.

—Yulia está en una sesión de fotos en un almacén de Spitalfields —dijo cuando colgó—. ¿Soy bueno o soy bueno?

—Vaya, Sherlock, sólo te tomó dos horas —dijo Vivi, con la voz aún áspera por la resaca.

Tyler tomó prestado un gran par de lentes de sol para el traslado en Uber a Spitalfields, aunque su "disfraz" era tan claramente un intento de no llamar la atención que el conductor se pasó la mayor parte del viaje mirándolo por el espejo retrovisor. Tomé la mano de Vivi. Mi pierna derecha se agitaba arriba y abajo, animada por una nueva sensación de esperanza. No era mucho, pero era algo. Una pista. Todavía no había terminado.

Encontramos la sesión en un almacén, justo donde el contacto de Tyler había dicho que estaría. Era una sesión de fotos de alta costura con modelos deambulando por el lugar con vestidos de fiesta impermeables transparentes y *jumpsuits* hechos de cuerda de red, con los rostros recubiertos con sombra de ojos de color rojo sangre y pecas de color rosa neón. Los tres entramos sin que se cuestionara nuestra presencia porque parecía que pertenecíamos a ese lugar.

—¿Por qué no están todavía peinadas y maquilladas? —espetó una mujer con un portapapeles antes de mirarnos más de cerca y darse cuenta, de repente, de nuestro aspecto, de quiénes éramos—. Oh —dijo—. Oh —luego se apresuró a entrar en la sala contigua y nos dejó en paz.

Encontramos a Yulia en el fondo del almacén pintando la cara de un hombre con el cabello teñido de azul y permanente. Yulia no estaba maquillada. Su oscuro cabello estaba recogido en una trenza y la ropa que llevaba bajo el cinturón de herramientas era funcional, sensata: parecía casi fuera de lugar en un entorno tan extravagante.

—No sé dónde está —dijo Yulia cuando levantó la vista y nos vio—. No he hablado con ella incluso desde antes de que te conociera —le dijo a Tyler. Luego se dio media vuelta y continuó con su trabajo.

—No estamos buscando a Grey —dije.

—Te estamos buscando a ti —dijo Tyler.

—Sabemos que viviste con ella —dijo Vivi.

Yulia levantó la mirada hacia nosotros de nuevo.

—Mis padres eran los dueños del departamento. Me dejaban vivir ahí cuando estaba probando suerte en el modelaje, pero necesitaba compañeras para ayudarme a cubrir gastos. Y ahí entra su hermana. No me interesa responder más preguntas.

—Por favor —dijo Vivi, mientras daba un paso adelante y buscaba el rostro de Yulia con gesto seductor.

—No —dijo Yulia apartando la mano de Vivi con una brocha de maquillaje—. No te atrevas a hacerme a mí esa vileza.

—Oh, oh —dijo Vivi levantando los brazos en señal de rendición—. Está bien. Lo siento.

—Eres igual a tu hermana —espetó Yulia, apuntando la brocha hacia nosotras—. Manipuladora. Y ahora, salgan de mi *lugar de trabajo* antes de que llame a la policía —su mirada se deslizó de regreso a Tyler—. Estoy segura de que estarán muy interesados en saber que *tú* estás aquí.

—*Arpía* —escuché a Tyler rumiar en voz baja.

—Por favor —dije, intentando calmar la situación—. *Por favor*. Te prometemos que no nos acercaremos a ti. No te tocaremos, no te obligaremos a hacer nada que no quieras hacer. Sólo queremos encontrar a nuestra hermana.

Yulia exhaló, luego asintió y se inclinó hacia el modelo para susurrarle algo al oído. Cuando él se marchó, ella tomó unas tijeras y las mantuvo a su lado.

—No se acerquen más —dijo—. Pienso defenderme.

—¿Eso es *en verdad* necesario? —preguntó Vivi, señalando las tijeras.

—Conozco a su hermana. Si ustedes se parecen a ella, entonces sí —dijo Yulia—. Hagan sus preguntas.

—¿Tienes alguna idea de dónde podría estar? —preguntó Tyler.

—Lo último que supe es que tú la mataste. Siguiente pregunta.

Necesitábamos un acercamiento diferente.

—¿Cómo era ella cuando la conociste? —pregunté.

Eso la tomó desprevenida. Yulia hizo una pausa antes de responder.

—Hermosa —dijo por fin—. Eso es lo primero que se nota de ella, obviamente. También era reservada. Callada. Extraña.

—¿Extraña cómo? —pregunté.

—La mayoría de las chicas, cuando entran en el mundo del modelaje, se ven arrastradas por el ambiente. Es la primera vez que viven lejos de sus padres. Beben, salen de fiesta.

—¿Me estás diciendo que Grey Hollow *no* salía de fiesta? —preguntó Tyler—. Eso me parece poco probable.

—No con nosotras —dijo Yulia—. Nosotras íbamos a los clubes y ella se quedaba. Cuando regresábamos a casa, ella había desaparecido, a veces por días enteros.

—¿Desaparecido? —pregunté.

—Sí —respondió Yulia—. Desaparecido, o sea, brillaba por su ausencia.

—¿Adónde crees que iba?

—Probablemente tendría algunas aventuras sórdidas, como es su costumbre —dijo Tyler.

Vivi lo fulminó con la mirada.

—Al principio, pensé que sería un amante —dijo Yulia. Tyler levantó las manos—. Luego, que tal vez se trataba de un problema de drogas.

Vivi rio, burlándose.

—Grey incursionó en eso, pero nunca se habría enganchado —dijo.

—¿Qué sabes tú? —espetó Yulia. Apretó las tijeras con más fuerza. Sus nudillos se pusieron blancos. Había un destello animal en sus ojos, la mirada de algo dispuesto a luchar por su vida. ¿Qué le había hecho Grey a esta mujer?—. Grey guardaba todo tipo de secretos. Sin duda, les ocultó muchos. Yo ni siquiera sabía que tenía hermanas hasta que fue famosa. Nunca hablaba de ustedes. Era una pesadilla vivir con ella. Tenía muchas aficiones raras, pero la taxidermia era la peor. ¿A cuántas adolescentes conocen que les guste despellejar ratones, pájaros y serpientes, y convertirlos en extraños monstruos tipo Frankenstein? Así era como me pagaba el alquiler durante los primeros meses, antes de que el dinero del modelaje empezara a llegar. Al parecer, su taxidermia era tan buena que los desadaptados de internet la buscaban para que les hiciera algunos trabajos. Genial para ella, verdaderamente desafortunado para la mesa de mi cocina. Nunca pude quitarle las manchas.

—Y entonces hubo una semana en la que tú desapareciste de la faz de la Tierra —dijo Tyler—. ¿Qué pasó, nena? ¿Adónde fuiste?

Yulia tomó un respiro.

—Yo era como la mayoría de la gente. En cuanto vi a Grey, yo... la amé. Estaba obsesionada con ella. Como una mascota que sigue a su amo. No puedo explicar por qué, sólo que era hermosa. La seguía como una sombra. Y entonces, sucedió. Un día, cuando Grey se fue adondequiera que fuera, fui tras ella. La seguí. Quería saber adónde iba cuando desaparecía. Grey volvió. Yo no —se lamió los labios—. Mi novio de entonces fue a la policía. Denunció mi desaparición y les dijo que creía que Grey me había hecho algo, pero dijeron que las chicas como yo desaparecían todo el tiempo. A nadie le importó. Nadie me buscó siquiera.

—Entonces... ¿adónde fuiste? —pregunté.

—Ésa es la cuestión. No lo recuerdo —dijo Yulia.

—¡Oh, Dios! —dijo Tyler—. ¡Eres una maldita inútil!

—Tenías diecinueve años —dijo Vivi—. Debes recordar algo.

—Sé lo que me pasó. Seguí a tu hermana a un lugar al que no debía ir, y pagué el precio. Cuando volví, no estaba... bien. Eso me arruinó. Ahora sólo sueño con gente muerta. Cuando despierto, todavía los oigo susurrándome —Yulia se miró las manos temblorosas y luego miró más allá de nosotros, por encima de nuestros hombros. El modelo de cabello azul había ido a buscar a la mujer del portapapeles. Ambos nos miraban fijamente. La mujer sostenía un teléfono contra su oreja y mantenía una conversación apremiante en voz baja—. He trabajado muy duro para recuperarme de haber conocido a su hermana. Ahora tal vez deberían querer salir de aquí antes de que llegue la policía.

Miré a Vivi. Me di cuenta de que quería seguir presionando, meter los dedos en la boca de Yulia Vasylyk y emborracharla lo suficiente con el sabor de su piel como para que respondiera a cualquier pregunta que le hiciéramos. Le puse la mano en el brazo y sacudí la cabeza una vez.

—Una última pregunta —dije antes de irnos—. ¿Dónde estaba el departamento en el que vivían juntas?

Grey había estado prácticamente desaparecida esos primeros meses después de que se había mudado. Ni siquiera habíamos estado en ese lugar, aunque sabíamos que estaba en algún lugar de Hackney.

—Cerca de London Fields —dijo Yulia—. Pero Grey no estará allí, si es lo que estás pensando. Mis padres son los dueños del lugar. Ya no vive nadie allí.

—¿Está vacío?

—Nadie lo alquila, y mis padres no han podido venderlo desde que Grey se mudó. Cada vez que los posibles compradores o inquilinos pasan por allí, dicen que se sienten mal. Hay algo en el lugar. Mis padres lo revisaron en busca de fugas de monóxido de carbono o rastros de moho negro, pero yo creo que...

—¿Tú qué crees? —preguntó Vivi.

—Creo que tu hermana lo maldijo de alguna manera.

—Gracias —contesté, y lo dije en serio—. Gracias por ayudarnos.

—Hey —nos llamó Yulia cuando nos dimos la vuelta para irnos.

—¿Sí?

—Omitieron algo en las noticias —dijo—. Cuando me encontraron en la calle, estaba desnuda excepto por las runas sangrientas escritas en mi cuerpo. La sangre era de Grey.

☾

Vivi, Tyler y yo abordamos un Uber y le pedimos que nos dejara cerca del extremo sur de London Fields, y luego caminamos por Broadway Market hacia el parque. Estaba abarrotado, como todos los sábados, con gente comprando pan rústico y donas artesanales y ramos de flores y enceradas chamarras *vintage* Barbour. Por el camino compramos café recién hecho y media docena de croissants, que apenas hicieron mella en el hueco de hambre que aún se arrastraba dentro de mí.

—Como un par de osos preparándose para el invierno —dijo Tyler mientras nos miraba comer. Él se quedó con el café negro sin azúcar.

—¿Por qué crees que tenemos hambre todo el tiempo? —le pregunté a Vivi mientras me chupaba los dedos después de mi tercer croissant.

—Hemos sido bendecidas con metabolismos rápidos —dijo ella.

—Inhumanamente rápidos, dirían algunos —recalqué.

—Como de oso, dirían algunos —añadió Tyler.

Mi estómago gruñó.

—Necesito más comida.

Nos detuvimos de nuevo para comprar algo de queso de cabra y miel y dos *baguettes* de masa madre, y luego seguimos atiborrándonos hasta que, finalmente, después de haber consumido alrededor de diez mil calorías antes de la hora del almuerzo, me sentí cerca de estar satisfecha.

—¿Qué opinan ustedes de lo que nos dijo Yulia? —pregunté cuando salimos del mercado y entramos en London Fields. Era mi parque favorito en verano, cuando la hierba crecía espesa con flores silvestres rojas y amarillas, y cientos de londinenses acudían a la sombra de los árboles para beber Aperol spritz al calor de la tarde. Ahora, a finales del invierno, el sol del mediodía se sentía difuminado, lejano. Los árboles eran un amasijo de ramas desnudas, y el frío era demasiado cáustico para permitir que nadie se quedara por aquí mucho tiempo.

—Que toda esta situación está muy por encima de nuestra capacidad —dijo Vivi entre bocados de pan—. Las malditas runas, sin embargo. *Eso* es otra cosa.

—Los dos hombres del departamento de Grey tenían runas, escritas con sangre —dije—. Eso no es una coincidencia.

—Sólo para estar seguro de que todos estamos en la misma página —dijo Tyler—, esto es definitivamente parte de un culto satánico, ¿verdad? Como un culto sexual espeluznante con sangre y sacrificios humanos. Ahí es donde estamos todos aterrizando en este momento, ¿verdad?

En cuanto llegamos al extremo norte de London Fields percibimos el rastro de Grey. Me llegó como un cosquilleo en las puntas de los dedos y un sabor en la lengua, una certeza inexplicable de que mi hermana había estado allí. La zona estaba impregnada de su energía, aunque su presencia se sentía vieja y diluida ahora. Seguimos caminando en silencio hasta que vimos una hilera de casas apretadas cerca de las vías del tren. Vivi señaló una.

—Ésa —dijo.

Yo sabía que tenía razón. La energía de Grey había anidado allí, estrujada y retorcida, y perduraba incluso años después de su partida.

—¿Cómo *puedes* saberlo? —preguntó Tyler.

Un sentimiento siniestro me invadió.

—No se siente bien —dije.

—Sí, no me digas, porque no tienes *pruebas* de que éste sea el lugar correcto —afirmó Tyler.

—*Es* el lugar correcto. Grey era infeliz aquí —añadió Vivi—. Lo que dejó atrás es... feo.

—Uf, ustedes dos son tan malas como su hermana —dijo Tyler mientras se adelantaba hacia el edificio—. Siempre es la energía y los demonios y lo que sea. Ridículo.

Los Vasylyk habían luchado por vender este departamento. Cate también había intentado vender la casa de nuestra familia después de la muerte de nuestro padre, pero no lo había conseguido. Pensé que tal vez se debía al suicidio, que la gente se enteraba o podía sentir la energía inquietante que eso había dejado tras de sí. Pero tal vez... no. Tal vez había sido por nosotras. Tal vez nuestra extrañeza se había filtrado en las paredes y hacía que el espacio se sintiera embrujado.

Llamamos a los cuatro departamentos del edificio, pero no hubo respuesta. Finalmente, nos colamos dentro detrás de un hombre con una bolsa de compras y seguimos el rastro de Grey hasta la puerta del segundo piso. Vivi tocó el picaporte, que estaba cerrado con llave, pero la madera era vieja y delgada, y la puerta empezaba a combarse en los bordes como un libro mojado. Sólo tuvo que descargar su peso contra ella una vez para que se abriera con un crujido seco. Y allí estábamos, dentro de otro de los departamentos de Grey, con más preguntas para las que jamás tendríamos respuesta.

Había algunos muebles apilados en una esquina de la sala, pero aparte de eso, el espacio estaba vacío. La alfombra era de un cremoso color durazno, con pelusas a causa del tiempo, las paredes estaban cubiertas por tapiz decolorado por el sol. Toda la cocina era de madera, una moda de los años setenta. Cocina, baño, sala, un dormitorio. El departamento era pequeño, oscuro y lúgubre. Grey había vivido ahí con otras tres chicas, todas amontonadas unas encima de otras como ratas en un nido. No se sentía acogedor. Se sentía acechante y peligroso de una manera que no podía explicar. Las sombras se alargaban. Una hilera de hormigas trepaba por la pared del dormitorio hasta un pequeño agujero de podredumbre cerca del techo. Podía sentir por qué habían tenido problemas para venderla o incluso alquilarla. Estaba embrujada por nuestra hermana, por la tristeza y la preocupación que ella había dejado en las paredes. No había sido Grey Hollow, la supermodelo, cuando había vivido aquí; había sido una chica de diecisiete años asustada, sin dinero y sin ningún otro lugar adónde ir.

—Bueno, esto es sombrío —dijo Tyler mientras abría una ventana que daba directamente a una pared de ladrillo vecina.

Realizamos lo que se había convertido en nuestra rutina habitual. Pasamos los dedos por la base de la cama, en busca de compartimentos ocultos. Abrimos todas las gavetas de la cocina y sacamos todos los cajones. Buscamos bajo el lavabo en el baño, dentro de la cisterna, en el espeluznante espacio bajo la bañera. Desenroscamos las barras de las cortinas en busca de trozos de papel enrollados y levantamos las cortinas hacia la luz para buscar bordados ocultos. Volteamos de cabeza los pocos muebles que había y buscamos palabras grabadas en la madera.

Percibí algunos destellos de su vida aquí, de esos primeros meses de libertad lejos de la carga de la preparatoria y de dos hermanas pequeñas. La imaginé regresando a casa después los bares, un poco ebria, mareada y sonriendo porque un chico guapo le había pedido su teléfono. La imaginé en la cocina con su pijama, preparando lo que cocinaba para nosotras cada domingo por la mañana: waffles, huevos revueltos, jugo de naranja recién exprimido. Me imaginé el aspecto que había tenido su recámara cuando había sido suya, al menos en parte: su litera tapizada con todas las baratijas y tesoros que se había llevado cuando se fue de casa.

—Aquí no queda nada de ella —dijo Vivi, después de soplar en todas las ventanas en busca de mensajes escritos con el aliento... pero no encontró nada. Había una energía inquietante. Algo malévolo bajo la superficie. Yo volvía una y otra vez a una de las paredes del dormitorio, la pared contra la que Grey debía haber dormido, porque era ahí donde la sentía con más fuerza. Pasé las manos por ella. No había nada extraño por fuera. No había protuberancias ni bultos ni compartimentos ocultos. Nada anómalo en absoluto, salvo por una hilera de hormigas.

—Tú también lo sientes —exclamó Vivi cuando se puso a mi lado. Las dos miramos fijamente la pared. Una enmarañada red de maldad bullía debajo.

—El papel tapiz de la pared es ligeramente diferente —dije. Me había estado molestando desde que llegamos, pero acababa de darme cuenta de lo que estaba mal.

—¿Sí? —cuestionó Vivi. Miró de una pared a la siguiente y de regreso otra vez, varias veces—. Tienes razón.

—Es más nuevo —volví a pasar la mano por encima. Sí, era más suave y se veía menos descolorido que el del resto del departamento—. Tapizaron esta pared, sólo ésta.

Tyler caminaba de un lado a otro detrás de nosotras.

—Se supone que ustedes dos deberían estar buscando cómo exonerarme, no criticando las horribles elecciones de decoración.

—Bueno, ya derribamos la puerta principal —dijo Vivi—. ¿Qué es una pared descascarada después de eso?

Vivi trajo una silla de la pila de muebles de la sala. Me trepé a ella y empecé en la esquina derecha, arriba, donde estaban las hormigas. Rasqué el papel hasta que un borde se aflojó lo suficiente como para tirar de él. Era barato y se había colocado a toda prisa. Se desprendió de la pared en gruesas láminas dejando marcas pegajosas en la pintura que había debajo.

—*Puaj* —exclamó Tyler con arcadas cuando dejé caer una hoja al suelo—. La pared se está pudriendo.

—No está podrida —dijo Vivi. Los dos nos inclinamos para ver más de cerca—. Es otra cosa.

Vivi apoyó la palma de la mano en la pared. Estaba esponjosa bajo su tacto, impregnada de humedad. Con un poco más de presión, su mano se hundió a través del yeso empapado. El olor estalló en la oscuridad, un hedor asqueroso y verde.

—Oh, algo está muerto —espetó Tyler, con un jadeo seco.

Vivi arrancó un trozo de pared, y luego algunos más, que cayeron al suelo como arcilla. El yeso era gelatinoso, apenas sólido.

—No. Hay algo vivo —aclaró ella mientras extendía hacia mí un trozo de pared.

Apestaba, pero uno de sus lados estaba cubierto de pequeñas flores blancas.

Las mismas flores que habían crecido en Vivi. Las mismas que Grey cosía en el encaje de sus vestidos.

—Flores de carroña —dijo Vivi, en tanto tomaba una y la hacía girar en la punta de sus dedos—. La cosa más punk que aprendí en la clase de Ciencias de la preparatoria. Huelen a carne podrida para atraer a las moscas y los bichos.

Tiramos un poco más de la pared excavando un agujero lo suficientemente grande como para que pudiéramos mirar a través de él. Había unos treinta centímetros de una sustancia blanda detrás, como médula, y cada centímetro estaba alfombrado de flores de carroña y de las cosas a las que les gustaba vivir en ellas: hormigas, escarabajos, bichos desagradables.

—He visto estas flores antes —exclamó Vivi, mientras apoyaba su cabeza contra la pared y la linterna de su teléfono revelaba más de ese espacio húmedo—. Crecían en el tipo muerto que se cayó del techo.

—Son las mismas flores que encontraron en nuestro cabello cuando regresamos —dije—. La policía trató de identificarlas, pero no pudieron. Lo vi en un archivo. Son brotes híbridos, pirófilas.

—¿Piro… qué? —preguntó Tyler.

—Plantas que se han adaptado para tolerar el fuego. Algunas incluso lo necesitan para florecer —pensé en el cascarón carbonizado de la casa de Edimburgo: el fuego había ardido de tal manera que sólo había dejado en pie el marco de la puerta principal. El calor de la pólvora de la bala que rozó el brazo de Vivi. Las llamas que envolvieron el departamento de Grey. Calor y llamas. Sangre y fuego. ¿Había una relación?

Vivi sacó la cabeza de la pared y empezó a rebuscar en su mochila.

—Tomen —dijo, al entregarnos el diario de Grey, el que habíamos encontrado en su departamento oculto. No habíamos entregado estas cosas a la policía. Se sentían demasiado sagradas, demasiado personales—. La última foto y todos los bocetos.

Fui directo al centro del diario, a la foto polaroid de una puerta en un muro de piedra en ruinas. Estaba cubierta por una alfombra de flores blancas.

Vivi señaló la foto.

—Una puerta que antes conducía a algún sitio —añadió, al pasar las páginas del libro revelando página tras página de bocetos, cada uno de una puerta diferente—, pero que ahora conduce a otro.

Las palabras parecían poesía, algo que yo alguna vez había sabido de memoria, pero que mucho tiempo atrás había olvidado.

—¿Cómo conozco esa frase? —pregunté—. ¿De dónde viene?

—En el cuento de hadas de Grey, ésa era la manera en la que se llegaba al... lugar intermedio. El Camino Medio. El limbo. La tierra de los muertos. Caminabas a través de una puerta que antes conducía a otro sitio. Una puerta rota.

Rebusqué en mi memoria. Sí, una historia que Grey nos había contado cuando éramos pequeñas. El lugar del que hablaba era extraño, estaba roto. El tiempo y el espacio se quedaban enganchados allí, atrapados.

—¿No crees en verdad que... ella está, qué, en algún lugar... en otro lugar?

—¿Y si las historias que nos contaba cuando éramos pequeñas fueran ciertas? —reí y miré a Vivi, pero ella estaba seria—. Era un mundo liminal —dijo, con la cara cerca de la fotografía de Bromley-by-Bow, estudiando las ruinas—. Una especie de zanja accidental. Como... el hueco en el respaldo del sofá donde caen las migajas y las monedas —Vivi me miró, con ojos duros como plomo—. ¿Y si está ahí? ¿Y si encontró la forma de volver?

—Vivi. Vamos.

—Sí, yo estoy de acuerdo con... —Tyler me miró de reojo— la Hollow más pequeña... en esto.

—Oh, Dios mío —entorné los ojos hacia él—. ¡Ni siquiera sabes mi nombre!

—¡Nunca nos hemos presentado formalmente!

—Es *Iris*. Tú, *imbécil*.

—Un placer conocerte. Tú, *arpía*.

Vivi nos estaba ignorando.

—¿Recuerdas lo que Grey solía decir sobre la gente desaparecida? —preguntó—. Algunas personas desaparecen porque eso quieren; otras lo hacen porque son *tomadas*. Y luego están las otras: las que desaparecen porque caen por un hueco en algún lugar y no consiguen encontrar la manera de regresar.

—El Camino Medio era un *cuento* —repliqué.

—Lo sé. Eso no significa que no pueda ser verdad —Vivi metió el diario en su bolso, y luego sacó la llave de latón del departamento incendiado de Grey—. Algo nos pasó cuando éramos niñas, Iris. Algo que nadie ha podido explicar. Empiezo a pensar que nosotras caímos.

—¿Nosotras caímos dónde? —pregunté, pero ella ya se estaba alejando hacia la puerta principal—. Vivi, ¿caímos dónde?

Mi hermana se dio la media vuelta y me tomó por los hombros, con una sonrisa medio enloquecida en el rostro.

—Una grieta en el mundo.

12

El olor a quemado todavía flotaba en el aire, aferrado a los estrechos y apiñados edificios de Shoreditch. Había dos pilas de muebles ennegrecidos y escombros apilados en la acera, cubiertos por lonas azules y señales de advertencia. Sólo las ventanas del piso de Grey estaban tapiadas, pero había una cinta azul y blanca de la policía que prohibía el paso en la puerta principal. Todo el edificio había sido clausurado. Eso nos convenía; significaba que teníamos el lugar para nosotros.

Entramos por la misma ventana por la que habíamos saltado antes. Apoyamos contra la pared una mesa chamuscada, pero casi intacta, y trepamos el resto del camino utilizando algunas tuberías como puntos de apoyo. Vivi arrancó la tabla que cubría la ventana con un fuerte jalón. Luego, los tres nos deslizamos al interior como si fuéramos lagartijas, mientras Tyler no paraba de protestar por el daño causado a su costoso vestuario. El olor era más fuerte de lo que esperaba, el hedor de la muerte se veía superado ahora por el de los productos químicos calcinados, de la ceniza y el veneno.

Estaba oscuro como la boca de un lobo con las ventanas tapiadas. Usamos las linternas de nuestros teléfonos para navegar por lo que quedaba del lugar. El dormitorio, donde se había iniciado el incendio, era una cáscara carbonizada, la piel de la habitación carcomida revelaba sus huesos de madera, ahora negros, deformados y ampollados. Nada en este lugar resultaba reconocible. El armazón de la cama, el colchón, la silla, todo se había quemado con el calor extremo y se había reducido a fragmentos destrozados. Los bomberos habían arrancado gran parte del yeso de las paredes y del techo en busca de algún resquicio oculto donde las llamas pudieran seguir ardiendo en la oscuridad. El suelo estaba tapizado de escombros.

Pero eso no era lo que habíamos venido a ver.

—Santa. *Mierda* —dijo Vivi al tiempo que barría con su luz el espacio.

Por todas partes, creciendo en casi todas las superficies, había flores de carroña brotando de las cenizas.

—¿Qué carajos está pasando? —susurró Tyler mientras arrancaba una flor de donde había echado raíces, en una viga marchita de la pared. Se agrupaban más densamente alrededor del marco deformado de la puerta del dormitorio de Grey, la puerta del armario, la puerta del baño.

—El fuego destruye, pero también revela —dije—. A ellas les gusta crecer en las puertas.

El fuego se había precipitado por el pasillo hasta la cocina, donde había consumido las paredes y todo lo demás a su paso. El piso de madera blanqueada estaba manchado de hollín y ceniza. Todos los tesoros de Grey habían desaparecido. No más cristales, ni terrarios. No más plumas, ni incienso. No más ramos secos ni bocetos de monstruos. No más diarios ni joyas ni criaturas resultantes de la taxidermia.

Ya ni siquiera podía sentir la energía de mi hermana. Grey había sido borrada de este lugar, limpiada por completo. El hombre que había venido aquí no sólo se la había llevado a ella, sino que también había destruido toda prueba de su existencia.

La cocina se encontraba en mejor estado que la recámara, aunque no por mucho. La pared más cercana a la recámara se había desintegrado y la mayoría de las gavetas se habían quemado rápidamente, por lo que su contenido ahora estaba esparcido por el suelo, pero los libreros de la pared más alejada eran de roble sólido y habían sobrevivido casi intactos. Los libros que habían albergado estaban esparcidos por el suelo junto con el resto de los escombros, con las páginas combadas por el calor y la humedad.

Recogimos lo poco que quedaba de la vida de nuestra hermana. Sentí la pena de perder el contenido de su departamento casi tan intensamente como la de perder a la propia Grey. Este lugar había sido un museo dedicado a ella, una bóveda llena de sus misterios. Ahora ella y todos sus secretos habían desaparecido. Tal vez nunca sabríamos lo que le había ocurrido. Si había algo escondido en las paredes, alguna pista cosida en las mantas o acertijos grabados en la madera, ahora también habían desaparecido.

Tomé un ejemplar carbonizado de tapa dura de *El león, la bruja y el armario*. Era mi libro favorito cuando era niña. Grey me lo leía una y otra vez. Abrí sus páginas. Estaban llenas de anotaciones de su puño y letra; líneas resaltadas, palabras encerradas en círculos, notas escritas en los márgenes. Sin duda había escrito un ensayo sobre él cuando se suponía que debía haber estado estudiando alguna otra cosa. Había una fotografía de las tres cuando éramos niñas utilizada como separador. Se la entregué a Tyler. Pasó las yemas de los dedos por la cara de Grey.

Y entonces... algo. Volví a pasar la linterna por los libreros otra vez y me di cuenta del ramillete de flores que salía de ellos, a lo largo del piso, a lo largo del techo.

—¿Sientes eso? —le pregunté a Vivi. Algo había empezado a tirar del borde de mi corazón. Una sensación que me resultaba familiar y extraña al mismo tiempo. Toda la energía de Grey se había consumido por el fuego en este lugar... a excepción de un bajo sonido vibrante en el extremo más alejado de la cocina. Un latido suave pero contundente.

—¿Qué? —preguntó Vivi, en tanto caminaba hacia el extremo de la habitación y apoyaba la palma de su mano en la madera. Sí, ahí estaba de nuevo, un chisporroteo en las yemas de mis dedos.

—Ven aquí —dije.

Vivi se acercó y puso su mano junto a la mía, luego la apartó en un movimiento rápido.

—Es ella.

—¿A qué te refieres con que "es ella"? —preguntó Tyler, mientras ponía la mano en la madera una y otra vez sin sentir nada.

—Es débil pero... reciente —dije—. Casi como si ella estuviera al otro lado de la pared.

—Ayúdame a mover el librero —le ordenó Vivi a Tyler.

Lo arrastraron juntos hacia delante hasta que se derrumbó con estrépito, y su madera dañada cayó en pedazos al piso. La pared detrás del librero había sido protegida de las llamas en su mayor parte; su pintura verde putrefacto sólo se había combado cerca del techo. Y allí, apretado contra la pared, había un marco de puerta hecho de madera oculto en el que crecían flores de carroña. No conducía a ningún sitio, pero quizás eso no importaba.

Tal vez lo único que importaba era que antes conducía a algún otro lugar.

—¿Dónde está ella? —susurró Vivi.

—En el hueco del respaldo del sofá donde caen las migajas y las monedas —dije, al pasar las manos por la vieja madera—. El Camino Medio.

Grey nos había enviado aquí para encontrar respuestas... pero las respuestas solas no eran suficiente para mí. Yo quería recuperar a mi hermana.

—Grey, soy Iris —le dije al marco vacío de la puerta, a la pared verde que había detrás—. Si puedes oírme quiero que sigas el sonido de mi voz. Estamos cerca, pero necesitamos que tú vengas a nosotras. No podemos encontrar el camino hacia ti.

Permanecimos en silencio durante un minuto entero, con la respiración entrecortada y el corazón acelerado mientras esperábamos. Incluso Tyler estaba callado, atento.

Finalmente, él sacudió la cabeza.

—Ustedes dos están completamente locas —exclamó pateando el librero caído en su camino de regreso al pasillo—. Ha sido un largo día de porquería. Necesito una siesta. Y luego, una última línea de cocaína antes de ir a la cárcel.

Vivi exhaló y lo siguió. Yo esperé un poco más, con la frente apoyada en el marco de la puerta, antes de que se me secara la garganta con el sabor del humo y supiera que tenía que irme. Tal vez Tyler tenía razón. Tal vez nos habíamos vuelto un poco locas.

Cuando salí al pasillo, algo se movió en mi visión periférica. Grité y retrocedí. Había alguien más ahí. Una figura había salido de la puerta deformada —de la pared— y ahora estaba apoyada en ella, jadeando.

Una chica, vestida de blanco, con las puntas de los dedos chorreando sangre.

—Dios mío —susurré—. ¿Grey?

Mi hermana mayor me miró. Sus ojos eran negros y su cabello blanco colgaba en mechones sucios alrededor de su cara.

—Corre —susurró. Intentó dar un paso hacia mí, pero cayó pesadamente sobre sus rodillas—. Él ya viene.

13

Mi cabeza se inclinó hacia delante, buscando el sueño, y en el último momento se echó hacia atrás con brusquedad; el movimiento arrastró un jadeo desde mis pulmones y un aleteo furioso de mis párpados. Me moví en la silla e intenté sentarme más erguida en el frío de la sala de espera del hospital.

—¿Quieres *dejar* de hacer eso? —dijo Tyler, con la cara aplastada contra la palma de la mano y el codo en precario equilibrio sobre el brazo de su silla de plástico—. Suenas como si alguien te estuviera apuñalando cada treinta segundos y es *muy* molesto.

—Lo siento —me disculpé, y enseguida recomenzó el lento descenso hacia la casi inconsciencia. Inclinación, jalón hacia atrás, jadeo, aleteo. Tyler gimió mientras yo sacudía la cabeza y me sentaba de nuevo. Vivi, que poseía el talento de dormir en cualquier lugar y en cualquier posición, estaba profundamente dormida, con la cabeza hacia atrás y la boca bien abierta. Cate hojeaba una revista y sorbía una taza de té, con la mandíbula tensa.

Vi mi reflejo en una máquina expendedora. Había surcos oscuros bajo mis ojos, una mancha de sangre seca en mi mejilla. Me lamí el pulgar y me limpié.

Afuera, tres pisos más abajo, podía escuchar el lejano clic de las cámaras, el murmullo de la creciente multitud que había acudido a ver a la supermodelo reaparecida, quien —por segunda vez en su vida— había sido escupida de regreso del abismo. Me puse en pie y me estiré, luego me acerqué a la ventana y separé las persianas para mirar la creciente masa de fans y simpatizantes. Ellos se percataron de inmediato de mi presencia y dirigieron sus teléfonos y cámaras hacia mí. Un inquieto campo de estrellas parpadeó en el crepúsculo.

Había sido una tarde confusa y aterradora. Llevar a Grey al hospital más cercano había sido... un reto. Habíamos retirado la cinta policial que cubría la puerta de su departamento y la habíamos bajado por la escalera hasta la calle. Vivi intentó llamar a una ambulancia, pero Grey —sangrando, demacrada y apenas capaz de mantenerse en pie— nos empujó, arrojó el teléfono de Vivi a la calle y nos gritó que la escucháramos, que *le hiciéramos caso*. Cuando llamamos a un taxi para llevarla nosotros mismos al hospital, Grey enloqueció. Todavía sentía un dolor punzante donde me había arañado la mejilla, el cuello y los brazos, mientras ayudaba a Vivi y a Tyler a sujetarla en la parte trasera del taxi. *Tenemos que huir, tenemos que huir, tenemos que huir*, había gritado, pateando y enfrentándose a nosotros mientras luchábamos por obligarla a entrar en la sala de urgencias. Cuando los médicos, las enfermeras y el personal de seguridad se apresuraron a ayudarnos a contenerla, todos terminamos cubiertos de arañazos, marcas de mordidas y sangre.

La policía había llegado, llamada por alguien, y cada uno de nosotros había hecho una breve declaración, en tanto las enfermeras nos limpiaban las heridas y nos daban compresas frías para los moretones. *Sí*, en verdad la habíamos encontrado en su departamento incendiado. *No*, no sabíamos cómo había llegado allí, ni cuánto tiempo había permanecido en ese lugar.

Y entonces, esperamos. Esperamos noticias de lo que le había pasado, esperamos para saber si estaba bien. Aguardamos, junto con el resto del mundo, para averiguar la respuesta al misterio. ¿Dónde demonios había estado? Por primera vez entendí por qué la gente estaba obsesionada con nosotras, por qué había publicaciones en Reddit con cientos de comentarios tratando de desentrañar la respuesta.

Dejé que las persianas se cerraran y volví a la máquina expendedora. Iba por la mitad de mi sexta bolsa de papas fritas cuando por fin apareció una doctora, una joven sudasiática con lentes y camisa verde a cuadros.

Me levanté rápidamente.

—¿Está bien? —pregunté—. ¿Podemos verla?

—Señora Hollow —la doctora se dirigió a mi madre—. Soy la doctora Silva. ¿Tal vez podríamos hablar en privado?

—No lo creo, Doogie Howser —dijo Vivi—. Queremos saber qué está pasando.

Cate asintió.

—Está bien.

La doctora Silva pareció dudar, pero habló de cualquier manera.

—Su hija está estable —anunció. No pude evitar notar la forma en que los labios de mi madre se fruncieron al escuchar la palabra *hija*—. La sedamos para que descanse. Lo que sea que le haya sucedido, ya pasó. Está a salvo ahora.

A salvo. Grey estaba a salvo. En algún lugar, en una habitación escondida en un pasillo a la vuelta de la esquina, el corazón de mi hermana estaba latiendo.

Los huesos de mis piernas parecieron aflojarse, como si se hubiera cortado alguna cuerda dentro de mí. Me hundí en la silla que tenía detrás y me miré las manos, el meñique roto que compartía con Grey. Había tardado meses en sanar, una salchicha hinchada y con moretones donde antes había estado un dedo. Todavía ahora, cuando pasaba el pulgar por encima, las articulaciones que había debajo estaban abultadas, deformadas. Grey estaba viva. Grey había vuelto.

El alivio inundó mi cuerpo con tal fuerza que jadeé y reí al mismo tiempo. Con ello llegó una oleada de recuerdos. La noche en que murió mi conejillo de indias, Grey se acurrucó en la cama junto a mí y me enseñó a meditar. Su cuerpo junto al mío, sus labios contra mi oreja, las yemas de sus dedos recorriendo mi nariz mientras me enseñaba a inhalar en siete tiempos, retener el aire en siete tiempos, expirar en siete tiempos. El día en que Vivi me mordió el brazo con tanta fuerza que me rasgó la piel, así que Grey le devolvió el mordisco como castigo. La noche en que Grey me arrastró a la pista en un baile de la escuela y me condujo en un tango exagerado haciéndome girar tan rápido que podía sentir que la gravedad intentaba separarnos, pero nuestro agarre era tan fuerte que sabía que ninguna fuerza del universo podría separarnos.

—¿Qué le pasó? —pregunté mientras me limpiaba la neblina de los ojos.

La doctora Silva miró a mi madre.

—Por lo que sabemos, parece que tu hermana está sufriendo un episodio psicótico especialmente grave. Durante la psicosis, a la mente le resulta extremadamente difícil separar lo que es real de lo que no lo es. Las alucinaciones y los delirios son comunes. Eso podría explicar por qué lleva una semana fuera del mapa.

Vivi se enfureció.

—¿Y de inmediato usted supone que está loca? —espetó—. La encontramos encogida y cubierta de sangre. Podría haber sido secuestrada por alguien, podría haber…

—Grey cree que fue secuestrada y arrastrada a través de una puerta a otro reino por una bestia con cuernos, donde la mantuvieron cautiva —continuó la joven doctora con amabilidad—. Cree que se las arregló para escapar, pero que esta criatura (hago énfasis una vez más, una *criatura de cuentos de hadas*) viene por ella. También cree que ustedes, sus hermanas, están en peligro de muerte. Ella nos lo dijo.

—Quiero verla —pidió Vivi, en tanto la empujaba, pero la doctora detuvo a mi hermana posándole una mano en el hombro.

—No quieres. No en este momento. Tuvimos que inmovilizarla. No quieres verla así, te lo prometo. Tu hermana está enferma. Su mente y su cuerpo están exhaustos. Ahora hay un oficial de policía apostado en su puerta para su protección, más policías abajo para mantener a la prensa a raya. Incluso si alguien deseara hacerle daño, no podría llegar a ella. Déjala descansar esta noche. Habla con ella mañana.

—Gracias —dijo Cate mientras tiraba de Vivi hacia atrás—. La dejaremos dormir.

—Espera —dije—. ¿De quién era la sangre que la cubría?

La doctora Silva se volteó para mirarme.

—De ella. Hay cortes en sus antebrazos, algunos tan profundos que necesitaron sutura. Lesiones autoinflingidas.

—Ustedes dos vienen conmigo —dijo Cate, en tanto se encogía de hombros para ponerse el abrigo—. No las quiero aquí esta noche.

—¿Qué? —exclamé, sin moverme mientras ella tiraba de mi mano—. ¿Tu hija está en el hospital y tú te marchas?

—Grey está aquí. Está a salvo. No hay nada que puedas hacer por ella durante la noche.

—¿Y si despierta y está sola? —preguntó Vivi.

—Está muy sedada y se mantendrá así hasta mañana. No se van a perder de nada si se van a casa —Cate parecía muy cansada. Las arrugas de su ceño fruncido se abrían paso a través de su frente y se juntaban en un nudo sobre su nariz. Seguía vestida con la ropa de hospital que había llevado en su último turno. Tomó mis manos entre las suyas y me acercó—. Por favor. Por favor, ven conmigo. No te quedes aquí.

Bajé la mirada a su cuello desnudo y le pasé la yema del pulgar por la clavícula. Recordé la delicada franja de moretones que le había quedado en el cuello la semana después de que Grey se fuera. Recordé cómo nuestro vecino de al lado había venido durante ese tiempo con correo que había sido entregado por error en su casa y cómo, cuando Cate abrió la puerta, dejó que sus ojos se detuvieran en la huella del pulgar junto a la clavícula de mi madre durante demasiado tiempo, con una sonrisa de oreja a oreja en su cara, como si pudiera juzgar el tipo de mujer que era mi madre a partir de esa pequeña cosa.

No te acerques a él, había dicho Cate cuando cerró la puerta, con la piel de gallina.

Era la primera vez que pensaba en mi madre como una criatura sexual. Yo tenía trece años y acababa de comprender el poder y la traición que conllevan los pechos, las caderas y el vello corporal. Los hombres habían empezado a acosarme en las calles con insistencia cuando volvía a casa del colegio por las tardes... pero ésa era la carga que yo debía soportar. Ver cómo se lo hacían a mi madre era otra cosa.

Me había enfadado la mirada que el hombre le había dedicado. Me había llenado el estómago de sangre y bilis. Aquella noche el vecino se resbaló en la bañera, se partió el cráneo con el grifo y pasó la semana siguiente volviéndose líquido. El suyo era el cuerpo que yo había olido antes del muerto en el departamento de Grey. Me pregunté, durante mucho tiempo después de su muerte, si mi odio hacia él lo había maldecido hasta matarlo.

Una parte de mí se horrorizaba al pensarlo. Otra parte esperaba que fuera verdad.

—No voy a dejarla —respondí—. No puedo.

Cate negó con la cabeza y se marchó sin decir una palabra más, demasiado agotada para discutir.

—Esto es una *porquería*, ¿verdad? —dijo Vivi—. Están pasando algunas cosas raras, pero Grey *no* está loca. Vimos a esos tipos en su departamento. Vimos a un tipo muerto caer de su techo. La vimos *atravesar una puerta desde algún otro lugar* y terminar en su cocina calcinada.

—¿Pero lo hicimos, Hollow de en Medio? —dijo Tyler—. Yo, ciertamente, no. Hasta donde sé podría haber estado escondida en un armario durante todo este tiempo.

—Oh, por el amor de Dios —dijo Vivi—. Saldré por una cajetilla de cigarros.

—¿Crees que regresará en algún momento? —preguntó Tyler al ver a Vivi alejarse—. ¿O se irá de la ciudad para formar una nueva familia en otro lugar?

—No creí que fueras del tipo con problemas con papá.

Una rápida sonrisa se deslizó por sus labios.

—Nadie que tenga una buena relación con sus padres se convierte en modelo. Ni siquiera si son tan ridículamente atractivos como yo.

—¿Grey te habló alguna vez de nuestros padres?

—Oh, a cuentagotas. Lo suficiente como para saber que le tenía miedo a tu padre y que no se llevaba bien con tu madre. Qué *sorpresa.*

—No es que no se lleven bien. Es que Cate la odia.

((

No debes hablar con ella, me advirtió mi madre la mañana después de echar a Grey. *No debes hablar con ella nunca más.* Odié un poco a Cate por eso. Me parecía totalmente injusta. El día anterior eramos una familia (relativamente) normal y feliz, y entonces sólo hizo falta un susurro de borrachera de Grey para destrozarlo todo. Ahora, una de mis hermanas se había ido y la otra —aunque yo no lo sabía todavía en ese momento— ya estaba planeando irse.

Vivi se fue en mitad de la noche dos semanas después de Grey, sin previo aviso ni aspavientos. Así era Vivi. Grey era dramática. A Grey le gustaba que la gente supiera cuándo entraba y salía de la habitación. Vivi era todo lo contrario. Ella se marchó sin más que una mochila y su bajo, y no dejó nada para marcar su partida salvo una nota en el extremo de mi cama. *Lo siento, niña,* decía, *pero no es lo mismo si no estamos las tres juntas.* Tomó un Megabus a medianoche para ir a París, y luego pasó los tres años siguientes abriéndose paso hacia el este, a través de los clubes de jazz de Francia, los sucios clubes nocturnos de Berlín, los bares de absenta de Praga y, finalmente, los bares en ruinas de Budapest, coleccionando tatuajes y perforaciones corporales, idiomas y amantes por el camino. Rara vez tuvo una vida fácil y despreocupada. Nunca hablábamos de ello, pero yo sabía por Grey que Vivi había hecho cosas para salir adelante. Robar carteras de los turistas. Vender drogas. Trabajar en los peores turnos en un club de *striptease*. A los dieciocho años, cuando se mudó a un almacén reconvertido con vistas al Danubio, junto con otros siete músicos y artistas, ya había vivido y sufrido más de lo que la mayoría de la gente en toda su vida.

Los primeros seis meses tras la marcha de Grey y Vivi fueron los peores de mi vida. Ambas estaban casi desaparecidas, ocupadas en transformarse en las mujeres que querían ser. Sólo tenía noticias de ellas de vez en cuando. Un mensaje por aquí, una llamada por allá. Era como si me hubieran cortado un trozo, dos tercios de mi alma se habían desprendido de repente.

Fue también durante esos meses cuando algo cambió en mi madre. Fue entonces cuando empezó a recopilar recortes de periódicos y archivos policiales de nuestro caso, cuando empezó a contratar detectives privados para que siguieran todas aquellas pistas que la policía no había seguido porque no habían querido o no habían podido. Antes, le había bastado con nuestro regreso. No le importaba adónde habíamos ido o qué nos había pasado, siempre y cuando estuviéramos a salvo y en casa. Pero luego, de pronto, de la noche a la mañana, desarrolló este ardiente deseo de *saber*. De saber *exactamente qué ocurrió*. A veces me despertaba y la encontraba parada en la puerta de mi habitación observándome con ojos inquisitivos mientras yo dormía, como si buscara la respuesta a una pregunta que temía decir en voz alta.

Por favor, le envié un mensaje a Grey alrededor de seis meses después de su partida. **Necesito verte.**

Grey vino esa misma noche como Romeo llamado por su Julieta y lanzó pequeñas piedras a mi ventana hasta que la abrí. Era más de medianoche. Me hizo señas en la oscuridad. Me puse un abrigo sobre mi pijama y subí al árbol que crecía cerca de la casa. Fue la primera y única vez que me escapé. Fuimos a un pub en Golders Green y comimos papas fritas con sal y vinagre en medio de una nube de humo de cigarrillos. Fue como reunirse en secreto con un amante, salvo que yo tenía trece años y mi aventura clandestina era con mi hermana mayor, de la que me había separado.

En los seis meses que habían transcurrido desde la última vez que la había visto, Grey se había cortado el cabello blanco en una melena que le rozaba los hombros. Vestía un suéter negro de cuello alto y delineado de ojos de gato. Parecía una asesina de una película de espías. Hablamos de lo que había estado haciendo, de dónde había estado viviendo, de los chicos con los que había salido. Me enseñó fotos suyas en su teléfono, bellas imágenes que pronto aparecerían en revistas y vallas publicitarias. Estaba al borde de una intensa e inmediata fama internacional, aunque ninguna de las dos lo sabía todavía.

Ven a vivir conmigo, dijo en un momento dado. *Ya no tienes que quedarte allí. No le debes nada a ella.*

Era una oferta tentadora. Quería irme… y quería quedarme. Estaba dividida entre las dos mitades de mi corazón.

Es mi madre, dije finalmente. Grey frunció el ceño como si quisiera rebatirlo, pero no pudiera. *No puedo dejarla sola. Soy lo único que le queda.*

Así que me quedé, con la condición de poder ver y hablar con Grey siempre que quisiera. Cate lo permitió, a regañadientes.

La primera y única vez que Grey volvió a entrar en nuestra casa desde su partida fue para empacar sus cosas. Nos pasamos la tarde siguiente metiendo todas sus baratijas en cajas destinadas a ser almacenadas hasta que tuviera suficiente dinero para comprar un departamento. Yo quería quedarme con cada tesoro, meter en mis bolsillos los labiales y los restos de las velas para maravillarme más tarde, pero ella me observaba con ojos de águila y todo eso iba hacia donde yo había decidido no seguir.

Si Justine o su pequeña secuaz Barbie te dan más problemas, avísame, dijo Grey mientras sacaba la última caja por la puerta principal. *Yo me encargaré de ellas.*

Antes de salir, Grey subió a hablar con Cate. La seguí en silencio y escuché tras la puerta, con la esperanza de que se reconciliaran, pero no fue así.

Si le haces daño, le dijo Grey a nuestra madre en voz baja, *si lastimas un solo cabello de su cabeza, volveré aquí y te mataré.*

Si Cate respondió, no lo oí. Fui al baño y vomité. Pensé en Justine Khan y en que nunca podría darle rienda suelta a mi hermana contra ella, por muy mala que ésta fuera, porque Justine era sólo una niña y mi hermana era algo más, algo más cruel, la cosa en la oscuridad. Grey se fue sin despedirse. De alguna manera, lo que le había dicho a mi madre la noche en que la echó fue incluso peor que la amenaza de muerte.

He aquí una terrible verdad que conocía desde que tenía uso de razón: yo era la hija favorita de mi madre. Yo era ordenada, dócil y callada, y esos rasgos hacían más fácil que le agradara, que me entendiera. Mis hermanas eran chicas difíciles: demasiado sensuales, demasiado furibundas, demasiado difíciles de controlar. Codiciaban demasiado. Estaban demasiado dispuestas a poner sus cuerpos y sus vidas en el camino del mundo. En los meses y años posteriores a que Grey y Vivi se evaporaran de nuestro día a día, la vida fue mejor. Aprendí a vivir sin mis hermanas como compañeras constantes. Me convertí en mí misma. La extrañeza que las perseguía disminuía a fuego lento cuando no estaban cerca.

Cate y yo caímos en una rutina fácil. Veíamos *Doctor Who* y bebíamos té de hierbas acurrucadas en el sofá. Nos poníamos las botas de lluvia Wellington y dábamos largos paseos por los humedales de Londres, en busca de hierbas para hacer mermelada y de flores de sauco y ortigas para hacer bebidas refrescantes para el verano. Llevábamos flores a la tumba de mi padre cada dos semanas. Sin que mis hermanas estuvieran allí para causar problemas, me adapté a lo que quedaba de mi pequeña familia con facilidad.

☾

Tyler puso los ojos en blanco.

—Uff, tu madre no *odia* a Grey, Iris. Qué dramática.

Me quedé mirando la puerta por la que ella había salido.

—No, sí la odia —lo sabía muy bien. Lo había sabido desde la noche en que Grey se fue de casa. Lo sabía en las noches que me acurrucaba junto a Cate en el sofá. Lo sabía en las mañanas cuando comíamos nuestra mermelada casera. Con la misma seguridad que muchos niños saben que son amados, yo sabía que Cate despreciaba a mi hermana—. Se las arregla para disimularlo la mayor parte del tiempo, pero hay algo… feo por debajo. A veces lo veo. Cate le teme a Grey. No sé por qué.

—Suenas como si tú también tuvieras que estar en la sala de psiquiatría, junto con tu hermana.

—Y yo que pensaba que te irías a casa —contesté.

—Sí, bueno. Me veo terrible. No puedo permitir que los *paparazzi* me fotografíen en este estado —una mentira para enmascarar la verdad: él también estaba preocupado por Grey—. Siempre supe que Grey era un poco… rara. Me gustaba. Parecía, no sé, peligrosa de una manera sensual. Pero nunca pensé que estuviera completamente loca.

—No creo que lo esté.

—Oh, por favor. Ya *oíste* lo que dijo la doctora.

—Yo también he visto cosas en esta última semana que no puedo explicar. Si todo está en la cabeza de Grey, ¿por qué Vivi y yo también podemos verlo?

—*Folie à deux*, Pequeña Hollow.* O en este caso, *folie à trois* —Tyler me dio un golpecito en la sien—. A veces, la locura es contagiosa.

Vivi volvió una hora más tarde, una vez que la oscuridad se había asentado sobre la ciudad, con los nudillos de su mano derecha en carne viva y sangrando por haber golpeado a un fotógrafo cuando intentó tocarla para tomar una foto. Los tres bajamos juntos a la cafetería del hospital y cenamos sándwiches empaquetados y naranjas pasadas, y luego subimos fatigosamente a esperar y esperar y esperar. Vivi volvió a dormirse con la mano vendada y cubierta de hielo gracias a una enfermera. Tyler se quedó mirando la pantalla de su teléfono con los ojos atentos, y se dedicó a revisar las publicacio-

---

* La *folie a deux*, "locura de dos" en francés, es una manera en que comúnmente se denomina a un trastorno psicótico compartido, que también es conocido como trastorno de ideas delirantes inducidas, una patología que se caracteriza por la presencia de síntomas psicóticos similares, comúnmente ideas delirantes, en dos o más personas. [N. del T.]

nes de Twitter y de Instagram sobre la desaparición de Grey y su posterior regreso milagroso. La historia estaba dominando las redes sociales. Ya había un meme de fan-art en línea de Grey como una santa venerada representada en acuarela, con una pancarta detrás de ella que decía "En Hollow confiamos". Decenas de celebridades lo habían reposteado celebrando el regreso de nuestra hermana. Observé por encima del hombro de Tyler durante un rato, y luego, incluso con la silla de plástico debajo de mí moliéndome los huesos, acabé cayendo en un sueño agitado e irregular.

14

Desperté justo antes de la medianoche con mi cabeza en el hombro de Tyler. Mi cuello estaba doblado en ángulo y mi vejiga obstinadamente hinchada. Me estiré para sacudirme un poco el sueño y fui al baño. El hospital estaba más oscuro y silencioso que al principio de la tarde. No había ninguna luz encendida en el baño, así que oriné en la oscuridad, con los ojos todavía cerrados mientras apoyaba mis codos en las rodillas y sostenía mi barbilla entre las manos. La cicatriz en mi cuello estaba hormigueando otra vez, suplicando que la rascaran. Presioné con la yema del dedo el familiar borde de tejido cicatrizado… y sentí que algo se *movía* bajo mi piel.

—¡Jesús! ¡Carajos! —solté, levantándome del asiento del excusado y goteando orina por los muslos, por el suelo.

Lo imaginaste, lo imaginaste.

Volví a sentarme, terminé de orinar y me limpié, con el corazón azotando con latidos furiosos dentro de mi pecho. Todo mi cuerpo estaba efervescente.

Lo imaginaste, lo imaginaste. No la vuelvas a tocar.

Me sonrojé y fui a lavarme las manos con la cabeza hacia abajo, demasiado asustada para mirar al espejo. ¿Qué vería en la base de mi cuello? ¿El pálido capullo de una flor de carroña a punto de atravesar mi piel? ¿O algo peor?

Levanté la mirada. La habitación estaba demasiado oscura para distinguir algo más que la vaga silueta de mi cuerpo, así que encendí la linterna de mi teléfono y lo apoyé en un dispensador de jabón, con el haz apuntando en mi dirección. La luz no era amable con mis rasgos. Me quitaba el color de la tez y despojaba cualquier suavidad de mis huesos. Era un demonio bajo esta luz. Un monstruo. No podía mirarme a los ojos sin sentir un chasquido de miedo.

No mires. No mires. No la mires.

Me incliné hacia ella. Miré. Había una pequeña pústula brotando en un extremo de mi cicatriz, podía ver su brillante cabeza dura y negra. Mientras la observaba, se movió de nuevo: el parpadeo de algo oscuro como un escarabajo girando bajo mi piel.

Una lágrima resbaló por mi mejilla. ¿Qué demonios me estaba sucediendo?

Apreté el borde afilado de mi uña contra el bulto, lo suficiente para romper la piel y arrancar la cabeza, y luego esperé y observé para descubrir qué había debajo.

Algo se desplegó. Unas piernas diminutas. Un cuerpo negro.

Una hormiga.

Se arrastró fuera de la herida y se abrió paso por mi clavícula haciéndome cosquillas en la piel. Le siguió una segunda, saliendo del diminuto agujero en mi carne, y luego una tercera, hasta que la pústula quedó vacía. Los pensamientos sobre el departamento abandonado de Grey llenaron mi cabeza. La hilera de hormigas y algo muerto y horripilante escondido bajo el papel tapiz de la pared. Me incliné más hacia el espejo, más cerca de la luz, y apreté los dientes mientras sacaba la navaja de Grey y utilizaba la punta para abrir más la herida. El dolor ardiente hizo que más lágrimas rozaran mis mejillas. Una gota de sangre se deslizó entre mis pechos. La limpié con una toalla de papel. Había algo allí, bajo mi piel. Algo suave y pálido.

—¿Qué *demonios*? —susurré.

Cuando me incliné para ver mejor, me di cuenta de que era *piel*. *Más* piel. Una segunda capa debajo de la mía, igual que había una segunda capa de papel tapiz debajo de la que habíamos removido.

Mi teléfono se resbaló del dispensador de jabón y se estrelló contra el suelo, haciendo que el cuarto de baño se inundara de una luz estroboscópica. El teléfono aterrizó a mis pies con un sonido de cristal y disparó un haz de luz a mi cara desde abajo. Por un segundo, no me vi a mí misma en mi reflejo, sino a alguien más. Algo más.

Levanté mi teléfono y volví a la sala de espera, sacudiéndome las hormigas del cuerpo como una loca. Pensé que iba a vomitar. Quería encontrar a una de las enfermeras para que me enjuagara la herida con alcohol y me dijera que estaba imaginando cosas, pero no había nadie. Vivi estaba tendida en el suelo con la cabeza apoyada en su chamarra enrollada y la mochila metida bajo un brazo. Tyler dormía sentado. Aparte de eso, estábamos solos.

Me apresuré a ir a la sala de enfermeras, pero los médicos que nos habían atendido durante toda la tarde y la noche no aparecían por ningún lado.

—¿Hola? —llamé. Había un sándwich a medio comer sobre una pila de papeles. Una lata de Coca-Cola se había caído y se había convertido en un charco en el suelo.

Pasé de la sala de espera al pasillo donde estaba la habitación de Grey. Las luces parpadeaban sobre mí. Un coágulo de oscuridad crecía y se hinchaba al final del pasillo, donde las luces del techo ya se habían ahogado. A mi derecha, una doctora y una enfermera estaban en cuclillas en un rincón, con sus cuerpos apretados como si fueran frutas blandas. Cada una respiraba callada y superficialmente. Estaban tomadas de la mano, temblando, con los ojos muy abiertos y húmedos. Miré por el pasillo hacia la habitación de mi hermana y luego volví a mirarlas. La enfermera negó con la cabeza. *No vayas.*

Fui. Me adentré en la oscuridad temblorosa, por el largo pasillo. Resultó fácil identificar la habitación de Grey. Era la que tenía una silla al frente. Excepto que la silla estaba volcada de lado, y el oficial de policía que se suponía que debía estar vigilando a mi hermana se encontraba tirado bocabajo en el piso. Había sangre. No en un charco, sino en salpicaduras.

La puerta de Grey estaba cerrada. Sacudí el picaporte y apreté la cara contra el cristal para ver el interior. Estaba empapado de sombras. La cortina estaba corrida alrededor de su cama. No había ningún movimiento.

Justo cuando iba a golpear la puerta para intentar despertarla, una mano ensangrentada se cerró con fuerza sobre mi boca y me lanzó hacia atrás. Intenté gritar, traté de forcejear contra mi captor mientras me arrastraba a la habitación opuesta a la de Grey, pero era más fuerte que yo.

—Basta —ordenó una voz grave mientras me empujaba bruscamente contra la pared—. Basta. Soy yo.

Grey levantó su mano de mi boca y apretó un dedo manchado de sangre contra la suya.

Mi hermana era una caricatura de una loca con una bata de hospital manchada de rojo. Tenía los ojos y el cabello alborotados de manera salvaje y su mandíbula temblaba. En sus manos ensangrentadas sostenía un bisturí. Lo que quedaba de sus ataduras colgaba suelto y hecho jirones de sus muñecas. Un chispazo de *déjà vu*: Grey con una navaja en la mano, y luego desaparecida, la imagen familiar allí y enseguida desvaneciéndose de mi mente como las manchas blancas que quedan después de un flashazo.

—¿Qué está pasando? —susurré, horrorizada.

—Él viene hacia acá —dijo ella—. Para llevarme.

—Grey —susurré. Me escupí en la manga y me limpié la sangre de los labios, luego tomé la cara de mi hermana entre las manos e intenté que me mirara. Ahora estaba más delgada que la última vez que la vi (las clavículas sobresalían de su piel) y el cabello había sido recortado por encima de sus hombros—. Grey, mírame.

Lo hizo, finalmente. Ahora estaba más tranquila que este mediodía, ya no estaba rabiosa. Dejé que la alegría de que estuviera *viva* me inundara de nuevo. Rodeé su cintura de avispa con mis brazos y la apreté, con mi cabeza en su hombro. Grey se quedó rígida por un momento, y luego se fundió en el abrazo.

—Siento haberte hecho daño —dijo, en tanto se retiraba y pasaba las yemas de sus dedos por un suave moretón a lo largo de mi mandíbula—. Estaba asustada.

—No pasa nada. No importa. Yo sólo estoy contenta de que estés bien. ¿Dónde estabas? ¿Qué fue lo que pasó?

Los ojos de Grey se humedecieron y apretó los labios.

—Él me llevó. Ese bastardo. Pensé que no volvería a verte.

—¿Quién… quién crees que viene por ti?

—Espera —dijo ella—. Observa.

Lancé una mirada al suelo, donde la sangre arterial goteaba de la punta del bisturí, de la punta de los dedos de Grey. Otra sensación de *déjà vu*. ¿Por qué esta escena me resultaba familiar?

—¿Tú...? ¿Tú heriste al policía, Grey?

Los ojos de Grey se dirigieron al cuerpo sin vida y luego volvieron a la puerta de la sala.

—Él no era lo que parecía.

Me tragué mi horror y tomé la mano libre y ensangrentada de Grey entre las mías. ¿Qué significaría esto para ella? ¿Una vida en prisión por el asesinato de ese hombre? ¿O no serían tan duros con ella a causa de su estado mental? ¿Exenta de responsabilidad criminal a causa de la demencia, estaría hasta sus 30 años en una institución mental? Ambas opciones eran sombrías, destructoras de vida, pero ella había hecho algo espantoso a un hombre desconocido cuyo único crimen había sido tratar de protegerla.

Esperamos juntas. Observamos juntas.

En los minutos que transcurrieron, mi hermana permaneció inmóvil y sin pestañear junto al panel de cristal, con los ojos clavados en la puerta de su habitación del hospital, al otro lado del pasillo. Pensé en lo que la doctora había dicho antes, que Grey estaba presa en las garras de la psicosis. Esta predisposición a la locura era algo que se daba en nuestra familia. Después de todo, le había ocurrido a nuestro padre.

El día que se suicidó, Gabe Hollow nos despertó de madrugada y nos metió en el auto de la familia. Cate todavía estaba dormida. Fuimos en silencio, sin quejarnos. Podíamos percibir el peligro que había en él —nos empujó con brusquedad, cerró de golpe las puertas del auto, salió chirriando del camino de entrada—, pero ¿qué podíamos hacer? ¿Cómo podíamos luchar? Éramos sólo unas niñas pequeñas.

Gabe conducía de forma errática. Estaba murmurando para sí, llorando, gritando que iba a lanzar el auto por un precipicio y a matarnos a todos si no le decíamos la verdad.

¿Dónde estaban sus hijas?

¿Qué les habíamos hecho?

¿Quiénes éramos?

¿Qué éramos?

Vivi y yo gritábamos con los ojos muy abiertos desde el asiento trasero, pero fue Grey, sentada en el asiento del copiloto, la que lo convenció.

—Por favor, papá —susurró ella.

—¡No me llames así! —dijo él con un sollozo, con los nudillos como piedras blancas sobre el volante.

Grey le puso su pequeña mano en el brazo.

—Llévanos a casa —su aliento matutino olía extraño, almibarado y agrio a la vez. No fue sino hasta un año después, cuando la vi besar a la mujer que irrumpió en la casa, que empecé a sospechar que Grey había hechizado a nuestro padre, y que probablemente nos había salvado la vida al hacerlo.

Gabe nos llevó a casa y se suicidó ese mismo día, mientras estábamos en la escuela. Lo encontramos cuando regresamos, colgado del barandal de la entrada. Vivi y yo gritamos, pero Grey no. Arrastró una silla hasta su cuerpo, lo registró, tomó la nota que él había guardado doblada en su bolsillo, la leyó y luego la rompió en pedacitos y los arrojó por la ventana. Pasé la tarde en el jardín recogiendo todos los trozos dispersos y guardándolos en mi bolsillo, mientras Cate llamaba a los familiares y hacía los preparativos para su funeral. Era el final de la primavera, un día inusualmente caluroso en Londres, y la temperatura de la tarde superaba los treinta grados centígrados. Me senté en mi habitación y volví a pegar todos los trozos de su nota con las manos sudorosas.

Yo no quería esto, decía. Cuatro palabras para resumir toda una vida.

Me pregunté si a Grey le estaría ocurriendo lo mismo ahora mismo. Me pregunté, por unos breves instantes, si Tyler tenía razón, si la histeria de Grey era contagiosa. ¿Cuánto de lo que habíamos visto era real? ¿Había habido realmente un cadáver en el techo de Grey? Había ocurrido todo tan rápidamente y yo no tenía ninguna evidencia física de la extrañeza, sólo el olor y la sangre y el recuerdo. Nadie más que Vivi y yo lo habíamos visto. No habíamos dormido bien, habíamos estado alimentadas por el café y la adrenalina. El borde de nuestra realidad había empezado a retorcerse y zumbar mientras rozaba con algo más.

La respiración de Grey se agitó. Cerró los dedos en torno al pomo de la puerta, todavía con el bisturí en la mano, todavía con la mirada fija en su habitación al otro lado del pasillo.

—Quítate los zapatos —dijo.

—¿Qué? —miré los pies descalzos de Grey. Las bases de sus uñas estaban ennegrecidas, los tobillos en carne viva por las ataduras—. ¿Por qué?

—Hazlo. Él está aquí —dijo. Las luces parpadeantes se apagaron y la oscuridad cayó sobre el pasillo como una piedra. Me quité los zapatos y los sostuve en una mano.

Y entonces allí estaba él, tal como ella había dicho. Lo reconocí por su silueta, aunque no podía verle la cara: el hombre del departamento incendiado de Grey. Alto y delgado, con el cráneo de un toro muerto sobre la cara. El hedor que desprendía me explotó en la cara y encajó esquirlas de podredumbre, humedad y humo en mi nariz. Un destello de recuerdos rotos saltó a la superficie de mis pensamientos: un bosque en descomposición, una mano con una navaja, tres niñas calentándose junto a una chimenea. Tres niñas de cabello oscuro y ojos azules. Nosotras. ¿De quién era la casa donde estábamos?

Yo estaba llorando, aunque no entendía por qué. Aquí no estábamos a salvo. Quienquiera que fuera, nos había encontrado, otra vez. Había encontrado a Grey. Venía a llevársela lejos de mí. Quería correr, quería que mis pies se movieran tan rápido como latía mi corazón, pero mi hermana apretó mi mano. *Todavía no.*

El hombre se arrodilló junto al cuerpo del policía y le dio la vuelta... pero el hombre no vestía uniforme de policía. Un matorral de flores blancas brotaba de los ojos del muerto, de sus fosas nasales, de su boca; sus pétalos cerosos brillaban en la mortecina luz. Algo le estaba sucediendo, algo que yo había visto antes. De las raíces de las flores de su boca crecían unas finas lianas que se retorcían por la piel de su rostro. Ahí estaba el olor a sangre, sí, pero también algo verde y agrio. Me cubrí la boca para contener las arcadas.

Él no era lo que parecía, había dicho Grey. No era el oficial de policía que había estado encargado de vigilar su puerta. Era otra persona.

El hombre intentó abrir la puerta de la habitación del hospital. Cuando la encontró cerrada utilizó el codo para romper el cristal, luego pasó el brazo y la desbloqueó desde el otro lado. Se metió en la habitación de Grey y cerró la puerta tras de sí.

—Tenemos que irnos ya —susurró Grey—. Sígueme.

Abrió la puerta y caminó en silencio hacia el pasillo, con los pies descalzos; pequeñas gotas de sangre resbalaban de su mano mientras avanzaba. Mi propia sangre circulaba rápida y estruendosamente, pero mis pisadas eran silenciosas mientras la seguía, también descalza, agachada cuando pasábamos por su habitación, con cuidado de no pisar ningún cristal al movernos bajo la ventana rota.

191

—Tienes que esconderte —le susurró Grey a la doctora mientras nos arrastrábamos junto a ella. La enfermera ya había desaparecido, pero la doctora era ahora una cáscara vacía, como si se hubiera ido de su cuerpo. Se oyó un estruendo procedente de la habitación de Grey, un gruñido animal: él había encontrado su cama vacía. La doctora miró hacia allá y tragó saliva, pero no se movió. Grey se arrodilló al lado de la mujer, le acomodó un mechón de cabello detrás de la oreja y luego se inclinó para presionar sus labios contra los de ella. Hacía mucho tiempo que no veía a Grey hacer eso, y por un momento me pregunté si aún funcionaría, pero entonces la poción dulce que llevábamos en el aliento, en los labios, en cada centímetro de nuestra piel, se abrió paso en el torrente sanguíneo de la doctora, y la vi derretirse bajo el contacto de mi hermana. Cuando Grey se apartó del beso, las pupilas de la mujer eran enormes, y miraba a Grey como una novia caminando por el pasillo central de la iglesia el día de su boda. Asombrada. Abrumada. Lo más enamorada que había estado nunca—. Escóndete ahora —dijo Grey. La doctora sonrió, golpeada por la ebriedad y aturdida, y se deslizó en la habitación detrás de ella.

Mi pulso era una ráfaga.

—Ven —susurré con urgencia. Corrimos entonces, rápido pero en silencio, hacia donde Vivi y Tyler dormían. Dimos vuelta a la esquina cuando la puerta de Grey se abrió de golpe, enviando más cristales rotos saltando por el suelo. El ruido hizo que Tyler despertara sobresaltado. Grey le cubrió la boca con la palma de la mano y sacudió la cabeza. Tyler se revolvió. Desperté a Vivi posando un dedo en sus labios. Sus párpados se abrieron de golpe, pero se quedó callada cuando la puse de pie y le indiqué que se quitara los zapatos y los llevara en la mano. Grey retiró la mano de la cara de Tyler y se arrodilló para ayudarle a quitarse los zapatos.

Todo quedó en silencio. Entonces llegó el crujido de unas pesadas botas sobre el cristal. Las pisadas se dirigían a nosotros siguiendo la línea de gotas de sangre que Grey había dejado en el suelo. Vivi se puso la mochila. Grey sacó a Tyler de su asiento y se limpió las manos en el vestido, y luego los cuatro nos dirigimos silenciosa y rápidamente hacia el siguiente pasillo. Dimos vuelta en la esquina un momento después de que el hombre entrara en la sala de espera, mientras las sombras ocultaban nuestra retirada. Observé su difuminado reflejo en un panel de cristal. Había tres runas frescas escritas con sangre en su pecho. Se agachó y colocó la palma de la mano donde yo había estado sentada. Recogió del suelo la chamarra enrollada de Vivi y la apretó contra los huesos desnudos de su máscara, luego inhaló profundamente. Golpeó los zapatos de Tyler con la punta del pie.

De la parte posterior de su cintura sacó una pistola y comenzó a caminar hacia nosotros. Nos despegamos de la pared contra la que habíamos estado presionados y corrimos suavemente por el pasillo, tan rápida y silenciosamente como pudimos.

Al dar vuelta en la siguiente esquina, Grey se estrelló contra un cuerpo. Un aura verde de hedor estalló en mi cabeza.

—Él... —respiró la figura (una mujer, pude verla ahora, en la penumbra), pero Grey le clavó el bisturí bajo la barbilla e interrumpió su grito cuando aún no era más que un suspiro. Grey le arrancó el bisturí de la cabeza y sujetó a la mujer con fuerza contra ella mientras la bajaba, chorreando sangre, al suelo. La sangre estaba llena de coágulos y olía a descomposición.

Seguimos corriendo en la oscuridad dando vuelta en las esquinas, retrocediendo cuando aparecían figuras al final de un pasillo o cuando una pared de humo y hedor a podredumbre nos golpeaba. Grey estaba empapada de sangre... pero ¿era sangre? En la penumbra, la mancha de su frente parecía recorrerla como una sombra.

—Tenemos que salir de este piso —susurró Grey—. De este hospital.

—Ahí —dije, señalando una puerta al final del pasillo. SALIDA DE EMERGENCIA, se leía. LA ALARMA SE ACTIVARÁ AL ABRIR LA PUERTA.

—Háganlo —dijo Grey—. Corran, y no dejen de correr.

Así lo hicimos. Vivi llegó primero a la puerta y se estrelló contra ella en el mismo momento en que la alarma vibró entre mis dientes. Yo la seguí, y Grey llegó detrás de mí. Tyler se lanzó al final. Cuando miré hacia atrás, vi que el hombre venía directo hacia nosotros. El hueso de su máscara atrapaba fragmentos de luz cuando embestía en nuestra dirección.

—¡Vamos, vamos, vamos, carajo, vamos! —gritó Grey mientras Tyler empujaba la puerta para cerrarla, el hombre la golpeó tres segundos después de nosotros, haciéndola saltar de sus bisagras como si fuera sólo un palito de paleta. Bajamos volando por las escaleras, de tres en tres, con los pies golpeando el concreto y los pulmones aspirando con fuerza. El hombre era rápido y ágil. Mientras bajábamos las escaleras, agarrándonos a los pasamanos para girar más rápido en las esquinas, lo oímos acercarse a nosotros. Luego, lo olimos acercándose a nosotros. Y enseguida, lo *sentimos* acercándose a nosotros, el calor húmedo de su aliento, las motas de sudor de sus brazos y su pecho rozándome la nuca. Tyler gritó. Me di media vuelta. El hombre lo sujetaba por el cuello y lo tenía apretado contra la pared. Grey ya estaba allí. Clavó el bisturí en el pecho de la criatura y retrocedió. La pistola cayó con estrépito por el hueco de la escalera y se perdió en algún lugar debajo de nosotros. El instrumento quirúrgico parecía cómicamente pequeño alojado en su carne, como un palillo clavado en una sandía. El hombre dejó caer a Tyler, que corrió hacia nosotros respirando con fuerza. Retrocedimos en las escaleras mientras él se arrancaba el bisturí del pecho como si fuera una astilla y lo lanzaba al suelo, donde produjo un placentero sonido titilante.

—Corran —dijo Grey. Nos dimos la vuelta y nos lanzamos de nuevo hacia abajo, hasta la puerta del fondo y hacia la fresca noche. Después de la estridente alarma de la escalera y el espeso hedor del hombre con cuernos, la noche se sentía fresca y tranquila. Habíamos llegado a la parte trasera del hospital.

El hombre irrumpió en el hueco de la escalera, detrás de nosotros, e inclinó los cuernos de su máscara al pasar por la puerta.

Grey era la más rápida al aire libre y corrió con fuerza por el hueco entre los edificios del hospital hasta llegar a la calle, donde se lanzó delante de un auto que iba pasando. El auto se detuvo con un chirrido, mientras algunos rizos de humo de caucho quemado surgían del asfalto. El conductor bajó la ventanilla y empezó a gritar obscenidades. Grey se lanzó a través de la ventanilla y le plantó un beso desesperado en los labios. Él se calló en tanto ella le hablaba al oído, rápida y urgentemente, mientras todos nos aglutinábamos en el auto. Entonces Grey ocupó el asiento trasero, y el conductor metió primera y volvió a hacer rechinar las llantas antes de que todos hubiéramos cerrado las puertas... pero en el momento justo.

El hombre lanzó un puñetazo en la defensa trasera, haciendo que el auto diera un coletazo mientras nos alejábamos. Luego corrió a nuestro lado, casi manteniendo el ritmo durante uno o dos segundos, antes de que finalmente nos adelantáramos y lo dejáramos en medio de la calle envuelto en el rojo resplandor de nuestras luces.

15

—Es hora de algunas *malditas* respuestas —exigió Tyler mientras yo me ponía los zapatos de nuevo. No podía estar en desacuerdo con él—. Mi amor —dijo, sosteniendo la cara de mi ahora inconsciente hermana entre sus manos—. Debes despertar. Tienes que dar algunas explicaciones.

—¿Podrías dejarla descansar? —exclamó Vivi.

—¡No! Acabo de ver a mi novia *asesinar a una mujer* con un *bisturí*. Y ese hombre (esa *cosa*) tenía la piel costrosa y podrida. No quiero más excusas.

—No creo que estar inconsciente sea una *excusa*, imbécil.

—¡Yo tampoco! Así que ¡despierta!

Me di la vuelta desde donde estaba sentada, en el asiento delantero.

—Vamos a calmarnos e intercambiar impresiones por un minuto.

—Oh, ¿quieres que intercambiemos impresiones? ¿Quieres intercambiar impresiones? Un toro asesino acaba de aplastar mi esófago, Pequeña Hollow. No estoy bien... y todavía no estoy convencido de que todo esto no sea sino una elaborada estratagema para arruinar mi vida —dijo Tyler a una Grey aún inconsciente—. ¿Estás oyendo eso, cariño? Sé lo que estás tramando.

Suspiré y me di vuelta otra vez hacia el frente.

—¿Adónde nos llevas? —pregunté al conductor mientras entraba en la autopista, en dirección norte. Se quedó mirando a través del parabrisas con ojos atentos, pero estaba bajo el hechizo de Grey, no el mío, y no tenía ningún interés en mí. El interior del auto olía a vino de miel a punto de convertirse en vinagre. El aire estaba denso, cargado de sangre y de alguna magia invisible. Abrí la ventanilla para permitir que entrara un poco de aire fresco y despejara la pesadez de mi cabeza.

¿Cuánto tiempo pasaría antes de que alguien se diera cuenta de que nuestro conductor había desaparecido? La aplicación Uber estaba abierta en su teléfono. En la guantera había un surtido de cosas que, sin duda, estaban ahí desde antes de empezar su turno: tres lápices de colores, unos lentes de sol de mujer, un cargador de teléfono y una liga para el cabello rosa y otra morada, cada una con finos cabellos rubios atrapados en el elástico.

—¿Y si alguno de nosotros tiene que orinar? —preguntó Vivi—. ¿Éste va a seguir tan sólo... conduciendo?

—Ahora podría ser un mal momento para mencionar que los sándwiches de la cafetería del hospital parecen estar teniendo una discrepancia conmigo —dijo Tyler.

Pensé en enviar un mensaje a mi madre, pero ¿qué le diría?

Estamos conduciendo hacia el norte, pero no sé adónde.

No sé cuánto tiempo estaremos fuera.

Un hombre enmascarado está tratando de matarnos a todos.

No te estreses.

Al final, mi teléfono murió en mi mano antes de que pudiera enviar algo. Tal vez era lo mejor. Cate estaría durmiendo en su solitaria habitación de Londres, soñando con un tiempo anterior a la desaparición de sus hijas.

Orinar acabó no siendo un problema. Nos quedamos sin combustible menos de dos horas después de nuestra huida, no muy lejos de Northampton. El auto se detuvo en una calle tranquila junto a un terreno rodeado por una valla baja. Eran las primeras horas de la mañana. No había nadie alrededor. El conductor, todavía bajo el hechizo de Grey, salió del auto, dejó las luces encendidas y la puerta abierta, y empezó a caminar por la orilla del camino.

—¡Hey! —grité mientras corría tras él—. Hey, ¿adónde vas? ¿Nos vas a dejar aquí? —aun cuando lo agarré del brazo e intenté detenerlo, el hombre continuó su marcha. Mantenía la boca ligeramente abierta y los ojos desenfocados. Lo dejé ir, dejé que se hundiera en la oscuridad que lo esperaba.

—Discúlpenme, tendré que ir a cagar al bosque como un animal —dijo Tyler mientras saltaba la valla y se adentraba en el terreno.

—Encantador —respondió Vivi—. Realmente se puede ver por qué Grey salía con él.

—¡Te oí! —gritó Tyler.

—¡Era la intención! —gritó Vivi en respuesta.

Esperamos. Un minuto se alargó hasta cinco, diez. Yo seguía dando vueltas alrededor del auto, esperando que pasara otro vehículo. Vivi seguía sosteniendo su teléfono en alto, como hacen en las películas de terror cuando buscan señal. Como si eso hubiera funcionado alguna vez.

Me pregunté si el conductor continuaría caminando hasta llegar al destino que Grey le había indicado. Me pregunté qué distancia habría y si el hombre se detendría en el camino. ¿Caminaría hasta que le sangraran los pies, hasta que le rugiera el estómago y le dolieran las articulaciones? ¿Se detendría para comer y beber, o caminaría hasta morir? ¿Teníamos el terrible poder de hacerle eso a la gente?

—Iris, ven aquí —dijo Vivi, en tanto yo caminaba de un lado a otro. Me acerqué adonde ella había dirigido el haz de luz de la linterna de su teléfono, junto a la puerta abierta del auto. Vivi se hizo a un lado para mostrar el pálido rostro de Grey, con los ojos en blanco, la piel tensa y húmeda a causa del sudor febril.

—Oh, Dios mío. Tiene un aspecto terrible —me agaché y puse la palma de mi mano en su frente—. Está ardiendo. ¿Qué hacemos?

—¿Llevarla de nuevo al hospital? —sugirió Vivi.

—Porque eso funcionó muy bien la primera vez...

—Bueno, mierda, no lo sé. ¿Y si está muriendo? No podemos quedarnos sin hacer nada.

—Podríamos llamar a Cate —sugerí, preguntándome si nuestra madre estaría dispuesta a proporcionar atención médica urgente a la hija que había echado de su casa.

—Aunque tuviera señal aquí, no estoy segura de que Cate estuviera *super*entusiasmada por ayudar.

Encontramos una botella de agua medio vacía y una toalla de gimnasio en la cajuela. Empapamos la toalla y frotamos la frente de Grey intentando bajarle la fiebre. Cuando Tyler volvió, se sujetaba el estómago.

—Ahora que eso está lejos... ¿qué está pasando? —preguntó.

—¿No te diste cuenta de que estaba caliente como un horno, tarado incompetente? —le espetó Vivi.

Entonces, se oyó un ruido en la oscuridad: pisadas en la grava y un sonido de chapoteo.

—¿Quién está ahí? —pregunté, pero sólo se trataba del conductor hechizado, que ahora cargaba un gran bidón rojo—. Oh, gracias a Dios.

—Bueno, mira quién es —dijo Tyler. Cuando el hombre pasó a su lado, Tyler alargó un pie frente a él para intentar detenerlo. El hombre tropezó, y luego siguió caminando como si nada hubiera pasado—. ¿Qué le pasa?

—No lo atormentes —repliqué, mientras el conductor pasaba a mi lado, en un mundo completamente suyo—. No es él mismo.

—¿*Qué* significa eso? —preguntó Tyler.

Vivi tomó la cara de Tyler entre sus manos, lo miró por un momento y luego se inclinó para besarlo. Fue un beso completo, repleto de cualquier elixir que viviera en los labios de mi hermana. En mis labios. Incluso yo sentí su poder y, debajo de eso, algo más: una pizca de envidia.

Vivi se apartó y observó a Tyler con atención.

—Bueno, ahora me siento violado —dijo cuando se limpiaba la boca húmeda—. Qué asco. No estoy interesado, para tu información. Ya he pasado por eso. Cada una de ustedes está tan loca como las otras dos.

—Interesante —me dijo Vivi—. No le afecta en absoluto. Tal vez porque no tiene cerebro.

—¿Cuántos *años* tienes? —preguntó Tyler.

Vivi podía burlarse de él todo lo que quisiera, pero ahora yo sabía por qué Grey salía con Tyler.

La segunda vez que alguien me besó fue entre bastidores, después del primer desfile de Grey para Casa Hollow, en la Semana de la Moda en París. El desfile había sido un éxito rotundo, pero yo no tenía ganas de celebrarlo. Tenía una pesada piedra en el estómago porque un hombre me había estado observando durante dos días. Nunca supe su nombre. Sólo sabía que era un fotógrafo prometedor que llevaba una chamarra café de piel y se recogía el cabello claro en un moño. Era alto, joven y guapo, y hablaba con un acento ronroneante. Las mujeres debían estar encima de él, pero se entretenía demasiado con las modelos y le gustaba mirarme. Supongo que imaginó que una adolescente estaría encantada de recibir la atención de un hombre adulto. Supongo que imaginó que me gustó la forma en que rozó con sus dedos la parte trasera de mis jeans cuando me pidió que nos tomáramos una *selfie* juntos.

Supongo que imaginó muchas cosas equivocadas.

Lo que yo imaginé fue esto: era de vital importancia que nunca estuviera sola en una habitación con él. Me había pasado dos días asegurándome de que nunca tuviera esa oportunidad, no porque estuviera segura de que algo malo pasaría, sino porque no podía estar segura de que nada malo *no* pasaría. Ahora que el espectáculo había terminado, podía bajar la guardia. Yo tomaría un avión a Londres a la mañana siguiente, Grey había programado un Uber para que me llevara de regreso a mi habitación de hotel, y el espeluznante hombre no estaría allí.

Lo único que necesitaba era correr entre bastidores para recoger mi abrigo.

Los bastidores habían sido un caos durante las horas previas al inicio del desfile, con modelos de extremidades como filamentos, maquillistas y productores corriendo por todos lados y gritando por los auriculares… pero ahora todo estaba tranquilo. El olor químico de la laca para el cabello persistía en el aire, lo mismo que el aroma a cabello quemado de los rizos que se habían dejado en las planchas por demasiado tiempo. Las luces tipo Hollywood que rodeaban cada uno de los espejos estaban apagadas, y los vestidos que cada una de las modelos había llevado en la pasarela estaban metidos en bolsas de ropa y colgaban ahora en sus rieles a lo largo de un costado de la estancia. No pude evitar sonreír al pasar delante de ellos en la penumbra, estos pequeños milagros de hilo y tela nacidos del cerebro salvaje de mi hermana. Había visto bocetos de sus creaciones en los meses previos a la semana de la moda, pero nada me había preparado para verlas en la vida real, con toda su belleza y su complejidad.

Encontré mi abrigo colgado en el respaldo de una silla plegable y me lo puse.

—Hola, Iris, dijo una voz masculina.

Me giré. Era el fotógrafo.

Allí, conmigo. En la oscuridad. Solos.

—Oh, hola. No sabía que todavía hubiera alguien aquí.

—No hay nadie. Todos se fueron a la fiesta.

—¿Dónde está Grey?

—Acabo de verla subir a un Uber —eso no sonaba bien. Se suponía que Grey me llevaría de regreso a mi hotel antes de irse a la fiesta. Cate la había obligado a prometérselo—. Yo puedo llevarte a casa, si quieres.

Intenté pasar para comprobar si decía la verdad, pero me tomó de la muñeca y eso hizo que el corazón diera un vuelco, presa del pánico.

—Eres hermosa, ¿sabes? —dijo con sus labios, pero con sus dedos apretados lo suficientemente fuerte alrededor de mi brazo como para dejar moretones, decía algo diferente. Y entonces sucedió. Se inclinó para besarme. Se acercó demasiado. Respiró mi poder indomable, efervescente por el sudor y el miedo, y eso lo hizo enloquecer, igual que había hecho con Justine Khan. Sus ojos se abrieron enormes, y lo siguiente que supe fue que yo estaba en el suelo, debajo de él, debajo de su peso y de su rudeza, mientras sus dedos arañaban mi cintura, tratando de forzar su paso al interior de mis jeans. Grité y luché contra él. Me agité y le rasguñé la cara, pero el repentino olor de su propia sangre sólo lo ponían cada vez más rabioso. Sentí el hedor caliente de su aliento en mi cara. El cálido rastro de su saliva marcaba mi piel mientras me besaba, me mordía, me lamía las heridas que me había hecho.

No estoy segura de si Grey oyó mi grito o de si sintió mi angustia instintivamente, pero de repente estaba allí —no se había ido, como había dicho el fotógrafo— de pie ante nosotros, con el rostro de un dios vengativo. Sujetó al hombre por el cuello y me lo quitó de encima con una mano, y luego lo estampó contra un espejo. El cristal y los focos que había detrás se estrellaron en pedazos. Los delgados dedos de Grey apretaban con tanta fuerza el cuello del fotógrafo que éste apenas podía respirar, pero —aunque su cara estaba roja y su garganta emitía sonidos como de cacareo, mientras luchaba por llevar aire hasta sus pulmones— a él no parecía importarle. Ya estaba violentamente drogado de ella, aturdido y enamorado.

¿Por qué era un poder útil y fácil en Grey, pero en mí me convertía en víctima?

Grey respiraba con dificultad, escupiendo veneno con cada exhalación. Apretó al hombre aún más fuerte, hasta que pude ver cómo los capilares estallaban bajo su agarre.

—Vas a ir a tu casa y, cuando llegues, te vas a matar. Hazlo lentamente. Que sea doloroso. ¿Entiendes? —ordenó Grey.

El hombre se mordió el labio y sonrió, luego asintió tímidamente, como si estuviera coqueteando con ella.

—Grey —dije entre sollozos—. No lo hagas. No le hagas hacer eso. Es... No fue totalmente su culpa. Fue... un malentendido. Me acerqué demasiado y él fue demasiado lejos. No sé cómo... Por favor. Por favor, retráctate. Sólo déjalo ir.

Grey soltó el cuello del hombre y le dio una fuerte bofetada en la cara. Una lluvia tintineante de fragmentos de cristal cayó de su cabello.

—Tienes suerte de que mi hermana sea más misericordiosa que yo. Nunca, *nunca* vuelvas a tocar a nadie sin su consentimiento. Sal de mi vista. Vete de París y no vuelvas.

Cuando se fue, Grey se abalanzó sobre mí.

—Y tú. Tú tienes que ser más...

—¿Qué? —me quejé mientras me levantaba del suelo—. ¿Cuidadosa?, estaba temblando, sangrando. Quería que Grey se tendiera alrededor de mí como una manta y que hiciera desaparecer el dolor, pero no lo hizo. Se quedó allí y me observó, inmóvil, mientras yo cerraba el botón superior de mis jeans y presionaba las almohadillas desmaquillantes de algodón en las mordidas que sangraban en mi cuello, en mi hombro.

—Tú tienes que ser más *fuerte*, Iris.

—¿Esto es una *broma*? ¡No es que yo me lo haya buscado! Me siguió hasta aquí. ¿Por qué estás enfadada conmigo?

—Porque eres débil. Porque dejas que gente menor te intimide. Porque tienes miedo de lo poderosa que eres y te encoges y te apartas de ello. Porque no siempre estaré cerca para protegerte y sé, *sé* que eres capaz de protegerte a ti misma, porque eres más parecida a mí de lo que te das cuenta.

—¿Quién *carajo* eres? —pregunté, porque esta persona no era mi hermana. Sus palabras eran tan viles, tan injustas... ¿cómo podían venir de Grey? ¿Cómo podía esta persona que decía quererme más que nada herirme tan profundamente, después de lo que había visto que me había pasado? Pensé, entonces, en el dedo meñique roto de la mano izquierda de mi hermana. En mi mano izquierda.

—¿Te duele? —le pregunté cuando ocurrió.

—Sí —había susurrado, sosteniendo los dedos hinchados contra su pecho—. Me duele mucho.

—¿Cómo puedo hacer que estés mejor?

Me miró, con los ojos negros y la respiración entrecortada.

—Rómpete el dedo tú también.

Al salir, Grey tomó mis muñecas magulladas en sus manos. Me estremecí ante el dolor en capas, dolor sobre dolor.

—Utiliza los dones que te fueron otorgados —me dijo—. Nadie debería poder ponerte un dedo encima. Puedes hacer que se arrodillen, si eso es lo que quieres. Puedes hacer que paguen.

—Eso no es lo que quiero —contesté, mientras me zafaba de su agarre, como Vivi me había enseñado después de una de sus clases de Krav Maga—. Eso nunca ha sido lo que quiero. ¿Por qué no puedes entenderlo? *Lo que yo quiero es ser normal.*

Más tarde, esa misma noche, en mi habitación de hotel, pasé dos horas bajo la regadera tratando de quitarme el olor del fotógrafo de la piel, y luego, cuando ya se había esfumado, tratando de quitar lo que fuera que vivía bajo mi carne y me hacía tan débil. Me restregué la cicatriz con tanta crudeza que sangró durante días.

Así que sí. Pensé que sabía por qué Grey salía con Tyler. Porque estar cerca de una persona que no fuera presa de tu poder embriagador, besar a alguien que nunca se volviera loco al olerte —alguien a quien no pudieras *obligar* a que te quisiera, alguien a quien no pudieras *hacer* que te amara, alguien que te deseara por propia voluntad— era algo con lo que había soñado despierta pero que pensaba que era imposible para mí.

Vimos cómo el conductor utilizaba un embudo para recargar el tanque de gasolina del auto, luego volvió a sentarse en el asiento delantero y encendió el motor.

—¡Hey, hey, hey! —grité cuando puso el auto en primera y empezó a avanzar sin nosotros, con todas las puertas abiertas. Nos metimos todos en el auto (Vivi adelante esta vez, Tyler y yo atrás), y cerramos las puertas de golpe.

—Debo decir que *no* soy fan de este Uber —dijo Tyler—. Le daría una estrella. Dos como máximo.

Me senté con la cabeza húmeda y pegajosa de Grey en mi regazo, con sus piernas desnudas sobre las rodillas de Tyler. Su cabello estaba empapado por el sudor y su piel olía a algo agrio y malsano, el aroma de la carne y el vinagre debilitado con algo dulce y floral, como a gardenia. Le aparté el cabello de la frente. Incluso así, aun enferma y pálida y temblorosa, Grey era hermosa.

Nunca la había visto realmente enferma. Siempre había sido Grey la que nos cuidaba a Vivi y a mí cuando éramos niñas, y no al revés. Grey siempre había sido la que estaba a cargo. Grey siempre había sido la más fuerte.

—Voy a mantenerte a salvo —le susurré, como ella me había susurrado cada noche cuando me arropaba—. Siempre. Te lo prometo.

☽

No tardamos mucho en detenernos para cargar gasolina, en una estación de servicio de veinticuatro horas que encontramos en la autopista, con una iluminación blanca resplandeciente. Me apresuré a entrar en la pequeña tienda mientras el conductor llenaba el depósito. Compré un analgésico líquido para niños y agua para intentar bajar la fiebre de Grey. Volví al auto, con los brazos cargados de medicinas y snacks que encontré junto a la caja registradora, antes de que el tipo hubiera terminado de llenar el tanque. Tyler estaba caminando alrededor estirando las piernas. Vivi hacía girar un cigarrillo de clavo sin encender entre sus dedos, manteniendo todo el tiempo el contacto visual con el empleado de la estación, que la miraba fijamente.

—Grey —dije cuando me deslizaba de nuevo dentro del auto y apoyaba su cabeza en mi regazo. El hombre acomodó el despachador de regreso en la bomba—. Grey, tienes que tomar esto —pensé que el hombre se dirigiría a la estación y pagaría, pero abrió su puerta y arrancó el motor—. ¡Mierda, Tyler! —grité mientras el auto se sacudía hacia delante—. ¡Sube!

Tyler corrió detrás de nosotros y consiguió meterse en tanto el conductor salía de la estación. El empleado ya estaba fuera gritándonos.

—Este tipo hará que nos arresten —dijo Vivi.

—Ayúdame con esto —le indiqué a Tyler una vez que estuvimos de regreso en la carretera. Subí los hombros inertes de Grey a mis rodillas y le sujeté la cabeza para que Tyler pudiera abrirle la boca y verter dentro un poco de analgésico.

Tyler se inclinó y le acarició la mejilla. Un momento de ternura. Pasó el pulgar por el labio inferior de Grey y luego le abrió la boca.

—Hay algo... hay algo ahí dentro —dijo.

—¿En su boca? —me incliné y miré. Había algo verde y repugnante alojado en la parte posterior de la garganta de Grey. Introduje mis dedos entre sus dientes y traté de sacarlo: un montón de hojas podridas cubiertas de una capa de moho polvoriento. El olor metálico que desprendían hizo que me brotaran lágrimas. Tanto Tyler como Vivi tuvieron arcadas cuando el aire cercano del auto se llenó de esto. Encendí la luz superior del auto y miré en la boca de Grey, pero de inmediato deseé no haberlo hecho. Yo también tuve arcadas. Un nido de hojas podridas y flores de carroña y hormigas, todo estaba creciendo dentro de ella. Hinchado con su sangre. Desbordándose de la carne de su garganta.

—¿Qué es eso? —preguntó Tyler.

—Una infección —mentí—. Conduce más rápido —le ordené al conductor, aunque sabía que probablemente no me escucharía—, o ella podría no llegar a donde sea que vayamos.

El hombre siguió conduciendo durante cuatro o cinco horas más, hasta que el amanecer empezó a desprender la oscuridad de los bordes del cielo, y todos nos sentamos con las piernas cruzadas, y nuestras vejigas apretadas. La fiebre de Grey aumentaba y disminuía, pero su piel permanecía resbaladiza a causa del sudor, sus labios sin color, su aliento teñido de un verde podrido.

Me hundí en una especie de duermevela. Deseaba haber tenido la oportunidad de decirle a Cate que estaba bien. Pronto se despertaría con la noticia de que habíamos desaparecido del hospital durante la noche, que nos habíamos ido sin dejar rastro. ¿Qué le haría eso a ella?

A la luz de las sombras de la madrugada vi cómo las hormigas se deslizaban desde la comisura de la boca de Grey y recorrían un ceñido camino sobre su mejilla, hacia su ojo. Vivi bostezó y se estiró.

—¿Dónde estamos? —preguntó mientras pasábamos por las afueras de una ciudad.

—Edimburgo —respondí. Desde que cruzamos la frontera con Escocia sospeché que ése era nuestro destino final. Donde todo empezó, hacía una vida, en una tranquila calle del casco antiguo, en ese momento de deslizamiento entre un año y otro.

Cuando pensaba en aquella noche, cuando intentaba recordarla, no me venía nada a la cabeza. Sólo a través de los relatos de otras personas podía hacerme una idea de cómo había sido.

De acuerdo con lo que contaba Cate, no había habido magia en el aire, ni sensación de presagio, ni una persona extraña, alta y con ropa oscura, que nos hubiera estado siguiendo sin que nos diéramos cuenta. Era una noche ordinaria en una calle común. Éramos una familia normal y luego, sin más, ya no lo éramos. Algo terrible e imposible nos sucedió aquí, y yo no podía recordar qué… pero tal vez Grey sí. Grey, con sus secretos y sus labios perfumados y su belleza antinatural que había puesto al mundo de rodillas ante ella.

Grey, que decía recordarlo todo. *Todo*. Todas las respuestas, envueltas en el otro lado de la fiebre. Lo único que debíamos hacer era atravesarlo.

Unos minutos después, el auto se detuvo en una calle estrecha y empedrada. La ciudad seguía inundada de oscuridad. La luz aquí era antigua, procedente de otro siglo. Incluso las

210

modernas farolas parecían incapaces de desplazar por completo el peso de la noche escocesa.

Tyler se estiró para abrir su portezuela.

—Espera —dijo Vivi mirando por el parabrisas hacia algo que no podía ver—. Hay una niña apuntándonos con un arma por su ventana.

—¿Una niña? —pregunté.

—Sí, una niña de aspecto espeluznante con una escopeta —dijo Vivi.

El conductor salió del auto lentamente y se quedó parado mirándola fijamente con las manos levantadas. Oí el disparo de una pistola.

—Se lo debes a ella —exclamó el hombre, y luego se dio la vuelta y, sin cerrar la puerta del auto, empezó a caminar de vuelta por donde habíamos venido. ¿Qué tan arruinada estaría su vida después de esta noche, después de llevar a tres chicas extrañas y a un supermodelo masculino a través del país?

—¿Qué está haciendo la niña? —le pregunté a Vivi, que estaba sentada muy quieta en el asiento delantero.

—Creo que está contemplando la posibilidad de meterme un tiro en la cabeza —respondió Vivi—. Las probabilidades no parecen estar a mi favor.

Entonces abrí la puerta, lentamente, como lo había hecho el hombre, y me escabullí por debajo de Grey con las manos sobre la cabeza. El cañón de la escopeta se dirigió hacia mí. Vivi tenía razón: la persona que la sostenía era sólo una niña, una pequeña de no más de diez u once años.

No dije nada. No necesitaba hacerlo.

La niña relajó su posición y miró por encima del arma para verme mejor: mi cabello rubio y blanco, mis ojos negros.

Si la niña conocía a Grey, la vería en mí. Bajó la escopeta y cerró la ventana.

—Creo que el camino ya está despejado —dije.

Tyler y Vivi abrieron las puertas del auto y salieron. Por un momento, pensé que eso sería todo, que la niña cerraría las ventanas y echaría el cerrojo a las puertas... pero no, la puerta principal se abrió y la niña salió al porche con la escopeta colgada al hombro. Tenía el cabello enmarañado y las manos y los pies descalzos y llenos de suciedad. Vestía un camisón de algodón que podría haber sido blanco alguna vez, pero que ahora estaba manchado de tierra y estiércol. Parecía que la habían enterrado viva con él y que luego ella se había desenterrado de su propia tumba.

Sus ojos pasaron de Vivi a mí, volvieron al cuello tatuado de Vivi y luego al mío, al brillante gancho de tejido cicatrizado que brillaba bajo el sol de la mañana. Tenía los ojos muy abiertos y sus pulmones aspiraban aire rápida y superficialmente como una liebre que observa a un lobo en el campo... como si estuviera decidiendo si debía correr o quedarse quieta.

Tyler miró por encima de su hombro hacia la casa.

—¿Están tus padres en casa, pequeña?

—Cállate, Tyler —dijo Vivi.

Di un paso hacia la chica, con las manos levantadas.

—Necesitamos que la ayudes —dije—. Grey nos envió aquí porque sabía que tú sabrías qué hacer.

La niña dirigió hacia mí una mirada inquisitiva. Señalé con la cabeza hacia el asiento trasero, donde mi hermana yacía temblando.

La niña pisó descalza los fríos adoquines y se acercó a mirar a Grey.

—Llévenla... —dijo, con una voz seca y estrangulada. Me pregunté con qué frecuencia hablaba con alguien—. Llévenla dentro —terminó la frase con dificultad. Y así lo hicimos. Vivi, la más fuerte de nosotras, sujetó a Grey por debajo de los brazos, mientras Tyler cargaba sus pies. La dejaron en una alfombra cubierta de polvo y migajas en la sala, justo al lado del pasillo. Volví a salir para cerrar las puertas del auto y la puerta principal de la casa. Había una pila de alrededor de dos docenas de sobres sin abrir en el vestíbulo, todos dirigidos a Adelaide Fairlight. El nombre de nuestra abuela. También era el nombre que Grey utilizaba para registrarse en los hoteles para ocultar su identidad. Así que éste era otro de los nidos ocultos de nuestra hermana. ¿Qué tan extensa era su red de misterios?

Me arrodillé junto a Grey con los demás y miré alrededor del espacio en busca de más señales de nuestra hermana. Habían empezado a crecer cosas verdes a través de las ventanas y las tablas del suelo. Los zarcillos de la enredadera se colaban por los marcos de las ventanas. Los líquenes amarillos brotaban de las paredes. La madera apilada junto a la chimenea estaba envuelta en una pelusa de moho. La alfombra bajo la espalda de Grey estaba esponjosa con algún tipo de hongo que crecía en pólipos parecidos a los del coral y que se mecían suavemente cuando la dirección del viento cambiaba.

Parecía un lugar al que Grey pertenecía, pero los muebles eran escasos y no había ninguna de las baratijas con las que le gustaba llenar sus escondites: ni incienso ni cristales ni velas. Sólo podía suponer que el departamento era una casa de seguridad de alguna clase... o que Grey lo había alquilado o comprado a nombre de nuestra abuela para esta niña. Por un momento, me pregunté si sería alguna hija secreta de Grey, nacida después de su huida. Busqué en sus rasgos similitudes, pero no había ninguna. La niña tenía el cabello castaño y los ojos verdes y, además, debía tener diez u once años, y Grey se había marchado hacía sólo cuatro.

La niña nos dejó entonces y entró en la cocina contigua. Se oyeron golpes, el sonido de botellas de vidrio chocando entre sí y una cuchara revolviendo. Cuando regresó, unos minutos después, tenía un cuenco en la mano. Percibí el olor a vinagre y sal mezclado con el regaliz del anís y el fuerte aroma amargo y medicinal del ajenjo. Un brebaje de bruja.

La niña me hizo un gesto para que abriera la boca de Grey y le cerrara la nariz. Cuando hice lo que me pidió vertió un poco del líquido en la garganta de mi hermana mayor. Grey tuvo arcadas y tragó, e inmediatamente vomitó. Un saco placentario de podredumbre y raíces y vegetación salió de ella y cayó sobre la alfombra.

—Oh, Dios, no *puedo* soportar esto —dijo Tyler en tanto se ponía en pie dispuesto a salir de allí. Escuché sus arcadas un momento después, y lo poco que habíamos comido en el auto salpicó la acera al retirarse.

La niña me hizo un gesto para que volviera a sujetar la nariz de Grey mientras vertía otro trago en su boca. De nuevo, Grey tuvo una arcada, tragó y vomitó. Esta vez expulsó hilos pegajosos de bilis mezclados con flores y finos gusanos.

La chica se fijó en las vendas de los brazos de Grey y puso las palmas de las manos ennegrecidas sobre ellas. Luego fue a la cocina y regresó de nuevo con un par de tijeras de carnicero y las deslizó bajo los rollos de algodón para cortar las vendas. Debajo, la piel de los brazos de Grey estaba cubierta por tres cortes, dos de ellos cerrados con suturas que parecían alambre de espino. De cada herida crecían flores blancas de carroña, toda una alfombra, con las raíces como venas azules al beber profundamente de la sangre de Grey.

—Jesús —susurró Vivi—. ¿Qué le está pasando?

La chica tomó las tijeras que había utilizado para cortar las vendas de Grey y pasó una de las hojas por su propia palma. Me estremecí al pensar en el dolor, pero cuando abrió la mano no había sangre, sólo un arroyo de líquido marrón que olía a hierro y a savia a la vez.

—Se mete... —la chica carraspeó, pero se le cerró la garganta. Tragó saliva y volvió a intentarlo—. Se mete dentro de ti —utilizó dos dedos de la mano contraria para mantener la herida abierta. En el interior no había capilares ni tendones ni carne roja y cruda, sino lo que se podría esperar encontrar en un árbol en descomposición en el suelo del bosque: un pantano de podredumbre y musgo y moho.

Una lágrima resbaló por la mejilla de Vivi.

—¿Qué eres? —preguntó.

—Eso está en mí —dijo la chica, colocando la mano sobre su corazón—. En ella —puso la palma de la mano en la cicatriz del cuello de Grey. Finalmente, señaló a Vivi—. En ti.

Vivi negó con la cabeza, primero lentamente y luego con vehemencia. Se enjugó las lágrimas de los ojos y se puso de pie.

—A la *mierda* con esto —dijo. Dio una patada al cuenco de la pócima de bruja, que salió disparado por la habitación, y luego hizo lo que Vivi hace: salir echa una furia, probablemente para buscar una licorería que vendiera alcohol antes de las diez de la mañana.

La chica arrancó una tira de la parte inferior de su vestido y la empapó en el charco de tintura sobrante.

—Para ti —dijo mientras me entregaba el material. Me quedé confundida, pero entonces la chica golpeteó el suave espacio convexo de carne entre sus clavículas, y mis dedos fueron instintivamente hacia mí, a mi cicatriz, donde el nudo bajo mi piel se había vuelto a formar. Oprimí el fajo de tela húmeda contra mi piel. Algo bajo la superficie se retorció en señal de protesta.

La chica empapó las vendas cortadas de Grey con lo que quedaba del remedio, y luego las colocó sobre los cortes.

—¿Por qué...? —empezó la chica. Tragó saliva—. ¿Por qué ella hizo esto? —preguntó mientras pasaba los dedos por las tiras de algodón húmedas.

Tomé la mano de mi hermana.

—No creo que ella lo haya hecho. Grey llevaba una semana desaparecida. La encontramos así. Creo que alguien le hizo esto. Un hombre. Un hombre que lleva un cráneo de toro para ocultar su cara.

—¿Él... la cortó? —preguntó la chica con voz rasposa.

—No lo sé. No sé por qué alguien haría eso.

La chica se incorporó, agarró la escopeta y la apuntó directo a mi rostro.

—No pueden quedarse aquí —gruñó.

—Eh, hey, sólo espera un...

—No —dijo ella y enseguida golpeó el cañón del arma contra mi hombro y me derribó—. *Largo.*

—¡Por favor, dime qué está pasando!

—Él tiene su sangre —por la forma en que hablaba parecía más un animal salvaje al que le hubieran enseñado el lenguaje humano—. Él siempre será capaz de encontrarla. Si ella está aquí, él vendrá. Él ya está en camino.

—Se lo debes —dije rápidamente, haciéndome eco de lo que el conductor había dicho antes de irse. No sabía exactamente lo que una niña podría deberle a Grey, sólo que recordárselo nos había ayudado a entrar, y tal vez fuera suficiente para que nos dejara quedarnos un poco más. Grey estaba débil y deshidratada. Me preocupaba que trasladarla de nuevo le hiciera más daño y, además, la niña parecía saber cómo cuidarla cuando un hospital no podía hacerlo. Necesitábamos quedarnos. No teníamos otro sitio adónde ir—. Necesitamos tu ayuda y se la debes. Por favor. Por favor.

La chica respiraba con dificultad.

—Cuando ella despierte, se irán —ordenó, y entonces soltó el arma y siguió a Vivi y Tyler hasta la calle.

16

Vivi volvió poco después, para mi sorpresa, no con una botella de tequila, sino con pan fresco, fruta y café. Comimos juntas en el porche delantero bajo el frío sol de la mañana. Le conté lo que había dicho la chica, que el hombre que buscaba a Grey nos encontraría como nos había encontrado en el hospital, que nuestro tiempo en este refugio era limitado.

Vivi le dio una calada a su cigarrillo de clavo y exhaló una columna de humo, con los pensamientos latiendo a flor de piel.

—¿Qué? —le pregunté.

—Es como… Bueno, tal vez es algo parecido a como las tres podemos encontrarnos entre nosotras —dijo—. Él tiene su sangre, y por eso ahora puede encontrarla también.

—¿Cómo tiene eso sentido?

—Carajo, Iris. No lo sé. No sé qué significa nada de esto. No tengo respuestas para ti. Sólo estoy lanzando algunas ideas que se me ocurren tratando de poner en marcha una sesión de lluvia de ideas.

—De acuerdo, de acuerdo. Dios. ¿Qué hacemos ahora?

—Seguir moviéndonos, supongo.

—¿Para siempre?

—Hasta que podamos resolver esto.

—¿Qué hay que resolver?

—¿Cómo matar a un minotauro? Somos humanas, ¿cierto? Somos la especie dominante por una razón. Somos aterradoras. Tenemos armas. Deberíamos poder matar fácilmente a una vaca erguida —apagó su cigarrillo—. Ya no tengo paciencia para estas cosas —dijo mientras se levantaba y entraba. La oí murmurar para ella misma cuando se arrodillaba al lado de Grey y deslizaba una almohada bajo la cabeza de nuestra hermana—. Quiero regresar a Budapest. Quiero volver a beber cerveza de flor de saúco y a ligar hermosas mujeres húngaras todas las noches. ¿Me oyes? Despierta y arregla tu desorden. Me gusta mi vida.

Tomé una larga respiración y vi a Tyler al final de la calle: caminaba hacia mí con zapatos deportivos nuevos, con una caja Nike bajo el brazo. Con su camisa floreada y su gabardina con estampado de leopardo, era un anacronismo frente a la calle empedrada y las casas de piedra.

—Bonitos zapatos —le dije mientras se hundía en el porche a mi lado. Le ofrecí un plátano y lo que quedaba de mi café.

—Sí, bueno —contestó después de tomar un sorbo—. No son exactamente mi estilo habitual, pero se habían agotado los mocasines Gucci de piel de lagarto, así que ¿qué puede hacer un hombre frente a esto?

—Pensé que ya no te volveríamos a ver.

—Fui a la estación y compré un boleto. Incluso subí al tren y encontré mi asiento.

—Y entonces, ¿por qué regresaste?

—Oh, una especie de alarma de incendio sonó y evacuaron a todos los pasajeros. Obviamente no iba a quedarme esperando en el andén con este frío.

—Y aquí estoy yo pensando que de repente te había alcanzado el arrepentimiento.

—Dios, no —Tyler estiró sus largas piernas frente a él y golpeó sus zapatos nuevos.

—Leí lo que le sucedió a tu hermana.

Tyler no dijo nada.

—Si no quieres hablar de ella, yo...

—Está bien. Yo sólo... —se rascó el puente de la nariz—. Sucedió hace mucho tiempo. Soy el más joven de cuatro. El único chico. Estábamos en una playa en verano. Yo tenía cinco años, Rosie tenía siete. Éramos buenos nadadores. Nos desafiábamos a adentrarnos más y más lejos —lo narró como si se tratara de un artículo de Wikipedia. Era la misma forma en que yo hablaba de mi secuestro, si tenía que hacerlo. Eliminar la emoción y exponer los hechos lo hacía más sencillo—. Quedamos atrapados en una corriente. Nos hundimos los dos. Cuando me sacaron, no tuve latidos durante tres minutos. Finalmente, me reanimaron. No pudieron revivirla a ella.

—Sé que no es suficiente decir que lo lamento, pero lo lamento.

A Tyler sólo le quedaba un tres por ciento de batería en su teléfono, pero lo desbloqueó y navegó hasta su carpeta de favoritos en su álbum de fotografías y me la mostró. Rosie. La niña que había visto en el artículo de prensa, con el cabello largo y oscuro, y un abundante flequillo. Había fotos de ella visitando a su familia en Seúl. Fotos de su sonrisa sin dientes en su primer día de escuela. Fotos de ella jugando con sus hermanos: sus dos hermanas adolescentes y Tyler.

—Rosie era la más valiente y traviesa de los cuatro. Siempre se metía en problemas.

—Suena como Vivi.

—Vivi me recuerda a ella, de hecho. Ambas llenas de actitud e *increíblemente* molestas a veces, pero entrañables, de alguna manera —Tyler guardó su teléfono—. Grey cree que fui allí, ¿sabes?

—¿Que fuiste adónde?

—El Camino Medio. Durante los pocos minutos que mi corazón se detuvo, ella cree que estuve allí.

—Huy.

—¿*Huy* qué? Eso fue un muy epifánico *huy*.

—Es sólo que... Grey me dijo una vez que pensaba que eras especial. Me pregunto si ésa es la razón por la que no podemos obligarte a cumplir nuestra voluntad —Tyler había muerto. Tyler había regresado. Tyler era impermeable a nuestra seducción—. Pero... yo creía que pensabas que todo esto estaba en mi cabeza.

—Bueno, la forma en que Grey hablaba de ello... quiero decir, asumí, como una persona *normal*, que era un cuento de hadas. No recuerdo mucho de ese día, después de entrar en el agua, pero sí recuerdo el olor a humo cuando volví en mí en la playa. Mi madre me dijo que cuando tosí agua de los pulmones, durante la reanimación, creyó verme toser flores. Es que yo nunca... Esto es real, ¿cierto? Lo que está pasando es real.

—Sí. Creo que lo es.

—Te compré un regalo —dijo. Dentro de la caja de zapatos Nike había tres cargadores de iPhone nuevos. Tyler me dio uno—. Uno para ti, otro para mí y otro para tu agresiva hermana tatuada.

—Gracias. Esto es extrañamente considerado.

—La gente siempre se muestra *tan* sorprendida cuando resulta que no soy un absoluto cretino.

—Para ser justos, parece que haces un gran esfuerzo para *actuar* como un absoluto cretino.

—Todo es parte de mi imagen, Pequeña Hollow. La fanfarronería del chico malo. En realidad, soy *muy* profundo.

—Sabía que tenía que existir alguna razón para que Grey saliera contigo.

—¿Más allá de mi escandaloso atractivo, quieres decir? En realidad, no fui a la estación de tren, ¿sabes? —Tyler bebió otro sorbo de mi café y luego giró para mirar a través de la puerta, hacia donde Grey dormía sobre una escuálida alfombra—. Quiero que ella se recupere. *Necesito* que ella esté bien.

—Yo también —dije mientras le daba unas palmaditas en la espalda. Se sentía tan extraño y a la vez reconfortante estar así de cerca de alguien sin tener que preocuparme de que terminaría hincando sus dientes en mi piel para saborearme—. Yo también.

☾

Me tranquilicé con tres respiraciones profundas antes de conectar mi teléfono para cargarlo.

Por primera vez edité mi aplicación Find Friends para eliminar a mi madre de la lista de personas que podían ver mi ubicación. Si ella sabía dónde estaba tomaría el primer vuelo que encontrara para venir aquí y llevarme a casa de regreso. No podía dejar que eso pasara. No era seguro para ella.

Toqué su nombre en mi lista de favoritos y la llamé.

—Iris, Iris, Iris —sollozó mi madre medio segundo después—. Dios mío, háblame, cariño.

—Estoy bien —dije. El dolor en su voz era corrosivo. Lo sentí en mi sangre. Dios, ¿cómo había podido hacerle esto?—. Estoy bien.

—¿Dónde estás? Sabía que no debía dejar que te quedaras con esa *cosa*. Voy a buscarte.

¿Esa cosa?

—No puedo decírtelo. Estoy a salvo, pero no puedo regresar a casa todavía. No sé cuánto tiempo estaré fuera —*No sé si alguna vez podré volver.*

Pensé entonces en la escuela, y en la fantasía de futuro cuidadosamente construida con la que me había permitido soñar durante años. Aquella en la que vestía una sudadera azul marino de la Universidad de Oxford mientras cargaba los libros de texto a través de los jardines del Magdalen College. Aquella en la que tenía compañeros de clase que no me conocían como una famosa desaparecida o la hermana menor de una supermodelo, sino como Iris Hollow, estudiante de medicina. Aquella en la que tenía una novia o un novio, en la que besarlos no me daba miedo. Aquella en la que navegaba en un pequeño bote a lo largo del río Cherwell y bebía sidra en los picnics de verano con mis amigos y pasaba largas horas estudiando en bibliotecas construidas en el interior de las salas sagradas de antiguas iglesias.

Una fantasía de futuro que, en ese momento, parecía que se me estaba escapando… pero tenía a mi hermana de vuelta, y eso era lo que más importaba.

—Esa cosa me ha quitado todo lo demás —dijo Cate—. No voy a dejar que te lleve a ti también. *Dime* dónde estás. Eres mía, no de ella. ¿Me oyes? Eres *mía*.

—¿Estás hablando de… Grey?

—Aléjate de ella, Iris. Por favor. Dondequiera que estés, aléjate de ella. No estás a salvo, estás…

—Cate. Detente. *No* voy a dejarla. No voy a abandonar a mis hermanas.

—No confíes en ella. Escapa. Escúchame. Por favor. Tienes que escapar. *Escapa.* Ella no es...

Colgué y apreté la palma de mi mano contra la boca para no sollozar. Mi teléfono vibró con una llamada entrante. Una foto de mi madre y yo juntas llenaba la pantalla, con mi cabello opalino y mi frente pálida pegados a su mejilla sonrojada y su melena de rizos oscuros. Las dos sonreíamos. Nuestros rasgos eran sorprendentes por su diferencia. La llamada terminó, y mi madre volvió a llamar, y otra vez, y otra vez. Bloqueé su número.

Mi madre me había dicho que mi hermana era una *cosa.* Mi madre me había dicho que escapara de ella.

No sabía qué hacer con eso, salvo tragarme mi repulsión y apoyarme en la pared. La casa estaba en silencio. Las tres estábamos juntos. Grey estaba viva. Eso era suficiente.

Saboreé el silencio durante unos minutos... y luego escribí *minotauro* en Chrome y pulsé el botón de búsqueda. Se desplegaron imágenes de un enorme toro demoniaco con un hacha, caricaturizado en su tamaño y maldad. A menudo se representaba con abdominales marcados, pezuñas hendidas y brillantes ojos rojos. Nada que ver con el hombre que nos estaba siguiendo.

El artículo de Wikipedia relataba el mito griego de un monstruo carnívoro atrapado en el centro de un laberinto por obra del maestro artesano Dédalo. Seguí buscando. El Minotauro aparecía en el Infierno de Dante, lo cual despertó mi interés —se trataba de uno de los libros favoritos de Grey—, pero la mención era breve, y Dante y Virgilio pasaron de largo rápidamente. Picasso incluyó a la criatura en varios de sus grabados. Había minotauros en *Calabozos y Dragones* y en *Assassin's Creed.* Sólo información inútil.

En la sección *Búsquedas relacionadas*, había una lista de entidades comparables: pulsé sobre *Cabeza de Buey*, "guardián del Inframundo en la mitología china", y leí sobre él y Cara de Caballo, dos guardianes del reino de los muertos que capturaban almas humanas y las arrastraban al Infierno. Volví atrás en el buscador y toqué otro nombre que reconocía de alguna manera vaga: *Moloch*. "Un dios cananeo asociado al sacrificio de niños." Apreté los labios y repasé rápidamente la entrada: pruebas arqueológicas de niños sacrificados en Cartago, Cronos comiendo a sus hijos.

Me detuve en el cuadro de Rubens que se había incluido junto al texto: *Saturno devorando a su hijo*. En él, un dios desnudo, con cabello y barba grises, se inclinaba sobre el pequeño niño que sostenía en su mano; sus dientes desgarraban la carne del pecho del bebé.

—*Jesús* —susurré.

Dejé el teléfono y me pasé las manos por el cabello. Necesitaba tomar un baño. Necesitaba dormir.

Subí las escaleras. Había dos habitaciones: una no estaba amueblada y la cama tamaño matrimonial que amueblaba la otra estaba desprovista de sábanas; su colchón desnudo estaba manchado y hundido. Me imaginé que la niña dormía en el nido de fétidas mantas que se amontonaban en un rincón de la habitación, con sus capas forradas de hojas de árboles y trozos de papel. Me arrodillé y desdoblé un trozo de periódico, un viejo recorte quebradizo debido al paso del tiempo. "Niña desaparecida", decía el titular, seguido de una fotografía en blanco y negro de una niña. Debajo, el pie de foto decía: "Agnes Young, de once años, única hija de Phillip y Samantha Young, lleva cinco días desaparecida". Pasé mis dedos por el rostro de la niña, por el familiar camisón de algodón blanco que llevaba puesto. Otro recorte daba nota de la noticia de la muerte, el año pasado, de una tal Samantha Young, de noventa y seis años. "Reunida por fin con su amada hija, Agnes", decía. Doblé los dos recortes y los devolví al lugar donde los había encontrado, con mis pensamientos enganchados a las fechas.

Después de eso, me senté bajo la regadera durante un largo rato, con las rodillas recogidas hasta la barbilla y los brazos rodeando mis espinillas, hasta que me quedé acurrucada como una piedra de río bajo el agua que caía sobre mi cuerpo. Lloré. No mucho y no con facilidad, pero unos cuantos sollozos dolorosos se aferraron a mis costillas y me estrujaron. Lloré por los días que Grey había estado desaparecida y lloré de alivio porque ella estaba aquí, y lloré por mí, por la vida por la que había trabajado y la vida que quería, un futuro que ahora parecía tan incierta. Lloré porque mi madre pensaba que mi hermana era peligrosa y lloré porque una parte de mí sabía que era cierto.

Me sentí mejor cuando terminé. Volví a ponerme la camiseta sudada y los jeans, aunque mi piel protestó por la sal y la suciedad que se aferraba a las telas.

Tyler hizo la primera guardia mientras Vivi y yo dormíamos en el suelo de la sala, junto a Grey. El día era inusualmente luminoso para un invierno en Edimburgo. La habitación estaba caliente gracias al calentador de agua, y el aire se sentía denso y apestaba a bosque podrido, pero ninguna de las dos había dormido realmente la noche anterior, y las noches anteriores habían estado plagadas de estrés y espera y anhelo, así que ambas caímos en un sueño pesado y sin sueños. Dormí más profundamente de lo que lo había hecho en semanas, con las yemas de los dedos presionando la muñeca de Vivi junto a mí, y el cuello de Grey al otro lado. El ritmo de sus pulsaciones era como un metrónomo.

Desperté en medio de una cortina nebulosa en algún momento de la tarde, cuando la niña —Agnes— volvió. La observé durante un rato mientras se sentaba en una silla junto a la ventana del frente, con la escopeta en el regazo. Cuando desperté de nuevo, era de noche. La casa estaba a oscuras, pero había una luz encendida en la cocina y se escuchaban las voces bajas de Vivi y Tyler —supongo que suavizadas y aturdidas por varias raciones de alcohol. Puse la palma de mi mano en la mejilla de Grey. La fiebre había bajado en algún momento de la tarde y ya no se sentía su piel empapada.

Cuando le quité las vendas de los brazos, vi que las flores estaban marchitas y las heridas de las que habían brotado, casi curadas.

—Hey, niña —susurró una voz grave.

Levanté la mirada. Los ojos de Grey estaban apenas un poco abiertos, pero esbozaba una sonrisa somera.

—¡Estás despierta!

—Shhh —dijo Grey, riendo débilmente—. Sólo quiero unos minutos más de paz antes de levantarme.

—Pensé que habías muerto —susurré mientras enterraba mi cara en su cuello—. Pensé que habías muerto.

—Hey, hey. No. Aquí estoy. Aquí estoy.

—Había un cuerpo en tu departamento. Hay gente siguiéndote. Un hombre que lleva un cráneo de toro en la cabeza. La niñita, Agnes, dice que él podrá encontrarte aquí.

—¿Cuánto tiempo estuve inconsciente? Deberíamos emprender otra vez el camino antes de que él nos encuentre.

—¿Quién es él? ¿Qué quiere de ti? ¿Él nos secuestró cuando éramos niñas?

Grey me pasó los dedos por el cabello y acomodó un mechón detrás de mi oreja.

—No, él no nos secuestró cuando éramos niñas.

—Dijiste en *Vogue* que recordabas. Que recuerdas todo lo que nos pasó. Entonces, ¿qué nos pasó?

Se escuchó un ruido desde la cocina, una ronda de carcajadas de Vivi.

—¿Quién más está aquí? —preguntó Grey.

—Vivi y Tyler.

—¿Tyler vino?

—No hemos podido deshacernos de él.

Grey sonrió.

—¿Puedo verlo?

—¿Qué vamos a hacer, Grey? —¿adónde iríamos ahora? ¿Cómo escaparíamos de un enemigo que podría encontrarnos siempre? Grey intentó hablar, pero su garganta se atascó y tosió—. Espera. Te traeré un poco de agua.

Me levanté, me estiré y fui a la cocina, donde Vivi se había despojado de toda su ropa, salvo por su top corto y sus jeans. Tenía los pies descalzos sobre la mesa, un cigarrillo de clavo en la boca y otro metido detrás de la oreja. Ella y Tyler estaban jugando a las cartas y bebiendo whisky. El tatuaje de wisterias de Vivi había crecido desde la última vez que lo había visto. Ahora se enroscaba por debajo del sostén y alrededor de la caja torácica, por su vientre y alrededor del retrato de Lady Hamilton, antes de sumergirse por debajo de la cintura de sus jeans. De las enredaderas brotaban flores de color púrpura. Algunas de las hojas habían empezado a enroscarse y ennegrecerse, podridas. Me pregunté si ella lo había aumentado a propósito, o si la tinta había crecido de forma salvaje a través de su piel, incapaz de ser contenida.

—¿Quieres unirte? —preguntó Tyler detrás de uno de los cigarrillos de clavo de Vivi. Él también estaba sin camiseta en la cálida cocina. Intenté no dejar que mi mirada se detuviera en él durante demasiado tiempo.

—¿Están jugando al póquer y emborrachándose en su turno de vigilancia? —pregunté mientras me servía un vaso de agua del fregadero.

—Los dos tenemos una tolerancia al alcohol extremadamente alta —dijo Vivi.

—Lo que quiere decir tu hermana con eso es que somos unos borrachos de alto rendimiento que necesitamos al menos unos tragos de alcohol medicinal cada día para mantener nuestro nivel operativo. En realidad, emborracharnos era lo más responsable que podíamos hacer —dijo Tyler—. ¿Cómo está Grey?

—Despierta —dije, y luego asentí hacia Tyler—. Quiere verte —él se levantó tan rápido que su silla se volcó a su espalda. Le entregué el vaso de agua—. Llévale esto.

—¿Cómo está? —preguntó Vivi.

—Débil. Estoy tan acostumbrada a que sea fuerte. Se siente mal verla así.

—Bueno, gracias a Dios que ahora está despierta para decirnos qué hacer. Si tuviera que tomar una decisión más… —Vivi hizo una pantomima como si estuviera por estallar su cabeza.

—¿Dónde está Agnes?

Vivi parecía desconcertada.

—¿Quién?

—La niña.

—Ah. Subió al tejado con la escopeta. Dijo que si él iba a venir, probablemente lo haría de noche. Esa niña se cree Clint Eastwood o algo así.

—Le llevaré un poco de té —no había tetera, así que puse una olla de agua en la estufa y esperé a que hirviera—. La fiebre de Grey ya cedió —dije mientras buscaba tazas en las alacenas—. Deberíamos salir de aquí en cuanto ella esté lo suficientemente fuerte. Preferiblemente *sobria*.

—Sí, sí —dijo Vivi en tanto se inclinaba sobre la mesa para echar un vistazo a las cartas de Tyler.

Encontré dos tazas en el fregadero, cubiertas de mugre. Me resultaban familiares: arcilla cruda por fuera, esmalte verde por dentro, asas imperfectas. La marca de su creador, GH, estaba grabada en el fondo: Gabe Hollow. Grey debía haberlas traído desde Londres. Le di vuelta a una entre las manos, apreté su forma, la sostuve de la misma manera que él debía haberla sostenido mientras giraba bajo sus dedos en el torno. Mis manos, exactamente donde habían estado las de mi padre.

Revolví las hojas oscuras en ambas.

Tyler y Grey estaban acurrucados en el sofá cuando volví a la sala, con la cabeza de ella apoyada en el hombro de él y los dedos de él en el cabello de ella. Me quedé en las escaleras y los escuché hablar en voz baja, susurros de alivio de *Te extrañé* y *Te quiero* y *Lo siento* que llegaban hasta donde yo estaba. Seguí y subí las escaleras para encontrar a Agnes. Estaba en su habitación, sentada en el tejado, justo al lado de su ventana, con los pies ennegrecidos y todavía desnudos, a pesar del frío cáustico que se había instalado tras la puesta de sol. Le entregué una de las tazas de té humeantes. Por un momento dudó, pero luego la tomó.

Me arrastré a través de la ventana, me senté a su lado y contemplé la ciudad. La luz de aguanieve del cielo invernal había convertido el mundo en una escala de grises. Durante un rato bebimos en silencio.

—Tú estuviste allí —dije finalmente. Era una suposición—. Caíste. En el mismo lugar donde mis hermanas y yo terminamos cuando éramos niñas. Excepto que tú no pudiste volver a casa como nosotras. Quedaste atrapada —Agnes dio un sorbo a su té y no me contradijo, así que continué—. Entonces Grey te encontró y te trajo de vuelta de alguna manera... pero dondequiera que hayas estado, ya habías pasado demasiado tiempo allí. Se metió dentro de ti. Te cambió.

—El Camino Medio nunca te deja ir —dijo ella—. No en realidad —el té había humedecido su garganta, suavizando las asperezas. Por primera vez sonaba casi como una niña y no como algo salvaje—. Se supone que es un boleto de ida. Se supone que las cosas que acaban allí no pueden encontrar el camino de regreso.

—¿Qué es eso? ¿El Camino Medio? Mi hermana parece pensar que está en algún lugar entre la vida y la muerte.

—Tu hermana tiene razón. Es un lugar liminal en la frontera entre los vivos y los muertos... aunque yo lo veía más como una especie de infierno. Todo lo que muere pasa por allí. Personas, animales, plantas. La mayoría de las cosas se mueven rápidamente, como se supone que debe ser, pero algunas cosas se quedan atascadas. Los humanos, por lo general. Los que no pueden dejar ir, o que son añorados demasiado profundamente por los que dejan atrás. Hay una vieja canción popular: "La tumba sin sosiego". ¿Quizá la conoces?

Respiré dentro de mi taza. Mi aliento se elevó sobre la superficie del té y envió una nube cálida y húmeda a mi rostro. Sí, conocía la canción. En ella, una mujer moría y su amante se lamentaba por ella con tanta vehemencia, llorando junto a su tumba durante un año, que la mujer no lograba encontrar la paz, no podía seguir adelante. ¿Estaba diciendo Agnes que el dolor de los vivos podía perturbar a los muertos, podía atraparlos en un espacio entre la vida y la muerte?

—¿Cómo terminaste ahí si no moriste?

—Cuando era niña, estaba jugando en Holyrood Park al atardecer. Había en el lugar unas viejas ruinas de una capilla que, según la gente, estaban embrujadas. Mis padres me habían prohibido jugar allí, pero yo tenía curiosidad. Escuché una voz al otro lado de una puerta en ruinas. La seguí. Acabé en otro lugar y no pude encontrar el camino de regreso. A veces, el velo entre los vivos y los muertos se hace más fino. A veces, los muertos les hablan a los vivos y los atraen a través de él.

—¿Es lo mismo que nos pasó a nosotras? —pregunté en un susurro.

Agnes dio un sorbo a su té.

—¿Desaparecieron en la víspera de Año Nuevo?

—Al filo de la medianoche.

—Entre un año y otro. Tiene sentido. El velo es más delgado en los momentos liminales. La puesta de sol, el amanecer, la medianoche —Agnes parecía una niña, pero no hablaba como tal. Había estado desaparecida durante décadas. Me pregunté cuántos años tenía su mente—. Si se encontraban cerca de una puerta en ruinas, tal vez escucharon a los muertos llamándoles. Tal vez los siguieron.

—Estábamos en el casco antiguo, en una calle en la que se había quemado una casa unas semanas antes. Todo estaba destruido, excepto el marco de la puerta principal. Todavía estaba allí, sin ningún tipo de apoyo.

Agnes asintió.

—Una puerta que antes conducía a algún sitio, pero que ahora conduce a otro.

—Regresaste. Eres como nosotras.

—No soy como ustedes. Ya debes entender a estas alturas que ustedes son diferentes. ¿Por qué crees que son tan hermosas? ¿Tan hambrientas? ¿Tan capaces de doblegar la voluntad de los que las rodean? Son como las flores de carroña que crecen desenfrenadas a su paso: encantadoras a la vista, incluso embriagadoras, pero si te acercas demasiado muy pronto te das cuenta de que hay algo repugnante debajo. Así es como suele ser la belleza en la naturaleza. Una advertencia. Un disfraz. ¿Entiendes?

—No —dije, aunque lo entendía en algún nivel básico. Los sobrenaturales pétalos púrpura de la flor de acónito ocultaban un veneno que podría brindar la muerte instantánea. Las ranas venenosas eran tan hermosas como las joyas, y un gramo de la toxina que cubría su piel podía matar a miles de humanos. La belleza extrema significaba peligro. La belleza extrema significaba muerte.

—Hay algo en su sangre que les permite deslizarse entre el lugar de los vivos y el de los muertos (y de regreso otra vez) a su antojo.

—Bueno, entonces, ¿cómo regresaste tú?

—Runas escritas en mi piel con la sangre de tu hermana. La runa de la muerte —Agnes tomó mi mano y dibujó una forma en mi palma con su dedo: una línea con tres puntas en la parte inferior en forma de flecha invertida—. La runa del paso —Agnes dibujó la forma de una M mayúscula—. La runa de la vida —esta vez, dibujó la inversa de la primera runa: una línea con tres puntas en la parte superior—. Grey lo descubrió. No sé cómo. Un encantamiento en sangre y signos para permitir que los muertos entren en el mundo de los vivos.

—Pero tú no estás muerta.

—No. Pero el hombre que las persigue, sí. Yo puedo quedarme aquí porque pertenezco a este lugar, porque nunca morí, pero él sólo puede cruzar temporalmente utilizando la sangre de Grey y las runas.

—¿Qué nos hace diferentes a nosotras? ¿Por qué somos capaces de regresar? ¿Por qué nuestra sangre nos permite ir y venir a nuestro antojo?

—Tu hermana es astuta. Es una embaucadora. Un lobo con piel de cordero —Agnes extendió la mano para pasar la punta de un dedo gangrenado sobre la cicatriz de mi cuello —. ¿Crees que hay algo terrible que ella no haría para salvarte? ¿Alguna línea que no cruzaría? ¿Algún sacrificio que no estaría dispuesta a hacer?

—Dime. Dime la verdad.

—Tu vida sería más feliz si no la supieras.

—El conocimiento es poder.

—Y la ignorancia es complacencia.

Entonces se oyó un grito ahogado en el piso de abajo, seguido de un golpe. Agnes retiró su mano de mi cuello. Nos miramos por un momento, cada una cuestionando a la otra: *¿Tú también oíste eso?* Hubo silencio durante unos cuantos segundos. Entonces, el grito de Vivi nos hizo reaccionar a las dos. Me esforcé por entrar, pero resbalé por las viejas tejas. Agnes era más rápida que yo, más pequeña y más ágil. Ya estaba en las escaleras cuando yo logré arrastrarme a través de la ventana, con mis extremidades tambaleándose y la adrenalina a flor de piel. Oí un vidrio rompiéndose, un grito de dolor y las maldiciones de Tyler. Bajé los escalones de tres en tres y me detuve en el último, justo detrás de Agnes, que estaba parada con su escopeta apuntando al otro lado de la habitación.

El hombre nos había encontrado. Con una mano sujetaba a Grey por el cabello. La barbilla de mi hermana se inclinaba hacia su pecho, y su bata de hospital era un lienzo de Jackson Pollock de sangre y vómito. Vivi, que seguía vestida tan sólo con un top corto y unos jeans, estaba sobre el hombro de él, mordiendo, arañando y pateando, intentando liberarse. Tyler blandía una botella de vino rota e intentaba clavársela al hombre en el pecho, pero era demasiado lento y sus reflejos habían perdido contundencia a causa de la bebida. Entonces, recibió en la cara uno de los puños del hombre con cuernos y se desplomó, flácido por completo, en el suelo.

Agnes gritó. El hombre miró hacia nosotras. Agnes cargó la escopeta y, sin dudarlo, jaló el gatillo. El arma se disparó y convirtió el hombro del hombre en un amasijo, pero éste no sangró. Gruñó, dejó caer a Vivi y soltó a Grey, y entonces se dirigió hacia nosotras. Agnes disparó de nuevo, pero el hombre estaba furioso ahora, y ni siquiera un segundo disparo que arrancó un trozo de carne muerta de su cuello y envió partículas destrozadas de su máscara ósea volando como granos de arroz, fue suficiente para detenerlo. Nos estampó a las dos contra la pared, y la madera y el yeso se rompieron como papel bajo nuestro peso. De repente, todo fue oscuridad y no podía respirar, con el peso de dos cuerpos sobre mí; un montón de escombros se clavaron en mi cuello y en las partes blandas de mi espalda. Entonces el peso de él desapareció y aspiré una bocanada de aire. El mundo se desdibujó y se onduló alrededor del dolor. Tosí un cúmulo de sangre y lo escupí a un lado.

Habíamos atravesado la pared y estábamos tiradas en el suelo de la cocina. Empujé a Agnes para quitármela de encima y me puse en pie, tratando de ignorar la sensación de excesiva lasitud de su cuerpo, el asqueroso ángulo de su cuello. Ninguna de mis extremidades estaba rota, pero cada vez que inhalaba, un brillante estallido de dolor en las costillas me hacía jadear. Atravesé vacilante el agujero en la pared... que, según observé sombríamente, estaba lleno de cosas que se arrastraban y de moho negro. Tyler yacía tirado en el suelo, con un lado de la cara ensangrentado y hundido. La habitación había sido destrozada y la puerta principal estaba abierta. Mis dos hermanas —y el hombre— habían desaparecido.

No me detuve a comprobar si Tyler estaba vivo. Saqué la navaja de Grey del bolsillo de mi abrigo y bajé tambaleante los escalones de la entrada hasta la calle. Sentía un dolor agudo y punzante en la clavícula que me hacía llorar. En algún lugar, no muy lejos de mí, Vivi seguía luchando, haciéndole pasar al hombre un infierno. Podía oír sus gritos estrangulados, el golpe de sus puños contra la piel del hombre, tan sólo a la vuelta de la esquina.

—¡Vivi! —intenté gritar, pero el impacto me había aplastado algo en los pulmones, en la garganta, y no pude expulsar más que un resuello. Intenté correr, pero seguía oscilando de un lado a otro si me movía demasiado rápido. Una conmoción cerebral, tal vez.

Entonces los gritos de Vivi se detuvieron de manera abrupta a mitad de camino, apagándose como metal caliente que hubieran sumergido en el agua. Di vuelta en la esquina esperando encontrar al hombre junto a su cuerpo sin vida, pero la calle estaba vacía. Percibí el olor a humo y podredumbre. Un puñado de hojas secas se enroscó sobre los adoquines hacia mí.

No había nada más.

Las dos habían desaparecido.

Se las habían llevado.

—No —dije con voz ronca, cojeando por la calle—. No, no, no, no, no.

No podían haberse ido.

No permitiría que se fueran.

No las dos.

No otra vez.

Golpeé puertas y ventanas, resollando con un gemido como de animal herido.

—¡Vivi! ¡Grey! ¡Vivi! ¡Grey!

Hice sonar las aldabas de todas las puertas y toqué todos los timbres. Las luces se encendieron en las ventanas. Los residentes somnolientos salieron a sus puertas y me maldijeron. *¿Acaso no sabía qué condenada hora era?*

En algún lugar, no muy lejos de donde yo estaba, mis hermanas habían sido arrastradas por una grieta en el mundo. Yo no sabía cómo seguir. La única persona que lo sabía —una niña con las extremidades podridas— estaba, sospechaba, muerta ahora. Tyler podría estarlo también.

Algo se contrajo en mi pecho y abrió agujeros en mis pulmones. Ya no podía seguir en pie. Me arrodillé en medio de la calle, luchando por aspirar aire más allá de mis costillas rotas, y lloré con la frente apoyada en los adoquines hasta que oí las sirenas.

17

Volví cojeando a casa de Agnes, aturdida, antes de que llegara la oficial y me arrestara. ¿Qué podría decir para explicarme? *Bueno, verá, oficial, mis hermanas fueron secuestradas y llevadas a un limbo misterioso por razones desconocidas. Sospecho que no es la primera vez que ocurre.*

Cerré la puerta principal detrás de mí, luego corrí las cortinas y apagué todas las luces menos una.

Tyler estaba vivo. Agnes no.

Sentado en el suelo de la cocina junto al pequeño cuerpo roto de Agnes, el supermodelo de pasarela lloraba en silencio. Había flores brotando de las cuencas de los ojos de la niña, lianas creciendo de su boca, líquenes colonizando su rostro y su cuello. Me senté al otro lado de ella y puse mi mano en el hombro desnudo de Tyler. Estuvimos sentados así un rato, mientras las lágrimas corrían por nuestras mejillas. Luego crucé los brazos de Agnes sobre su pecho. Su piel ya se sentía seca, sus articulaciones crujían. Las flores de carroña crecían bajo las bases de sus uñas, agrietando y descascarando las uñas de sus manos para dar paso a sus floraciones. Las hormigas y los escarabajos ya se habían instalado en las suaves cavidades de su cara. Su olor penetrante hacía que el aire caliente de la cocina tuviera un toque herbal, silvestre.

Tyler me miró. Uno de sus ojos estaba totalmente rojo, un vaso sanguíneo reventado. El pómulo debajo sobresalía de manera extraña, roto, y presionaba dolorosamente contra la piel. Su expresión era de búsqueda. De interrogantes.

Sacudí la cabeza.

—Se las llevó —logré decir con voz rasposa—. No pude seguirlo. Yo… las perdí… perdí a las dos.

Tyler no dijo nada.

Cremamos el cuerpo de Agnes en la chimenea. Me pareció mal dejarla abandonada en el suelo de una casa vacía, su muerte inadvertida, sin duelos y sin lamentos. Cuando la levanté, se sintió ligera y hueca, como un árbol caído tiempo atrás. La quemamos envuelta en sus mantas y utilizamos los recortes de periódico con los que dormía como leña. No tardamos mucho. La pira no olía a carne ni a pelo, sino a vegetación humeante y a fuego de bosque.

Yo esperaba que, dondequiera que estuviera ahora, descansara en paz.

—Supongo que tienes un plan —dijo Tyler al abotonarse su camisa floreada—. Las Hollow siempre parecen tener un plan.

Sacudí la cabeza.

—Grey es la que se encarga de los planes. Yo no. Yo soy una seguidora. Ni siquiera luché. Simplemente… me quedé allí mientras Agnes le disparaba. Dejé que una *niña* me defendiera.

—Bueno, no luchar resultó ser una buena idea —dijo Tyler mientras se tocaba con la punta de los dedos el pómulo hundido—. Mira, eres la hermana de Grey. Eres tan fuerte e inteligente y, francamente, tan aterradora como ella. ¿Cómo las seguimos?

—No lo sé.

—Sí lo sabes, porque has estado allí antes. *¿Cómo las seguimos?*

Dejé escapar una exhalación frustrada.

—¿Cómo se llega a la tierra de los muertos? —estaba segura de que era allí adonde intentábamos ir: una extraña franja de espacio entre aquí y la nada.

—Supongo que la muerte te llevaría allí, aunque ésa parece ser una solución demasiado permanente.

Lo miré fijamente a los ojos.

—No lo fue para ti.

—Sí, bueno. Preferiría *no* volver a hacerlo.

—Está bien —dije cuando me encaminaba hacia las escaleras—. Puedo ir sola. Llenaré la bañera, puedes sostenerme debajo hasta que muera, luego espera un minuto más o menos y haz un poco de trabajo de reanimación. Las encontraré —¿había visto eso en una película o lo había leído en un libro? Había funcionado entonces, ¿por qué no funcionaría ahora? Quería que Tyler accediera antes de que mi adrenalina disminuyera y me acobardara. El corazón me latía tan deprisa que sentía que iba a vomitarlo. Ya me estaba imaginando el terrible momento en que mis pulmones ardientes succionarían un torrente de agua, mientras él me sostenía, agitándome, bajo la superficie.

—Iris —dijo Tyler, jalándome de regreso—. No voy a ahogarte. No me pidas que lo haga.

Aparté mi mano de la suya.

—¿Quieres salvarla o no? —grité, porque sentía que mi valor se resquebrajaba. ¿Acaso no había pensado siempre que estaba dispuesta a morir por mis hermanas? Aquí había una oportunidad... ¿era yo demasiado débil para tomarla?

—Tenemos que ir los dos —dijo Tyler—. Juntos.

Suspiré y me ablandé.

—Tu ojo se ve terrible.

—Bueno, recibí un gancho de derecha de un demonio, directo en la cuenca. Para ser honesto, es un milagro que no esté muerto. Mi delicada estructura ósea no está hecha para el combate físico.

Tomé una vieja bolsa de verduras congeladas del refrigerador y se la lancé. Tendríamos que ir los dos al hospital, pero todavía había un matiz de algo sobrenatural en el aire. Yo creía que si no las seguíamos esta misma noche, quizá ya no podríamos alcanzarlas nunca. Olvidaríamos que las cosas imposibles eran posibles. Era ahora o nunca. Tenía que serlo.

Aparté la cortina apenas un par de centímetros y miré hacia la negra y lúgubre noche de Edimburgo. En algún lugar había una puerta a otro lugar, una grieta en el mundo por la que se deslizaban las niñas y los niños para no volver a ser vistos.

Bueno, casi nunca.

Nosotras tres habíamos regresado, de alguna manera. Habíamos encontrado un camino.

—¿Te habló Grey alguna vez de lo que nos pasó cuando éramos niñas? —le pregunté a Tyler mientras él presionaba las verduras contra su cara. Las llamas del cuerpo de Agnes se habían reducido a humo y huesos.

—Por supuesto que no. Yo habría vendido de inmediato la historia al *Daily Telegraph* si me hubiera contado la verdad —cuando lo fulminé con la mirada, Tyler puso los ojos en blanco—. Estoy bromeando. Estaba prohibido incluso preguntar.

—¿Te lo has preguntado alguna vez?

—Vaya que me lo pregunté. Crecí leyendo los hilos de Reddit y viendo los especiales de crímenes sin resolver, como todo el mundo. *Por supuesto* que quería conocer la respuesta. A veces, cuando estaba borracha, hablaba de ello de una manera vaga, como si fuera algo que le hubiera ocurrido a otra persona. Era casi como... un oscuro cuento de hadas sobre tres hermanas que cayeron por una grieta en el mundo y se encontraron con un monstruo que les hizo algo terrible.

—¿Qué les hizo el monstruo?

Tyler me miró fijamente, con los chícharos todavía presionados contra su cara.

—No lo sé, Pequeña Hollow. Pero puedo imaginarlo. ¿Tú no?

Fui a recoger la escopeta del lugar donde Agnes la había dejado caer. Nunca había sostenido un arma y la sentí más pesada y letal de lo que esperaba.

—Entonces, ¿adónde vamos? —preguntó Tyler.

—De regreso al principio.

—Deja de hablar en acertijos, por el amor de Dios. ¿Qué *significa* eso?

—Mira, lo que sea que nos haya sucedido, ocurrió aquí primero, en Edimburgo. Sucedió en el casco antiguo, no muy lejos de aquí. Hay una puerta allí. O, al menos, solía haberla. Una puerta que antes conducía a algún sitio, pero que ahora conducía a otro. Vamos a regresar allí. Vamos a encontrar la manera de seguirlas.

Vi un video de YouTube sobre cómo cargar una escopeta, mientras Tyler llenaba la mochila de Vivi con las escasas provisiones que encontró en la cocina de Agnes. Nos pusimos los abrigos —el suyo ridículo, el mío funcional—, metí la navaja de Grey en el bolsillo y emprendimos la marcha.

Afuera, Edimburgo estaba sumida en la oscuridad que antecede al amanecer. Nos dirigimos hacia la catedral de Saint Giles, en dirección a la estrecha calle en donde yo había desaparecido. Caminamos, temblando y estremeciéndonos, por el laberinto de callejuelas del casco antiguo, siguiendo mis pasos de aquella noche, aunque no los sabía de memoria, sino por fragmentos de informes policiales y las declaraciones de los testigos de mis padres.

La energía de Grey estaba aquí, aunque no era más intensa que un latido. Había estado aquí, pero no recientemente. Años atrás. También sentí la energía de Vivi. Y la mía. Sí, habíamos venido en esta dirección.

Y entonces ya estábamos allí. *La* calle. Los muros de piedra estaban cerrados a ambos lados, y podía ver todo el camino hasta el final. Podía entender por qué la policía pensaba que era imposible que tres niñas desaparecieran frente a las narices de sus padres: porque *era* imposible.

—Conozco este lugar —dije en voz baja—. Estuvimos aquí de visita con nuestros abuelos por Navidad. Caminábamos por esta calle cuando comenzaron los fuegos artificiales. Mis padres estaban justo detrás de nosotras —pasé las manos por los ladrillos. Estar aquí se sentía incorrecto, como si estuviéramos molestando a los muertos—. Ésta —susurré, mirando una terraza de piedra. Era más nueva que las demás. El ladrillo todavía no estaba cubierto por siglos de suciedad—. Ésta es.

Había una placa de bronce incrustada en los adoquines a la derecha de la puerta principal. *Aquí, en este lugar, en enero de 2011, las hermanas Grey, Vivi e Iris Hollow fueron encontradas sanas y salvas después de estar desaparecidas durante 31 días.* Nuestros nombres habían sido bruñidos en dorado, presumiblemente por todos los turistas que venían a este lugar y frotaban el bronce para tener suerte.

Los recuerdos que tenía eran escurridizos; seguían deslizándose por mi mente, ligeramente diferentes cada vez. Ya no estaba segura de cuáles eran míos y cuáles habían sido hilvanados de otros lugares para formar una imagen más completa. ¿Recordaba haber caminado por esta calle aquella noche? ¿O sólo recordaba haber regresado?

—Se había quemado unas semanas antes de la noche en que desaparecimos —dije—. Por aquel entonces sólo era un cascarón.

Tyler asintió.

—Sí, todos hemos visto las fotos.

—¿Hay fotos?

Tyler me miró fijamente.

—¿*No* te has buscado a ti misma en internet?

—Intento evitar leer cualquier cosa sobre el catastrófico desastre que destruyó a mi familia, de hecho.

Tyler suspiró, sacó su teléfono y buscó en Google: *desaparición de las hermanas Hollow.*

La foto que me mostró había sido publicada en r/Unsolved–Mysteries, "Misterios sin resolver", en Reddit, y aparecía bajo el título: "Yo estaba en Edimburgo el día en que las hermanas Hollow desaparecieron y tengo un montón de fotos de la calle en la que estaban cuando (supuestamente) sucedió. ¿Qué opinan?" El texto continuaba diciendo que, en su humilde opinión, no había manera de que la historia de nuestros padres fuera cierta. Su encantadora teoría era que nuestra madre nos había vendido a los traficantes de blancas y luego había entrado en pánico y había pagado para recuperarnos un mes más tarde, cuando la presión de los medios de comunicación se elevó demasiado. Aunque la hipótesis era falsa, las fotos de la calle de aquel día parecían bastante reales. Las revisé y luego seguí para leer algunos de los comentarios.

Lo siento, pero no hay manera –NO HAY JODIDA MA-NERA– de que tres niñas pudieran desaparecer de esta calle si sus padres realmente estaban allí vigilándolas. No sé qué pretendían obtener o cómo escondieron a sus hijas de la policía durante un mes, pero Cate y Gabe Hollow estuvieron involucrados en esto sin duda.

> Estoy dispuesto a apostar que ustedes no tienen hijos. Puedes estar vigilando activamente a tus niños y luego, puf, nada. Son unos pequeños bastardos astutos. Un ejemplo: tengo un hijo de tres años. Ayer lo estaba siguiendo en la tienda de comestibles. (Le gusta señalar las cosas de las repisas inferiores y adivinar lo que son. "¿Esto es pasta? ¿Esto es pasta? ¿Y esto de acá es pasta?" Noticia de última hora, niño: A menos que estés en el pasillo de la pasta, normalmente no lo es. Horas de diversión.) Como sea, da vuelta en la esquina hacia el siguiente pasillo, así que lo sigo, pero no está allí cuando llego, y tampoco en el siguiente pasillo, o en el siguiente. Lo encuentro diez minutos después en una banca del estacionamiento esperando con una simpática anciana. Su acto de desaparición me hizo pensar de inmediato en las hermanas Hollow y, sinceramente, me ha hecho cambiar de opinión sobre el caso. Mi teoría: las niñas caminaban delante de sus padres, se equivocaron de camino, se perdieron y las encontró un

depredador oportunista que se arrepintió un mes después.

> Claro, pero ni siquiera hay esquinas en esta calle. No es como si hubieran corrido y dado vuelta en una esquina y luego ya no estaban allí. Cate Hollow ha sostenido que desaparecieron de esta calle mientras ella estaba allí. Dos segundos, dice ella. ¿Por dos segundos giró la cabeza para besar a su marido y, en ese lapso, sus tres hijas se desvanecieron sin hacer ruido? Lo diré de nuevo. NO HAY JODIDA MANERA.

—No necesito leer teorías conspirativas sobre mis padres —dije mientras le devolvía el teléfono a Tyler—. Puedo decírtelo ahora mismo: ellos no estuvieron involucrados.

—Sigue leyendo, ¿quieres? —insistió Tyler.

Me desplacé hasta la siguiente tanda de comentarios.

De acuerdo, la puerta sin apoyos es espeluznante. ¿Cómo no lo había notado antes?

> Me recuerda al sujeto de búsqueda y rescate que publicó sobre escaleras que no llevan a ninguna parte en lo profundo de los bosques. Cate Hollow dijo que las tres niñas estaban jugando cerca de la casa quemada la última vez que las vio. Me pregunto si eso tiene algo que ver.

> No recuerdo de dónde es el folclore exactamente, pero he oído historias de personas (sobre todo niños) que desaparecen después de atravesar puertas sin apoyos que encuentran en el bosque. Había unas ruinas cerca de la casa de mis abuelos donde

crecimos, a las que teníamos prohibido acercarnos porque tres niños habían desaparecido justo allí a lo largo de los años. Como los niños son niños, una vez fuimos a investigar y no encontramos más que una puerta como la de Edimburgo. Estábamos tan asustados que corrimos hasta casa y jamás regresamos al lugar.

> Sólo quiero recordarles que éste es un hilo para teorías genuinas, no cuentos de hadas. No dejemos que esto se convierta en un hilo sobre abducciones alienígenas (otra vez).

> Seguro, seguro. Dicho esto... ¿Alguien lo suficientemente valiente como para tratar de caminar a través de esa puerta?

> Por desgracia, ya no está ahí. Fue demolida unas semanas después de que las chicas regresaron y desde entonces el lugar se reconstruyó. Pero sí, obviamente, muchísima gente la atravesó en el mes que las hermanas Hollow estuvieron desaparecidas: policías, voluntarios, forenses, etc. De nuevo, no es que sea una puerta a Narnia.

> ¡Maldita sea! Mis sueños de hacer el amor dulce, dulcemente con el señor Tumnus se han visto una vez más frustrados.

Volví a desplazarme hasta la fotografía de la publicación original. Era una imagen de baja calidad tomada hacía una década con una cámara de teléfono de mala calidad, granulada y extrañamente recortada. Mostraba los restos ennegrecidos de una casa de piedra, tapiada con cinta adhesiva, con algunos ladrillos derrumbados en la acera. La puerta sin soportes *era* espeluznante. Emanaba maldad. Yo también había oído historias sobre escaleras abandonadas en el bosque y cómo se advertía a la gente que no se acercara a ellas por ningún motivo. Había visto fotos de algunas: me parecían fuera de lugar y sobrenaturales. La puerta quemada tenía el mismo efecto.

No recordaba muy bien la noche en que desaparecimos, pero sí la noche en que volvimos. Recordaba haber estado de pie en este mismo lugar, desnuda y temblorosa entre mis hermanas. Recordaba a Grey susurrándome algo, susurrándole algo a Vivi, acomodando un mechón de cabello detrás de cada una de nuestras orejas. Recordaba cómo el frío me tensaba y entumecía la piel, me hacía sentir que pertenecía a otra persona. Recordé cómo nos quedamos inmóviles, sin hablar, mientras esperábamos. Recordaba que una mujer joven dio vuelta por la calle y gritó y dejó caer la botella de vino que llevaba en la mano, cuando nos vio en medio de la oscuridad. La recordaba corriendo hacia nosotras, echando su pesado abrigo sobre mis hombros, gritando a los vecinos que llamaran a la policía, mientras luchaba por quitarse la sudadera y dársela a Vivi. Recordaba las luces rojas y azules que se reflejaban en los resbaladizos adoquines. Recordaba el viaje en ambulancia hasta el hospital, las tres sentadas muy juntas en una camilla, envueltas en mantas térmicas y ante una luz que nos cegaba. Recordaba cómo Grey se negó a que las enfermeras le sacaran sangre y cómo, cuando intentaron convencerla, ella enloqueció y ellas recularon, susurrando cosas como: *¿No han sufrido ya bastante?* Recordaba la forma en que Gabe sostenía la pequeña cara de Vivi entre sus manos después de levantarla en brazos, su expresión pasando de la euforia a la búsqueda y luego a la confusión, como si ya pensara desde ese mismo momento que no estábamos del todo bien.

Recordaba que Cate sacó a Grey del hospital al día siguiente, con sus pequeñas piernas rodeando con fuerza las caderas de nuestra madre.

Recordaba que Grey me miraba por encima del hombro de nuestra madre, mientras nos dirigíamos a la luz, segura en la comodidad de sus brazos.

Recordaba la forma en que mi hermana mantuvo el contacto visual conmigo por un momento, la chispa de una sonrisa en la comisura de los labios.

Recordaba que me guiñó un ojo.

Podía recordar muchas cosas, pero no podía recordar dónde habíamos estado sólo unos minutos antes de que la mujer nos encontrara en la calle.

Esa parte había desaparecido. Todo lo anterior era un abismo negro.

—La puerta —dije. Apliqué el zoom a la imagen. Aunque estaba ligeramente desenfocada pude distinguir las flores blancas que crecían en la base de la piedra—. Sigue siendo el lugar, aunque haya cambiado —le dije a Tyler—. Todavía puedo sentirla. Puedo sentirnos a las tres —puse la mano en la puerta negra y brillante de la casa reconstruida—. Pasamos por aquí. Regresamos por aquí.

Podía sentirla. Sentía el pulso de Grey en la madera, débil como el corazón de un pájaro.

Tomé una respiración profunda y me tragué el asco. Había pasado gran parte de los últimos diez años intentando olvidar este lugar. Había derramado mis estudios como cemento sobre esa cosa radiactiva que me había ocurrido aquí, en mi infancia, y que seguía envenenándome. Me dolía la urgencia de ser mayor. De terminar la universidad, de tener una carrera, de preocuparme por las pequeñas tensiones de la vida cotidiana de las que los adultos siempre se quejaban. Los pagos. Los impuestos. El seguro médico. El dentista. Quería que los años se llenaran y se estiraran y se apilaran, para poner todo el tiempo posible entre yo misma y este lugar.

Y ahora estaba aquí, otra vez, intentando seguir a mis hermanas adondequiera que se hubieran ido, a ese lugar al que había jurado no volver.

—Tiene que funcionar —me dije a mí misma, mirando fijamente la puerta—. Tiene que funcionar, tiene que funcionar, tiene que funcionar.

Giré la manija. No tenía seguro. Empujé la puerta y entré.

—*Hollow* —gruñó Tyler—. ¡No puedes simplemente deambular por casas ajenas! Vuelve aquí.

—No —dije. Estaba demasiado lejos, en el pasillo, para que me arrastrara fuera—. No me iré de aquí hasta que las encuentre.

Me temblaba la mandíbula. Apreté los labios.

—*Obviamente*, ellas no están aquí —dijo Tyler—. ¡Ésta es una simple casa!

Mi garganta estaba seca. Sabía que él tenía razón porque podía sentirlo. Grey y Vivi no estaban aquí y no habían estado aquí durante mucho tiempo. La energía que habían dejado atrás ya tenía diez años, se había convertido en polvo. Esa cosa que me unía a ellas se sentía delgada y debilitada, pero era lo único que tenía. Avancé hacia la sala oscura.

—*Te dejaré aquí* —susurró Tyler, pero sus pies seguían avanzando detrás de mí. El pasillo olía agrio, a leche con notas de orina. Conocía ese olor por el montón de trabajos de niñera que había tenido. Había un calentador encendido en alguna parte. El olor a bebé se convirtió en algo aceitoso y sólido. El aire caliente me envolvía, me parecía demasiado pesado después del frío de febrero. El sudor pinchaba bajo mis brazos, en las palmas de mis manos. Mis mejillas eran monedas calientes.

—Hay murmullos de nosotras aquí —dije mientras avanzaba por el pasillo, con los dedos recorriendo la pared—. En los cimientos. Nosotras estuvimos aquí. Este lugar nos recuerda.

El pasillo se abría a una cocina y a una sala suavemente iluminadas. Una mujer pelirroja estaba sentada en un sofá amamantando a un bebé con los ojos cerrados.

Yo todavía tenía la palma de la mano apoyada en la pared sintiendo el pulso de la piedra. Tyler jalaba mi abrigo a mis espaldas intentando hacer que me retirara. La mujer abrió los ojos. Nos vio. Apretó su agarre alrededor del bebé, luego se puso de pie y comenzó a gritar.

Crucé el lugar en tres zancadas e introduje un dedo en la boca de la mujer. El efecto fue instantáneo; bien podría haberle metido heroína en las venas. Los músculos de la mujer se relajaron y se abrazó a mí como si estuviera enferma de amor, con la cabeza apoyada en mi hombro y el bebé apretado entre nosotras.

Yo respiraba con dificultad. No había hecho esto desde hacía mucho tiempo. No desde el fotógrafo. Nunca lo había hecho de manera intencional. Siempre había sido un poder maldito, fuera de mi control. Una cosa que me hacía débil, como dijo Grey.

No estaba segura de lo que había cambiado, salvo que estaba furiosa, una espina de rabia se retorcía en mi centro. Mi estómago se llenó de sangre, mi boca de veneno. Las dos veces anteriores que había obligado a la gente, yo había quedado vulnerable e insegura, y mis atacantes se habían alimentado de eso.

Esta vez, sería yo la que se daría un festín.

—¿Cómo te llamas? —pregunté a la mujer.

—Claire —respondió.

—Dime dónde están mis hermanas, Claire.

—Te diré lo que quieras —susurró Claire suavemente. Amorosamente. Me besó la clavícula, pero las lágrimas corrían por su rostro. Había pavor en sus ojos, pero sus labios la delataban—. Te daré todo lo que quieras.

—Dime dónde está Grey. Dime dónde está Vivi.

—Gray —dijo la mujer—. Gray como el color gris... como las piedras y el cielo durante una tormenta.

—¡Dime dónde está!

—¡Maldita sea, Iris! —Tyler se quejó—. ¡Ella no lo sabe!

Tyler me apartó de la mujer, que alargó la mano para tocarme la cara, aunque le temblaba la boca. Me sacudí a Tyler de encima.

—Tres pequeñas niñas desaparecieron a la puerta de tu casa hace diez años. ¿Lo sabías?

—Sí —dijo Claire—. Por supuesto. Todo el mundo lo sabe.

—¿Sabes adónde fueron?

—No.

—¡Mierda!

El bebé de Claire empezó a llorar.

—Cuando ocurrió —dijo Claire mientras deslizaba su pezón en la boca del bebé—, mi abuela me mantuvo cerca durante semanas. Una niña había desaparecido cuando ella era pequeña, y mi abuela creía que a esas hermanas les había pasado lo mismo. "No te acerques a la capilla de San Antonio", decía. "Aléjate de la puerta o acabarás como Agnes Young. Acabarás como las hermanas Hollow." Así que obedecí. Me mantuve lejos.

Un escalofrío me invadió.

—No recuerdes esto —le ordené—. Olvida que estuvimos aquí.

—Por supuesto —dijo Claire cuando me acariciaba la mejilla, el bebé resoplaba mientras mamaba de su pecho—. Por supuesto.

Tyler volvió a tirar de mi chamarra y esta vez dejé que me arrastrara de regreso por el pasillo.

En la calle vimos a Claire observándonos desde la ventana de su casa, con su bebé llorando de nuevo, en tanto ella lo acomodaba sobre su hombro tratando de calmarlo. El hechizo se había roto en cuanto dejó de olerme, y ahora me observaba en la oscuridad con una mirada de confusión, como si estuviera experimentando un intenso *déjà vu*. Conocía la sensación de esa mirada; era algo que yo misma sufría con regularidad. La sensación de saber que tienes recuerdos sobre algo, pero que no puedes acceder a ellos.

Bajé la mochila de Vivi y hojeé el diario de Grey con dedos temblorosos buscando algo que estaba segura de haber visto antes. Y entonces, ahí estaba: un dibujo detallado de un muro de piedra sin soportes, en el que había tres ventanas y una puerta. Debajo se leía: *Capilla de San Antonio, Edimburgo, julio de 2019*. La misma puerta por la que había caído Agnes.

Escribí *Capilla de San Antonio* en Google Maps y me adentré en la oscuridad, mientras Tyler maldecía detrás de mí y me decía que era una imprudente, una estúpida, igual que Grey. Sin embargo, al igual que había seguido a Grey, me estaba siguiendo a mí. Sentí el poder de eso. Atravesamos a toda prisa el casco antiguo, a lo largo de Cowgate y la calle Holyrood hacia El Asiento de Arturo. El amanecer se sentía tan frío como un ataúd y las calles estaban sabiamente abandonadas a favor de las camas cálidas y del sueño.

Tenía las manos entumecidas y la respiración entrecortada cuando llegamos. Las ruinas de la capilla se asentaban en una colina baja con vistas a un pequeño lago en Holyrood Park. Más allá, las luces de la ciudad salpicaban la tierra hacia el mar. Las ruinas tenían dos pisos de altura; ahora sólo quedaba la esquina de la capilla, los muros revestidos de ásperas piedras de siglos pasados.

La capilla de San Antonio no era ahora más que una sola pared, el lado norte de un templo en ruinas. Había ventanas pero, lo más importante, había una puerta. Antes conducía a algún sitio, pero ahora —tal vez— nos conduciría a otro.

Tyler y yo nos quedamos jadeando, mirando a través de la puerta. Ambos sabíamos la locura que era esto. Éramos demasiado mayores para seguir creyendo en los cuentos de hadas y, sin embargo, aquí estábamos.

Habíamos llegado tan lejos… no importaba qué tan loco fuera, teníamos que saberlo. Teníamos que intentarlo.

Comprobé en la aplicación meteorológica de mi teléfono el momento exacto de la salida del sol: las 7:21. El velo entre los reinos de los vivos y los muertos era más fino al anochecer y al amanecer, cuando el mundo estaba en la frontera del día y la noche.

Esperamos en el frío invernal hasta que el cielo comenzó a aclararse en los bordes y entonces nos tomamos de la mano, sabiendo ambos que si esto no funcionaba, no tendríamos más pistas que seguir.

El aire a nuestro alrededor era tan lacerante como para hacernos castañetear los dientes, pero en los minutos previos al amanecer, se percibió un extraño olor a quemado. A las 7:20 de la mañana nos acercamos a la puerta.

—Espera —le dije a Tyler—. ¿Estás seguro? No sé cómo funciona. No hay garantía de que podamos regresar. E incluso si lo hacemos, una vez que esto entre en ti, no podrás deshacerte de él. Te cambiará.

—Iré —dijo Tyler—. Estoy seguro.

El cielo se estaba aclarando rápidamente para entonces. La primera franja de luz solar caería sobre nosotros en menos de un minuto, y entonces sería demasiado tarde.

—Por favor, funciona —dije.

Estreché la mano de Tyler, aspiré profundamente y crucé el umbral con él.

18

Tenía siete años la primera vez que pasé de la tierra de los vivos a la de los muertos.

La segunda vez, fue a los diecisiete años.

Atravesé una puerta rota que antes conducía a algún sitio y luego conducía a otro.

El primer cambio que percibí fue el olor. En algún momento entre una inhalación y la siguiente, el aire se contaminó. El aroma limpio de Edimburgo —a hierba, a mar y a piedra— fue usurpado por el humo y los animales salvajes y la podredumbre.

Pasamos del amanecer al atardecer.

Del frío a la humedad.

De las ruinas de Escocia a las ruinas de… otro lugar.

Parpadeé un par de veces y traté de ajustar mi visión. Mi estómago se revolvió, como un saco sin ataduras dentro de mí. Percibí un sabor a grasa y metal. La piel me escocía, con los restos de cualquier energía violenta que nos hubiera traído aquí en contra de las reglas de la naturaleza, seres vivos transportados a un lugar muerto. Tyler ya estaba doblado sobre sí, con los codos apoyados en las rodillas, el contenido de su estómago escurriendo por la boca y la nariz en una agria cascada.

Nos encontrábamos en un bosque moribundo. La luz brumosa se filtraba a través de la enjuta copa hasta el suelo, que estaba cubierto de hierba larga, hojas podridas y pétalos blancos. Tyler gimió y se puso de rodillas y vomitó un poco más, salpicando sus dedos. Me alejé dando tumbos para no vomitar yo también; me sentía temblorosa, como debilitada por una fuerte resaca. Me puse en cuclillas, me cubrí la boca con ambas manos e intenté respirar hondo para alejar las náuseas, pero el dolor en el pecho se expandía tras cada inhalación.

—Dios —exclamó Tyler mientras se arrastraba lejos de su vómito y caía de espaldas en la hierba—. Dorothy y Alicia y los niños Pevensie no sufrieron de esta manera.

No pude evitarlo:

—No sabía que supieras leer —dije a través de mis dedos.

Mi estómago se tensó y mi visión se agitó como si estuviera ebria, pero el ardor enfermizo casi valió la pena.

—¿Me pateas cuando estoy en el suelo? —dijo Tyler, casi en un susurro.

Aparté los dedos de la cara y me obligué a tomar una profunda respiración, honda y fétida.

—¿Por qué me siento tan mal? —Tyler tuvo unas cuantas arcadas—. ¿Y por qué apesta tanto?

Sí que apestaba. Apestaba a podredumbre y a humo, cada respiración se sentía pegajosa y amarilla en mi lengua. Apestaba a mis peores recuerdos y a mis peores pesadillas, que ahora estaban cobrando vida. Yo conocía este olor, porque ya había estado aquí.

El Camino Medio.

—Es pútrido —dije—. Es una úlcera que se pudre lentamente en algún lugar entre los reinos de la vida y la muerte —un diente cariado alojado en lo más profundo de la boca.

Una extremidad gangrenada, que se ha vuelto abultada y negra por la falta del riego sanguíneo. Una cosa moribunda, blanda e hinchada y sangrante, pero todavía unida por finos hilos a nuestro mundo vivo.

El bosque alrededor de nosotros era espeso, pero estaba deformado, presa de la descomposición, atrapado en un estado perpetuo de decadencia. El árbol más cercano a mí estaba podrido, con las raíces artríticas; su tronco abierto rezumaba algo que parecía pus. De sus ramas caídas todavía brotaba un puñado de hojas, pero crecían grises y mohosas, y cuando caían, aterrizaban en el suelo del bosque como pantanos marchitos.

En lo alto, el cielo estaba bañado en luz plomiza. Vivi había dicho que, en las historias de Grey, el sol nunca se ponía en este lugar, ni tampoco salía. El cielo aquí estaba atascado a medio camino, siempre en el horizonte. Las sombras estaban siempre estiradas y hundidas, llenas de cosas crepusculares.

El bosque estaba enfermo. El bosque estaba enojado. No se sentía acogedor.

Había un gemido bajo de lamento lejano en el aire, algo que sonaba casi humano, pero no del todo. Por un momento, pensé que eran los árboles, que susurraban entre ellos. Las ruinas de la capilla de San Antonio tenían casi el mismo aspecto aquí que en Holyrood Park, todavía quedaba un muro de iglesia sin soporte, de dura piedra labrada, salvo que aquí se encontraba en un bosque y estaba cubierto de moho y flores de carroña. A través de la puerta, sólo podía ver más bosques nebulosos.

Habíamos caído por una grieta en el mundo.

Aquí era adonde habíamos llegado cuando éramos niñas, donde habíamos vagado durante un mes. Un lugar de la muerte. ¿Qué nos había pasado aquí? ¿Por qué nos habíamos quedado durante tanto tiempo?

—¿Cómo puede un *lugar* estar muriendo? —preguntó Tyler, pero yo no lo estaba mirando a él. Estaba mirando su vómito. Le habían empezado a brotar flores. ¿Cuánto tiempo pasaría antes de que este lugar se arrastrara dentro de Tyler y comenzara a anidar en él?

—Oh, mierda —dijo Tyler, con la mirada fija en algo detrás de mí. Se incorporó y agarró la escopeta de Agnes mientras yo me giraba. Había un hombre pálido parado entre los árboles, no muy lejos de nosotros. Con los ojos cenizos y ciegos, sólo había una mancha de brillo oscuro donde deberían estar sus iris. De sus orificios salían chorros de líquido: de la boca, de la nariz, de los ojos, de las orejas. Estaba desnudo y su piel estaba cubierta por un jardín de líquenes verdes y blancos.

Detrás de él, había otros grupos. Al principio, pensé que se trataba de estatuas, efigies con formas de hombres y mujeres, asentadas en las raíces de los árboles, paradas entre la hierba alta. Me recordaban a los moldes de las víctimas de Pompeya, todos capturados en momentos de movimiento que, muy abruptamente, habían cesado. El Camino Medio había crecido sobre ellos, en ellos, los había consumido de adentro hacia afuera. Algunos estaban tan frescos que todavía tenían telas en descomposición en sus cuerpos, y unos pocos todavía olían a personas: a sudor y a grasa y al fuerte aroma de la orina. Otros eran mucho más viejos y estaban tan deformes que era difícil saber si habían sido humanos alguna vez, aparte de los dientes y las uñas y los mechones de cabello que salían de los nudos de la madera.

—¿Qué están haciendo? —preguntó Tyler.

—Creo que se sienten atraídos por la puerta —todos la miraban; algunos incluso se acercaban a ella—. Agnes dijo que el velo es más fino al atardecer y al amanecer, y que a veces los muertos susurran a los vivos. Tal vez esto transita en ambas direcciones. Tal vez pueden oír y oler la vida, pero no pueden cruzar, así que esperan aquí... para siempre.

—¿Están muertos? —susurró Tyler.

Me acerqué al hombre más cercano y moví mi mano frente a su cara. Algo se registró bajo el barniz oscuro de sus globos oculares, y sus iris negros se deslizaron en mi dirección. Aunque su cuerpo se había osificado y su piel tenía la textura de una piedra rugosa, todavía había algo encerrado en su interior.

—Son lo que queda después de la muerte de una persona —volví a mirar alrededor del bosque, mientras comenzaba a comprender: Agnes había dicho que todo lo que moría pasaba por aquí.

Estas personas eran fantasmas, al igual que los árboles. Todo lo que aquí yacía había vivido, alguna vez, en nuestro mundo y se había quedado atrapado aquí, en el Camino Medio, después de morir.

Me adentré en el bosque zigzagueando a través del mar de espíritus congelados.

—Intenta no despertarlos —le dije a Tyler.

—¿Crees que todos los muertos estén aquí? —preguntó en voz baja, en tanto me seguía—. ¿Crees que Rosie esté aquí?

—Todo lo que muere pasa por aquí... pero sólo los que no pueden dejarse llevar quedan atrapados.

—Una parte de mí tiene la esperanza de que esté aquí. Para poder... verla. Pedirle perdón. Si pudiera verla una vez más...

Quería decirle: *No desees este destino para ella*. Pero no dije nada. Si Grey o Vivi murieran, querría volver a verlas.

—¿Escuchas eso? —preguntó Tyler—. Agua corriendo.

Seguimos el sonido por una pequeña colina y encontramos un río verde lechoso bordeado a ambos lados por matorrales y sauces llorones muertos que caían como cabellos enredados en el agua. El agua se movía con rapidez y estaba repleta de cuerpos que iban a la deriva con la corriente. Hombres. Mujeres. Niños. Todos desnudos. Cada uno con los ojos negros y abiertos.

Un río de muertos.

—Oh, Dios —exclamó Tyler mientras se llevaba la mano a la boca.

—Debemos movernos rápidamente —dije, en tanto miraba el flujo de agua—. No deberíamos quedarnos aquí. Entrar, rescatar a mis hermanas y salir. Puedo sentirlas —las había sentido desde el momento en que atravesamos. La presencia de Grey y Vivi era más fuerte aquí. No era cercana, pero sí tangible, un tirón de cuerda alrededor de mi corazón. Mis hermanas habían estado aquí antes… y yo también. No en esta parte exacta de la vida después de la muerte, pero sí aquí. Lo único que tenía que hacer era dejar que mis pies me llevaran hasta ellas.

—Esto parecía una idea tan buena y noble hace diez minutos —dijo Tyler—. Olvidé que no soy una persona buena *ni* noble.

Mi malestar se estaba desvaneciendo ahora, reemplazado pieza por pieza por la emoción de que nuestro plan había funcionado. Estábamos *aquí*. Lo habíamos *logrado*. Y ahí, debajo de la emoción, había algo más: la sensación de familiaridad.

Las respuestas a las preguntas que nos habíamos hecho durante tanto tiempo parecían de repente alcanzables.

—Vamos —dije. Cuando empecé a caminar supe que íbamos en la dirección correcta.

Hacia mis hermanas. Hacia algunas respuestas.

☾

Caminamos durante lo que pareció una hora a través del bosque. ¿O fueron dos? El tiempo se movía de manera extraña aquí. El crepúsculo seguía cayendo, pero la noche nunca llegaba. Tyler se quejaba del olor y de la humedad y del dolor punzante en la cara y de la destrucción de su costosa ropa hasta que le dije que se callara, por favor, que por el amor de Dios, se callara. El dolor en el costado de mi pecho me molestaba, como una aguja que se clavara en mis pulmones cada vez que respiraba demasiado profundo. El resto de mi cuerpo estaba cubierto de dolores que se arrastraban y anidaban en todas las partes magulladas de mí, estableciendo sus hogares allí, palpitando al ritmo de los latidos de mi corazón.

Durante un tiempo, vimos otras puertas, todas ruinosas y carentes de apoyo. Arcos de piedra y madera quemada, puertas de regreso a partes desoladas de nuestro mundo. Alrededor de cada una de ellas encontramos grupos de espíritus convertidos en madera y piedra, cosas que alguna vez habían sido humanas, pero que ahora eran tan sólo recuerdos. Me pregunté por las personas que habían sido antes de que sus almas quedaran atrapadas aquí, en el camino hacia la muerte. ¿Qué es lo que anhelaban tanto que no podían dejar de lado? ¿El amor? ¿El poder? ¿El dinero? ¿La oportunidad de pedir perdón?

Fue cerca de una de estas puertas donde vi el primer trozo de tela: una tira rasgada de tartán rojo y negro atada alrededor de la rama baja de un árbol. Me acerqué vacilante. A pesar de algunas manchas de moho, parecía fuera de lugar en contraste con el bosque: roja y artificial donde el resto era verde y gris.

—Conozco este patrón —dije mientras lo frotaba entre mis dedos. Pensé en la fotografía que había encontrado en el cajón del buró de Cate hacía sólo una semana, aunque ya parecía una eternidad—. Yo tenía este abrigo cuando desaparecí.

—Veo que tu pésimo gusto en ropa no ha cambiado en más de una década —fue la contribución de Tyler al descubrimiento—. ¿Qué estás haciendo? —preguntó al moverse entre los árboles y las estatuas de los muertos, avanzando hacia afuera en un patrón circular, buscando otro destello rojo.

—Probando una teoría —dije.

—Bueno, aquí te espero sentado —dijo él.

Unos minutos más tarde, vi lo que buscaba y sonreí. Volví junto a Tyler —quien, en efecto, estaba sentado con las piernas cruzadas en el suelo— y señalé entre los árboles.

—Ahí —dije—. ¿Lo ves?

—¿Más bosque en descomposición? Oh, sí.

Le di un suave golpe en la nuca.

—Fíjate bien.

—¿Otra? —preguntó Tyler. A lo lejos, entre los árboles, se veía otra tira de tela roja que colgaba lánguidamente—. ¿Y eso qué?

—Migajas de pan —dije con el aliento entrecortado, aturdida por la emoción de la pista hallada. Me acerqué a la siguiente tira de tela tan rápido como me lo permitieron mis costillas rotas—. ¿No lo entiendes? Vinimos por aquí cuando éramos niñas, y dejamos migajas de pan para encontrar el camino de vuelta...

Mi siguiente paso no encontró tierra, sino aire, y de repente me encontré dando tumbos por el fango y el bosque, descendiendo por una pendiente, hasta que quedé tendida boca arriba en un par de centímetros de agua fétida.

—¿Estás viva? —gritó Tyler desde algún lugar de arriba.

Lo único que pude hacer fue soltar un gemido bajo. El dolor me recorría el costado en cascada y me envolvía los pulmones. Oí cómo Tyler suspiraba y empezaba a bajar por la orilla.

—¿Puedo dejarte atrás si mueres o esperas que sea heroico y arrastre tu cadáver de regreso a casa? —preguntó Tyler.

Tardó unos minutos en llegar hasta mí, lo que me vino bien, porque no tenía ningún deseo de moverme. Me recosté en el agua, respirando entrecortadamente mientras esperaba que el dolor disminuyera. Por fin, el escozor de mis huesos cedió lo suficiente para poder apoyarme en un codo y ver dónde estaba.

—Oh —susurré. El agua en la que había caído era negra y lisa como el cristal. Los cuerpos distendidos flotaban en su superficie hasta donde yo podía ver. No me prestaban atención. Cuando Tyler se deslizó por la orilla abrieron sus ojos negros y lo observaron, pero no salieron arrastrándose del agua para atacarnos.

—Bueno, es obvio que *no* vamos a entrar ahí —dijo Tyler cuando llegó a mi lado y me ayudó a ponerme en pie, y luego dio media vuelta para abrirse paso de regreso a la orilla. Los árboles sumergidos crecían fuera del agua, pálidos como el hueso y desprovistos de hojas. Era una especie de pantano, un lugar muerto dentro de un cementerio.

—Espera —dije. Señalé lo que quería que viera Tyler: otra tira roja y negra que nos llamaba a adentrarnos en el pantano.

—No —contestó, mientras yo daba un paso hacia el agua—. *No.*

)

Al final, por supuesto, me siguió. Sólo había una cosa más aterradora que vadear un pantano de la muerte, y era encontrarte solo en este lugar. Nuestros pies se hundieron en agua y una sustancia pastosa hasta los tobillos mientras caminábamos por el terreno esponjoso. En este lugar, las ramas de los árboles se hundían a poca profundidad, lo que hacía que fuera más difícil atravesar el terreno. Esta parte del bosque parecía más oscura. Los árboles parecían más agrestes. La marcha era lenta. Las cosas se movían a nuestro alrededor, ocultas. Los cuerpos se balanceaban, los ojos se abrían como lámparas cuando pasábamos a su lado. Abandonamos nuestros abrigos en el pantano: eran demasiado pesados para llevarlos con nosotros. Metí la navaja de Grey en mi sostén y doblé el borde de mis jeans para mantenerlos fuera del agua.

Nos encontramos con más ruinas hundidas en el pantano. Ya no eran puertas de paso, sino bajos muros de piedra, reducidos a la altura de la cadera por el paso del tiempo. Los ladrillos que los formaban se estaban desmoronando en la ciénaga, devorados con avidez por las hambrientas raíces de los árboles. Pronto empezamos a ver otras estructuras: casas de piedra derruidas que estaban infectadas de líquenes, con las ventanas destrozadas y árboles saliendo a través de sus tejados. Muchas estaban rodeadas de muros de piedra en descomposición. Una vez había visto un documental sobre pueblos fantasmas, sobre cómo la naturaleza lentamente borra los signos de la presencia humana y deja sólo restos espeluznantes detrás. Caminos carcomidos por la vegetación. Edificios descuidados y ajados por la acción del sol y el viento. Concreto disuelto por la lluvia, techos rojos de terracota cubiertos de suciedad. Eso no era nada comparado con la absoluta desolación de estas casas fantasma. El bosque se arrastraba dentro y alrededor de ellas, desgarrándolas, pero también se estaban pudriendo desde su interior, hundiéndose en el agua; sus paredes se derrumbaban en blandas masas de putrefacción. Y en cada una de ellas, los espíritus de los muertos iban de habitación en habitación, de ventana en ventana, incapaces de soltar o de seguir adelante.

Las horas se entremezclaban. No había amanecer, ni atardecer, ni tiempo. Caminamos hasta que nos dolieron las piernas y empezamos a dormirnos parados. No había comido nada desde una mañana antes, cuando Vivi me trajo el desayuno, y mi hambre era un abismo dentro de mí. Nos alejamos de los cascos vacíos de las casas; con cautela ante lo que pudiéramos encontrar en su interior. Seguimos las señales de tela de tartán en las profundidades del pantano, donde el agua nos llegaba hasta la cadera y era tan oscura que no podía ver mis dedos si los sumergía en ella. La niebla se enroscaba en su superficie, con lo que nuestra visibilidad se reducía tanto que no podíamos distinguir nada a más de dos metros.

Había cadáveres por todas partes. Los esqueletos retorcidos de cosas muertas pasaban flotando. Levanté del agua el cráneo de un toro y observé los espacios en las cuencas donde deberían haber estado sus ojos. Y entonces, la niebla se curvó como una cortina para revelarla.

Una niña estaba sentada con las piernas cruzadas y desnuda en un islote de fango, con el cabello oscuro adherido a la espalda en rizos húmedos. Tyler y yo nos detuvimos cuando la vimos a través de la niebla, temiendo llamar su atención, pero ella ya parecía habernos oído y giró un poco la cabeza en nuestra dirección. Tenía un rostro dulce y era muy pequeña, tal vez sólo seis o siete años. Se podían ver las venas bajo su carne empapada. Sus ojos negros me recordaban a los ojos de las arañas. Había fango y carrizos enredados en su cabello. El lodo salía de sus orejas, como si hubiera emergido recientemente del agua.

—¿Rosie? —dijo Tyler en voz baja.

—Oh, Dios mío —inhalé profundamente, mientras Tyler se agitaba para avanzar a través de las aguas poco profundas y se hundía pesadamente en el fango delante de la pequeña.

Delante de su hermana.

19

—No —dijo Tyler mientras acunaba el pequeño rostro de Rosie entre sus manos. La última vez que la había visto, él era menor que ella, menor y más joven. Ahora Tyler era un hombre adulto y ella seguía siendo una niña. El rostro de la pequeña entre las palmas de su hermano parecía una pieza de fruta—. No, no, no, no, no. ¿Por qué estás tú aquí? ¿Por qué estás tú aquí, Rose?

Rosie imitó los gestos de Tyler como un espejo. Alargó la mano para acariciar la mejilla de su hermano dejando una marca de lodo bajo su ojo hinchado. Pareció haber un destello de reconocimiento detrás de sus ojos muertos, un momento de tristeza y añoranza que arrugó su pequeña e infantil frente. Eso fue lo único que se necesitó. Tyler la sacó del fango y la abrazó como a una bebé contra su pecho.

—¿Qué estás haciendo? —pregunté en un susurro cuando él volvió a meterse en el agua, en dirección a la siguiente señal.

—La llevaré conmigo.

—No puedes llevarla a casa.

—¿Por qué no? —cuestionó—. *Tú* regresaste. *Tú* recuperaste a tus hermanas, que también regresaron. ¿Por qué no puedo recuperar yo a la mía?

—Porque... ella murió, Tyler —dije con voz suave—. Rosie está muerta. Ella no puede regresar.

—¡Tú dijiste que ella no estaría aquí! —gritó—. ¡Tú dijiste que ella no tenía ninguna razón para estar aquí! ¿Por qué está aquí, Iris? ¿Por qué me mentiste?

—Creí... porque es muy pequeña. ¿Qué asuntos inconclusos podría tener una niña?

—La dejé ir una vez. No voy a dejarla ir de nuevo —susurró Tyler, y luego se adelantó a través del agua y la niebla, con su hermana muerta aferrada a él como un insecto—. ¡Puedo ver algo! —dijo unos momentos después.

Delante de mí apareció otra casa entre el vapor. Era una estructura de piedra sin techo construida en una parte hundida de la isla. El agua bañaba el muro de piedra construido a su alrededor. Como todo lo demás en el Camino Medio estaba abandonada y derruida, invadida por una fiebre de flores. Las ventanas estaban destrozadas y algunos trozos se deslizaban por el agua. En un lado del patio se había levantado una rudimentaria lápida.

Y allí, revoloteando en el metal retorcido que pasaba por la puerta principal, estaba una tira de tartán rojo de mi abrigo.

Todavía era el crepúsculo, la bruma que se extendía por el pantano tenía el color de la tarde. Si no hubiera sido por el hedor y los miles de cuerpos que flotaban en el pantano, el lugar podría haber sido hermoso. Nos quedamos ahí parados durante un largo rato, observando y esperando en la quietud, y luego dimos una vuelta en silencio alrededor del lugar, mirando a través de las ventanas en busca de signos de presencia humana. Ninguna forma se movía en la semipenumbra. La casa parecía vacía.

Mientras estábamos en el agua, saqué el diario y un puñado de dibujos que Vivi y yo habíamos salvado del departamento de Grey, cuando yo entendía todavía menos nuestra historia. Repasé los papeles. En la quinta hoja estaba lo que buscaba: un boceto de una casa derruida con ventanas rotas y ajadas paredes de piedra y una tira de tartán ondeando desde la puerta principal.

La levanté junto a la casa ante la que nos encontrábamos Tyler y yo. Coincidía.

Habíamos estado aquí antes. Grey había estado aquí más de una vez, había regresado para dibujar el lugar.

Todo lo que nos había pasado cuando éramos niñas había sido aquí.

—Entraré —dije—, y me aseguraré de que sea seguro.

—¿Quieres que...? —comenzó Tyler, pero lo detuve.

—No. Quiero hacer esto sola.

Salimos del pantano hacia un terreno más seco, y subimos juntos hacia la casa. Tyler colocó a Rosie sobre una alfombra de flores de carroña, donde ella retomó la posición de piernas cruzadas y ojos atentos en la que la habíamos encontrado.

—Llámame si necesitas refuerzos —dijo él al sentarse junto a su hermanita.

Intenté sosegar mi respiración. El estómago se me revolvió como cuando ves al asesino acechando a su víctima en una película de terror.

No quedaba mucho de la casa, si es que podía llamarse así: era una sola habitación grande, con ollas oxidadas y objetos de cerámica agrietados alrededor de la chimenea, y quebrados muebles de madera esparcidos por doquier. Estaba esperando una cascada de recuerdos y entendimiento. ¿Aquí, en este montón de mantas fétidas había sido donde nos habíamos acurrucado juntas, miembro con miembro, buscando refugio lejos de casa? ¿Aquí, junto a esta chimenea, habíamos calentado nuestras manos, soñando con un camino de regreso a casa, con nuestros padres?

Había pasado tantos y tantos años intentando evitar pensar sobre lo que nos había o no ocurrido en esta habitación. Algo que nos había cambiado. Algo que nos había devuelto con los iris negros y cicatrices en nuestros cuellos.

Me arrodillé junto a la chimenea y extendí las manos como si quisiera calentarlas. Tres niñas de cabello oscuro junto al fuego, cada una con un abrigo de distinto color. Sí, eso me parecía correcto. Barrí la ceniza y los restos de la pálida piedra de la chimenea. Había sangre seca aquí. Eran charcos grandes, como si un animal se hubiera desangrado y su fuerza vital hubiera empapado el suelo.

Saqué la navaja de Grey de mi sostén y la desplegué. Grey, con una navaja en la mano, sin más huellas dactilares en el mango que las suyas. Sí, eso también me parecía correcto. *¿Crees que hay algo terrible que ella no haría para salvarte?*, había dicho Agnes. *¿Alguna línea que no cruzaría? ¿Algún sacrificio que no estaría dispuesta a hacer?*

Seguí la sangre por el suelo. Ya se había desvanecido, era apenas una sombra ahora… y entonces vi algo fuera de lugar. Un trozo de piel color vino, atrapado en un clavo del suelo. Se desprendió cuando tiré de él. Le di vueltas entre las yemas de mis dedos. La piel parecía sintética. Parecía que podría haber salido del abrigo de pelo sintético de color vino que usaba Grey la noche que desaparecimos.

El clavo en el que se había quedado atrapado se movía como un diente de leche flojo. Lo saqué del suelo con la punta de los dedos y utilicé la navaja de Grey para levantar la tabla. El agujero que había debajo era profundo y oscuro.

Introduje el brazo hasta el codo y no sentí más que aire frío. La idea de que unos dientes afilados pudieran hundirse en mi carne me hizo retirar rápido la mano. Con cautela, lo intenté de nuevo, esta vez hasta el hombro, hasta que las yemas de mis dedos rozaron algo *peludo*. Grité y me escabullí lejos del agujero. Nada gimió. Nada salió arrastrándose tras de mí.

—¿Todo bien? —me preguntó Tyler desde afuera.

—Estoy bien —respondí—. Creo que encontré algo.

Volví a meter la mano, retorcí los dedos alrededor de los tejidos y levanté. Los saqué uno a uno: un abrigo de tweed verde de tamaño infantil. Una pequeña chamarra de pelo sintético de color vino. Lo que quedaba de un pequeño abrigo de tartán rojo con botones dorados. Todo estaba lleno de sangre seca. Una cantidad espantosa de sangre seca, lo que debían ser tazas y tazas de sangre había empapado las prendas y ahora lucía oscurecida y enmohecida por el paso del tiempo.

La policía nunca había encontrado estas prendas, a pesar de las extensas búsquedas que había llevado a cabo.

Me arrodillé de nuevo y sostuve las rígidas telas en mis brazos como si fueran niñas, buscando, *buscando* en mi memoria lo que significaba encontrarlas aquí.

Algo terrible nos había sucedido aquí… y alguien se había esforzado en ocultarlo.

Grey, con una navaja en la mano, con su hoja goteando sangre.

Grey, con la frente fruncida mientras se concentraba en coser la herida de mi cuello.

Grey, sosteniendo mi mano mientras me llevaba por el bosque hasta una puerta.

Grey, colocando un mechón de cabello detrás de mi oreja en una calle helada de Edimburgo e inclinándose para susurrar: *Olvida esto.*

Olvida esto.

¿Olvidar qué?

¿Olvidar qué, olvidar qué, olvidar *qué*?

Mi mente se sumergió una y otra vez en las negras profundidades de la memoria perdida; una y otra vez regresó con las manos vacías.

Me levanté con las prendas todavía en las manos y volví a la puerta principal, con la sangre hirviendo en mis venas. Rosie estaba donde la habíamos dejado, pero Tyler estaba arrodillado junto a la lápida, con una extraña expresión en el rostro.

—Creo que debes ver esto —dijo.

Me uní a él frente a la lápida de la tumba cubierta por la hierba alta, a un lado de la casa. Utilicé la navaja de Grey para cortar los líquenes, las enredaderas y las flores que crecían rabiosamente sobre los nombres, sospechando ya lo que estaba por encontrar allí.

El primer nombre había sido toscamente tallado en la piedra.

GREY

—No —dije, cortando frenéticamente más vegetación—. *No.*

Un segundo nombre apareció debajo del primero.

VIVI

Volví a cruzar el patio enfangado, con un gemido bajo que provenía de algún lugar profundo de mi interior, el tipo de gemido que emites cuando intentas despertar de una pesadilla, pero no puedes.

—Llegamos demasiado tarde —sollozaba—. Llegamos demasiado tarde.

—Esto no tiene sentido —dijo Tyler—. Esto es viejo. Ellas se fueron hace un día, cuando mucho.

—El tiempo se mueve de maneras extrañas aquí. Se queda enganchado. Debemos haberlas… perdido de alguna manera.

Tyler frunció el ceño ante la tumba y se inclinó para arrancar más hierbas de la lápida. Allí, debajo de los nombres de mis hermanas, había un tercer nombre en el que yo no había reparado en medio de mi pánico.

IRIS

—A menos que seas un fantasma extraordinariamente sólido, parece que nos encontramos frente a algún tipo de error administrativo —dijo Tyler.

Me arrastré hacia delante y empecé a escarbar la tierra con mis propias manos.

—Necesito saber —exclamé—. Necesito saber quién está enterrado aquí.

—Mira —apuntó Tyler mientras se arrodillaba a mi lado—. Lo que necesitas es dormir —sabía que él tenía razón, pero lo ignoré y seguí escarbando—. ¿No puedes hacer esa cosa de la magia? —preguntó—. La cosa de energía en la que dices: "Oh, ella definitivamente ha estado aquí, lo siento en mis huesos". Intenta con eso.

Puse mi mano en la tierra y busqué el hilo que me unía a mis hermanas.

—Ellas no están aquí —dije. Podía sentirlas, más cerca ahora que cuando habíamos cruzado por la puerta, pero todavía a cierta distancia—. No son ellas.

—Entonces, tal vez —añadió Tyler con suavidad, en tanto me ayudaba a levantarme del suelo—, éste es un misterio que puede esperar hasta después de que hayas tomado una siesta. En realidad, sólo hay espacio para que una persona en este equipo se asuste a la vez, así que voy a necesitar que te recuperes. ¿De acuerdo, Pequeña Hollow?

—De acuerdo.

Quienesquiera que estuvieran debajo de la lápida con nuestros nombres, no éramos Grey, Vivi o yo.

Entonces, ¿quiénes eran?

20

Cuando mi padre comenzó a enfermar, a menudo yo despertaba para encontrarlo al pie de mi cama, observándome. La primera docena de veces que sucedió desperté sobresaltada en la oscuridad y grité llamando a mi madre. Cate venía y le pedía a Gabe que volviera a la cama, y luego me abrazaba hasta que dejaba de temblar y me volvía a dormir.

—Lo que pasa es que papá es sonámbulo —intentaba convencerme. Las primeras veces le creí, pero Gabe seguía volviendo y cada vez que yo despertaba encontraba una expresión más oscura, cargada de más miedo y aversión que la anterior. Pasado el tiempo dejé de gritar. Abría los ojos en la oscuridad y lo encontraba allí. Lo observaba, inexpresiva, mientras las lágrimas resbalaban por sus mejillas y mi pequeño corazón temblaba dentro de mi pecho.

A veces, después de su muerte, tenía pesadillas con él en las que se colocaba al filo de mi cama con un arma y me observaba con esos ojos fríos y llenos de odio.

¿Por qué me miraba así alguien que se suponía que me amaba?

Cuando desperté en aquella casa en otro mundo y vi una figura en la habitación, hundida en la sombra, no grité. Miré fijamente eso, a *él*, al hombre alto que llevaba un cráneo de toro para ocultar su rostro.

Lo observé mientras me miraba con ojos negros y muertos, y sentí un destello de familiaridad con la rabia y el odio que irradiaban de él. Me arrastré hacia atrás e intenté sentarme. Muy despacio. Tyler levantó la cabeza desde el lugar donde estaba durmiendo, pero el hombre ya estaba encima de mí. Apestaba a muerte y a humo acre. Bajo la máscara de hueso que llevaba, medio destrozada ahora por el disparo de Agnes, vislumbré piel, dientes, ojos: un hombre. Sólo un hombre. Sujetó un puñado de mi cabello. Gruñí y le di una patada en la ingle.

El hombre aflojó su agarre y yo salí rodando de debajo de él; las costillas rotas clavaron una aguja de dolor que me dejó sin poder respirar. Tyler estaba ahora de pie, mirando con ojos muy abiertos.

—¡La escopeta! —jadeé al arrastrarme hacia la puerta principal. Intenté ponerme de pie, pero el dolor en mis pulmones era demasiado agudo. Tyler estaba gritando. Entonces las manos volvieron a enredarse en mi cabello. El hombre me empujó hacia delante. Mi frente se golpeó contra el suelo y mi visión se estremeció. Tyler estaba forcejeando con la escopeta. Clavé mis uñas en la piel del hombre, pero estaba seca y rancia, y él no pareció notar siquiera algún dolor. Me levantó de un tirón y empezó a arrastrarme fuera de la casa, hacia el agua. Intenté recuperar el aliento, intenté liberar mi cabello de su agarre.

Tyler me seguía, todavía buscando a tientas la escopeta. El hombre me arrastraba por el fango, hacia la orilla del agua.

Por fin, Tyler cargó la escopeta y apuntó en mi dirección.

—Dispárale —grité—. Dispárale.

Escuché el estallido de la escopeta. Los disparos se clavaron en los árboles que me rodeaban pero, si acaso golpearon al hombre, no tuvieron ningún efecto sobre él. La violencia con la que me sujetaba era espeluznante. Caímos al agua. Me agité, aspirando lodo y agua. Tyler volvió a disparar. Esta vez, el tiro alcanzó al hombre de lleno en el rostro y destrozó por completo la máscara de hueso. Durante una fracción de segundo vi el rostro del hombre, el rostro que había estado tratando de permanecer oculto. Entonces él me soltó y se fundió en la niebla. Me hundí bajo el agua, sin aliento y llena de pánico mientras me alejaba nadando, segura de que mi atacante volvería para intentar apresarme otra vez. Salí a la superficie, aspiré profundamente y grité:

—¡Auxilio!

No me encontraba lejos de tierra. Tyler ya se estaba moviendo a través del agua y los árboles hacia mí, y entonces me encontré en sus brazos, que me arrastraban hacia la orilla lodosa.

—Muévete, muévete, muévete, muévete —me pedía él.

Moví las piernas con fuerza.

—¿Lo mataste? —pregunté… pero ¿cómo podrías matar a un hombre que ya estaba muerto?

—No —dijo Tyler al arrastrarme de regreso a tierra firme. Había sangre por todas partes. Mi sangre, comprendí que resbalaba de una herida en mi frente.

—Estás viva, estás viva, estás viva —repetía Tyler cuando me apretaba la cara, y me estrechaba contra su pecho. Luego se puso en pie una vez más, con la escopeta apuntando al pantano—. ¿Dónde está? ¿Viste adónde se fue?

—No lo sé —dije al toser. Estaba temblando. El sabor del fango y del agua del pantano permanecía en mi boca, y había una sensación aceitosa en todo mi cuerpo. Quería llorar y vomitar para sacar todo eso de mí, pero no podía hacer ninguna de las dos cosas—. No lo sé. Yo sólo... me dejó ir. Lo vi. Vi su cara. Sé quién es.

Una sombra se movió entre los árboles enviando ondas a través del agua hacia nosotros.

—¡Vete al carajo! —gritó Tyler al bosque. Intentó ayudarme a ponerme en pie, pero el suelo estaba resbaladizo, y patiné hacia atrás jadeando, mientras el dolor se extendía de nuevo a través de mis costillas rotas.

Durante unos cuantos segundos tensos parecía que nada nuevo iba a pasar. Observamos y esperamos. Yo pensé: *Tal vez no venga.* Y entonces vino.

Ya no se molestó en disfrazarse. Salió del agua en su verdadera forma, y lo vi por completo por primera vez. Sus ojos eran sacos oscuros y su mandíbula inferior colgaba suelta, en un ángulo extraño, en el lugar donde Tyler le había disparado. La piel de su cara se estaba descomponiendo para dejar al descubierto huesos y dientes desnudos. Su piel estaba llena de zonas de descomposición, y entre su cabello estaban enredadas hierbas acuáticas. Podía ver los tendones expuestos en cada una de sus articulaciones. El interior de su boca era negro como la tinta.

Me llevé la mano a los labios.

—Gabe —dije en voz baja a través de mis dedos.

Gabriel Hollow. Mi padre.

Se acercó a mí lentamente, los ojos que mantenía fijos en mí sobresalían como bultos de su cráneo. Mi barbilla estaba temblando. Las lágrimas resbalaban por mis mejillas, pero no corrí, no aparté la mirada.

—Corre —susurró Tyler, en tanto él retrocedía, pero ¿adónde podía correr?

Respiré con firmeza y mantuve los ojos fijos en él. Ningún movimiento brusco. Tal vez él estaba esperando que yo corriera, que luchara, y yo no estaba haciendo ninguna de esas cosas. Estaba tan cerca que podía oler el hedor a carne muerta de su aliento.

Y entonces Rosie estaba allí, frente a mí. Tyler debía haberle puesto el viejo abrigo de Vivi, mientras yo estaba dormida, porque ahora colgaba suelto sobre sus hombros. Ella gritó: un aullido animal de defensa que siguió y siguió.

Mi padre se detuvo a mirarla y dejó de concentrarse en mí.

—Yo las tengo a ellas —dijo, y luego retrocedió y fue tragado por la niebla.

—¿Qué *demonios* está pasando? —preguntó Tyler cuando me ayudaba a levantarme.

—Tenemos que escarbar en la tumba —le dije temblando—. Quiero saber quién está ahí dentro. Necesito saberlo.

—¡¿De eso quieres hablar ahora?! ¡¿De la tumba?! ¡Tu padre muerto ha estado tratando de matarte! ¡Tu padre muerto secuestró a tus hermanas!

—Por favor —dije—. Tengo las costillas rotas. Necesito tu ayuda.

—No. Absolutamente no. No lo haré —pero Rosie ya estaba jalándolo hacia la lápida, y él la siguió a través del fango hasta el costado de la casa.

Cavamos con las manos. Los tres.

No tardamos en encontrarlas, a pesar de las maldiciones y las quejas de Tyler. No estaban enterradas a gran profundidad: menos de treinta centímetros de tierra. Me arrodillé junto a la tumba y retiré la tierra húmeda con la mano izquierda en tanto Tyler y Rosie cavaban; mis costillas rotas exigían ser atendidas.

Estaban envueltas en una manta, juntas. Las soltamos poco a poco hasta sacarlas de la tumba. La tierra cedió fácilmente, como si quisiera que se fueran. Como si ellas no pertenecieran a este lugar. Las colocamos con suavidad en el suelo junto al agujero que habíamos cavado. Desplegué un lado de la manta y luego el otro, con el corazón latiendo con furia, mientras me preguntaba quién estaría enterrado en esta tumba con tan poca profundidad, marcada con los nombres de mis hermanas.

Con mi nombre.

Eran tres. Tres pequeños cuerpos, cada uno convertido prácticamente en bosque ahora. Sus huesos eran raíces retorcidas y todas sus partes blandas —los ojos, la boca— estaban llenas de flores de carroña, pero todavía tenían forma de personas. Todavía tenían dientes, todavía tenían uñas. Eran cuerpos de niñas, acurrucadas juntas. Cada una llevaba un relicario de oro idéntico, con forma de corazón, colgando de lo que quedaba de sus cuellos. Sostuve el collar de la más pequeña y limpié el fango con el pulgar para revelar el grabado que había debajo.

IRIS, decía. Al cuerpo le faltaban los dos dientes de leche delanteros. Desenganché el medallón del cuello de la niña muerta y lo levanté para que Tyler lo viera.

—¿Qué significa esto? —preguntó Tyler al observar el corazón dorado girar lentamente en la semipenumbra.

—Esto significa... —levanté la vista hacia él— que yo no soy Iris Hollow.

21

Caminé en medio de mi aturdimiento de regreso al agua oscura que bañaba el muro alrededor de la casa y me sumergí hasta la cadera. Tyler pensó que estaba loca.

—¡Tu padre sigue ahí afuera! —gritó desde donde estaba, junto a mi tumba, pero yo estaba cubierta de sangre, de lodo, de los restos de las niñas muertas y, aunque el agua estaba negra y fría, me hundí en ella hasta que quedé totalmente sumergida. Permanecí debajo hasta que mis pulmones doloridos me instaron a salir a la superficie, un minuto después. Viva. Yo estaba viva. Mi corazón latía rápidamente y bombeaba sangre caliente por todo mi cuerpo. Mis pulmones respiraban. Estaba viva... e Iris Hollow no lo estaba. La niña que había caído en este lugar diez años atrás nunca se había ido. Ahora estaba segura. La niña de cabello oscuro que había desaparecido en la víspera de Año Nuevo una década atrás estaba enterrada en una tumba poco profunda a pocos metros de donde yo estaba ahora.

Algo más había regresado en su lugar.

Algo que se veía casi como ella, pero no del todo.

Una usurpadora.

Yo.

—¿Qué quieres decir con eso de que no eres Iris Hollow? —preguntó Tyler mientras volvía a la orilla. Examiné mis propias manos cuando vadeaba el agua, y luego toqué con las yemas de los dedos la cicatriz de mi cuello. La pústula había disminuido, cualquier cosa furiosa que hubiera estado anidando allí se había calmado por el momento.

—¿Y si mi padre no estaba loco? —pregunté yo.

Pensé en Gabe, en la mañana en que se había suicidado. Pensé en la pequeña mano de Grey en el brazo de mi padre en el auto y en la forma en que ella le había ordenado que nos llevara de regreso a casa. El aire había olido dulce.

Me acuclillé en el fango. Sentía el estómago frío y tembloroso. Intenté mantener mi respiración estable.

—Él lo sabía —dije—. Mi padre sabía que no éramos sus hijas. Lo supo desde el momento en que nos vio —me limpié la mano en mis jeans mojados y luego me llevé los dedos a los dientes. *Gabe Hollow insiste en que los ojos y los dientes de las tres niñas han cambiado*—. Él estaba convencido de que éramos unas impostoras. Cosas que se parecían a sus hijas, pero que no lo eran en realidad. Creo que él tenía razón.

—¿Estás sugiriendo que ustedes no son... humanas? —preguntó Tyler—. Entonces, ¿en qué las convierte eso?

—No lo sé.

—Si no eres Iris Hollow, ¿por qué te pareces a ella?

—Eso tampoco lo sé.

—Bueno, *intenta* explicarlo —insistió Tyler.

—No es sólo que no recuerde nada del mes que estuvimos desaparecidas. No recuerdo nada previo a la noche en que nos encontraron. Todo, la vida que tenía antes, se *perdió*. Mis abuelos, mis primos, la casa en la que crecí, mis amigas de la escuela, los programas de televisión que me gustaba ver.

Desapareció todo. Cuando volví era una hoja en blanco. Todas lo éramos.

Tyler parecía incrédulo.

—Es imposible que no puedas recordar *nada*.

—No recuerdo *nada*. Es como si hubiera nacido la noche que me encontraron. Antes de eso, sólo había oscuridad, y entonces, alguien encendió una luz, y es ahí donde empieza mi memoria.

La expresión de Tyler se suavizó.

—Tenías siete años. Eras muy pequeña. Yo apenas recuerdo lo que desayuné ayer. Es decir, en realidad no desayuno, pero ya sabes a qué me refiero.

—¿Sabes cómo murió mi padre?

—Sí —dijo en voz baja. Me pregunté si lo sabía porque Grey se lo había contado, o si lo sabía porque lo había leído en internet.

Pensé en la nota que Grey había sacado del bolsillo de mi padre cuando lo encontramos, la nota que había hecho trizas para que nuestra madre no la encontrara: *Yo no quería esto*, decía.

¿Y si Gabe no había querido morir en realidad?

¿Y si...? ¿Y si Grey lo había *obligado*?

Porque ella lo sabía. Por supuesto que lo sabía. Grey sabía que ella no era Grey.

Ella lo recordaba todo.

—Hay tres pequeñas niñas en una tumba que llevan collares con nuestros nombres. ¿Y si en la historia que Grey cuenta sobre lo que nos pasó, nosotras no éramos las tres niñas? —dije. Me encontré con los ojos de Tyler—. ¿Y si nosotras éramos los monstruos?

☾

Volví a colocar el medallón de Iris Hollow alrededor de su cuello antes de enterrarla otra vez con sus hermanas. Una vez hecho esto apoyé la palma de la mano en la suave tierra que las sepultaba.

—Lo siento —les dije a todas—. Por lo que sea que les haya pasado. Lo siento mucho —Rosie se quedó inmóvil ante su tumba, como una estatua, todavía envuelta en el abrigo de *tweed* verde de Vivi, mientras Tyler entraba a buscar la mochila de Vivi.

Ya no habría más marcas de tartán que seguir ahora, pero eso no importaba… yo sabía que nos estábamos acercando a Vivi y a Grey. *Mi* Vivi y *mi* Grey. Lo que nos unía me lo decía.

—Espera —dijo Tyler cuando me adentré de nuevo en el pantano. Me seguía de cerca, pero Rosie no se había movido de la tumba.

Tyler volvió y se arrodilló frente a su hermana.

—Ven, cariño —murmuró, tirando de su mano con suavidad, pero Rosie negó con la cabeza—. ¿No… quieres venir a casa? Puedes ver a *Eomma* y a *Appa*.* Ellos te extrañan mucho. Puedes ver a Selena y a Camilla. Ellas son adultas ahora. Estarías muy orgullosa de ellas. Lena se convirtió en arquitecta y Cammy es pediatra. Ella acaba de tener una niña apenas hace unas semanas. La llamó Rosie, por ti. Creo que te agradaría. Podrían jugar juntas, podrías volver a la escuela, podrían hacer todas las cosas que…

Rosie alargó la mano y puso sus dedos contra los labios de Tyler para callarlo.

—Déjame ir, Ty —dijo con voz áspera. Era la primera vez que la oía hablar. Su voz era pequeña y dulce, en realidad, pero su garganta estaba seca por los años de desuso.

------

* "Mamá" y "papá" en coreano, respectivamente. [N. del T.]

Tyler sacudió la cabeza, con los labios apretados para no derrumbarse.

—No —exclamó—. No, quiero que vuelvas a casa.

—Déjame ir —dijo ella de nuevo, todavía con suavidad, mientras sus pequeñas manos acariciaban los lados del rostro de Tyler.

Las costillas de Tyler se convulsionaban ahora con sollozos silenciosos. Las lágrimas recorrían sus mejillas y su mandíbula temblaba.

—Entonces yo me quedo contigo —logró decir, con una voz espesa a causa del dolor—. No voy a dejarte otra vez. Me voy a quedar justo aquí, como debería haber hecho la primera vez.

Rosie sonrió y se inclinó para susurrar algo en la oreja de Tyler. Luego rodeó con sus brazos los hombros de su hermano y lo abrazó con fuerza. Tyler estaba llorando intensamente ahora, con ese tipo de llanto que por lo general reservas para cuando te encuentras a solas bajo la regadera, cuando crees que nadie más podrá escucharte.

Y entonces, de repente, el abrigo verde que ella había estado usando cayó al suelo y Tyler se tambaleó hacia el frente y hundió sus manos en el lodo.

El alma de Rosie Yang se había liberado de la pena de su hermano.

Rosie Yang se había ido.

☾

Caminamos a través del Camino Medio por otra eternidad. Apenas hablábamos el uno con la otra y nos sentíamos en un monótono avance, un pie delante del otro. Después de un rato, el pantano se secó y nos encontramos en tierra firme otra vez. Nos quitamos los zapatos mojados y los colgamos con las cintas amarradas alrededor de nuestros cuellos para que se secaran. Inspeccionamos las uñas ennegrecidas de nuestros pies, la manera en que habían empezado a separarse de sus bases.

Había más ríos de la muerte. Había más figuras reunidas alrededor de más portales. El Camino Medio continuaba desplegándose ante nosotros, extendiéndose más y más y más.

Yo estaba contenta por el dolor en mis huesos, el picor intenso en mi pecho. Estaba contenta por cada punzada de dolor que no me permitía hundirme demasiado en mis pensamientos, porque mis pensamientos eran un pozo de horror.

Tú no eres tú.

No pienses en eso.

Si no eres tú, entonces ¿qué eres tú?

No pienses en eso.

Tres pequeñas niñas cayeron a través de una grieta en el mundo. Tres cosas que parecían pequeñas niñas regresaron.

No pienses en eso.

¿Qué les hizo Grey a las hermanas Hollow?

No pienses en eso.

¿Qué les hiciste tú*?*

Nos detuvimos para descansar en las raíces de un árbol blando, con su corteza caliente y hendida por la podredumbre bajo nuestras espaldas. Yo estaba exhausta. Un pinchazo de dolor profundo-hasta-los-huesos laceraba mis pensamientos con cada movimiento de mis costillas. Quería llorar, pero estaba demasiado cansada.

Grey y Vivi estaban cerca ahora. Estaban vivas, las dos, pero estaban débiles y se desvanecían. Me preocupaba que el delgado hilo que me unía a ellas pudiera romperse si me quedaba dormida, pero mi mente estaba a punto de explotar por la fatiga y mi cuerpo anhelaba un descanso.

Me desplomé hacia atrás, contra el árbol, y luego aspiré con fuerza entre los dientes, en tanto una ola de dolor me inundaba una y otra vez.

—Déjame ver tus costillas —dijo Tyler. Era la primera vez que decía algo en horas.

—¿Por qué? —pregunté, con los ojos todavía cerrados—. ¿Qué vas a hacer *tú* con eso?

—Debo decirte que tanto mi madre como mi hermana mayor son doctoras. He visto uno o dos huesos enyesados en mi vida. Ahora, ¿quieres ayuda o no?

Me senté y a regañadientes, levanté mi blusa del pecho. Me sentía frágil como un pequeño pájaro. Quería ir a casa con mi madre. Quería tomar un baño y atiborrarme de comida caliente y dejar que Cate me trenzara el cabello mientras me quedaba dormida.

Tyler se quitó la camisa floreada manchada de lodo y empezó a rasgarla en tiras. Debajo de la camisa, sus brazos y su pecho estaban cubiertos de tatuajes, delicadas imágenes de ángeles y flores y el bello rostro de una mujer: Grey.

—Madre doctora, ¿eh? —dije al verlo trabajar, absorta en la forma en que su piel se estiraba a lo largo de sus abdominales, la forma en que sus clavículas empujaban a través de su piel de una manera que me hacía querer presionar mis labios en el espacio donde se encontraban con su cuello—. Ella debe haber estado muy emocionada con tu carrera de modelo.

—Estaba predecible y aburridamente en contra. Como un cliché. Ahora que tengo este enorme éxito, ha hecho las paces con ello, pero me fui de casa a los dieciséis años. Y eso también es un cliché. Parte de la razón por la que tu hermana y yo nos llevamos tan bien, creo.

—No es fácil dejar todo lo que conoces y salir adelante por tu cuenta. Debes tener agallas.

—Sí, bueno —comenzó a envolver los vendajes improvisados alrededor de mi pecho—. Más de lo que generalmente se me reconoce. Es difícil ser *ridículamente* apuesto. Nadie te toma en serio —dobló el extremo de la venda y puso la palma de su mano contra mi costado—. Ya está. Mejor. En realidad, una venda sobre las costillas rotas no ayuda demasiado, pero al menos me hizo sentir útil.

—Y tuviste que quitarte la camisa —añadí—. Ganar-ganar.

Tyler rio. Ahora estábamos sentados muy cerca. Más de lo que me atrevía a acercarme a nadie, para evitar que se pusieran rabiosos al olerme. Tyler tomó mi mano entre las suyas y estudió las líneas de mi palma.

—Qué raro —dijo mientras pasaba un dedo por mi línea de la vida.

—¿Qué?

—Grey me enseñó a leer las palmas. Tienes exactamente el mismo tipo de línea de la vida que ella. Mira aquí, donde se bifurca, con un hueco en medio.

—¿Qué significa eso?

—Si crees en la Guía de Quiromancia de Grey Hollow significa que algo cambió. Hubo un antes y un después. Un renacimiento, quizá —sus ojos pasaron de la palma de mi mano a mi cara, y luego volvieron a bajar. Un escalofrío me recorrió. Pensé en las tumbas, en los tres pequeños cuerpos enterrados juntos.

—Me alegro de que estés aquí conmigo, Tyler —dije. Cerré mi mano alrededor de la suya y pasé mi pulgar en lentos círculos sobre sus nudillos.

—Bueno, no te puedo decir que esté *encantado* de estar aquí, pero en lo que respecta a la compañía, no eres horrible, supongo.

—Un conmovedor cumplido, viniendo de ti.

—Lo es, de hecho.

Se produjo un momento de silencio y quietud entre nosotros, y luego me incliné, lentamente, para besarlo. Le di tiempo para retroceder, para detenerme si no lo quería, pero Tyler no retrocedió, no me detuvo. Apoyé mis labios en los suyos, y me quedé allí para ver si enloquecía, pero no lo hizo, así que lo besé con verdadera intención, con pasión y subí mi mano para sujetar su mandíbula, mientras mi cuerpo cobraba vida ante la cercanía. Saboreé, durante algunos segundos, el calor y la suavidad de un beso que no parecía demasiado hambriento, ni colmado de dientes y sangre. Entonces sentí la palma de Tyler presionada suavemente contra mi esternón. Empujándome. Me aparté de él, pero apenas un poco.

—Amo a tu hermana, Iris —dijo contra mis labios.

—Lo sé —apreté mi frente contra la suya—. Yo también.

Respiré profundamente, inhalando su olor, y luego me recosté en las raíces del árbol y me quedé instantáneamente dormida.

☾

Cuando desperté, Tyler seguía durmiendo… y yo tenía que orinar. Me alejé del árbol donde descansábamos, teniendo cuidado de recordar el camino de regreso. El sonido del agua corriendo provenía de algún lugar cercano. Lo seguí y me encontré con un arroyo que susurraba en su movimiento, pero el agua era oscura y olía como si estuviera estancada. Recogí una piedra mohosa y la arrojé a la corriente. Desapareció con un soplo de esporas blancas, tragada por el agua. Me puse en cuclillas y oriné entre la maleza, vigilando el bosque. Éste parecía devolverme la mirada. De regreso, mi corazón dio un vuelco al ver unas salpicaduras de color rojo anidadas entre las hojas. Al principio pensé que eran gotas de sangre, pero no: eran fresas. Me arrodillé para arrancar una del tallo, pero se sentía blanda al tacto y su interior estaba podrido. La presioné con los dedos. Salieron gusanos y moho. La arrojé al suelo y me limpié la mano en los jeans.

No había nada benigno en este lugar. Nada que no estuviera contaminado por la podredumbre. Agnes había estado atrapada aquí quién sabe cuánto tiempo, sin más que comida rancia para alimentarse y los desolados restos de las derribadas casas para dormir. Sin refugio. Sin comodidades. Sin ·gua limpia ni comida sin contaminar para llenar su famélico vientre.

¿Por qué nosotras éramos diferentes? El Camino Medio se había metido dentro de nosotras, nos había cambiado… pero no de la manera tan catastrófica en que había cambiado a otros. Nosotras no nos estábamos pudriendo. A nosotras se nos había permitido salir.

Cuando volví, nuestro campamento estaba vacío.

Tyler había desaparecido.

—¿Tyler? —lo llamé, pero el bosque estaba en silencio. Nadie me respondió. Caminé a través de los árboles de alrededor buscando alguna señal de él. ¿Tal vez también había ido a orinar?—. ¡Tyler! —volví a gritar, pero de nuevo no hubo respuesta. Ningún pájaro revoloteaba. Los árboles estaban quietos.

Algo se sentía mal.

Volví corriendo al árbol donde habíamos dormido y saqué la mochila de Vivi de donde la había escondido, en las raíces del árbol. Definitivamente, éste era el lugar de nuestro campamento; definitivamente, aquí era donde lo había dejado durmiendo no más de quince minutos antes. Rebusqué en la mochila y encontré la navaja, luego me volví a abrir paso por el bosque alrededor del campamento gritando su nombre, con todo el cuerpo temblando. Dondequiera que estuviera, Tyler tenía la escopeta con él. Grité y grité su nombre, pero no respondió. Al igual que Grey y Vivi, él había desaparecido de repente.

—¡Maldición! —dije con rabia. Le di una patada a la raíz de un árbol y luego grité por el dolor que estalló en mi dedo pequeño. No debía haberlo dejado solo.

¿Cuánto tiempo debía esperar a que volviera? Si lo dejaba aquí, no podría encontrarlo como a mis hermanas, porque no tenía ningún vínculo con él. Si lo dejaba aquí, tal vez nunca volvería a verlo.

En ese momento pensé en mis padres. Pensé en la noche en que desaparecimos y en el terrible pánico que debió consumirlos.

Al final, esperé por lo que me pareció una hora. Hasta que algo dentro de mí se agitó: la certeza de que Tyler no volvería. Que algo malo le había ocurrido en los escasos minutos que lo había dejado aquí solo. Usé mi navaja para grabar un mensaje en la corteza del árbol, aunque estaba casi segura de que él nunca lo vería: *espérame aquí*.

Luego, lo dejé. Lo dejé allí, solo en el bosque. Lo dejé a su suerte porque yo no tenía otra opción más que seguir adelante y hacer lo que había venido a hacer: encontrar y salvar a mis hermanas.

22

Vagué sola por el bosque. Las gotas de sudor resbalaban por mi frente y hacían que me picaran los ojos. Ahora estaba sola, sin compañía y sin nada que me marcara el camino a seguir, salvo por el insistente tirón en mi pecho que me decía que sí, mis hermanas estaban por aquí, y cada paso me acercaba más a ellas.

Até tiras de la camisa floreada de Tyler alrededor de las ramas, con la esperanza de ser capaz de encontrar el camino de regreso a él, hasta que me quedé sin tela y tuve que seguir adelante de cualquier forma.

Cosas me seguían en el crepúsculo, cosas que se movían por el rabillo de mis ojos pero que desaparecían cuando giraba la cabeza en dirección a ellas. Perros salvajes, tal vez, o algo más extraño. Cosas muertas con dientes afilados que esperaban que redujera la velocidad, que me detuviera, que me sentara.

Seguí moviéndome y mantuve la navaja a mi costado, pero nada se acercó lo suficiente como para ponerme a prueba.

Había más cuerpos nudosos de raíces y hueso y pelo: formas de niños muertos acurrucados con sus espaldas contra los árboles, convirtiéndose lentamente en simiente; mujeres con los brazos extendidos, queriendo alcanzar algo en el momento en que se convirtieron más en este lugar que en seres humanos. Había también más estructuras convirtiéndose en escombros. Un depósito de chatarra... de personas y cosas perdidas.

Seguía esperando ver a Tyler en algún lugar más adelante o arrastrándose detrás. Cada vez que crujía una rama o un pájaro emprendía el vuelo, me giraba en dirección al sonido, momentáneamente esperanzada... pero sólo se trataba de criaturas extrañas que me observaban cuando nuestros caminos se cruzaban: ciervos, gatos, ardillas, vagando libremente en la tenue iluminación del bosque encantado. Todos estaban deformados en distintos grados: ojos negros, cubiertos de líquenes, pequeños jardines de flores brotando del espeso musgo de sus lomos. Criaturas de un terrible cuento de hadas.

Cruzábamos las miradas por un momento, los animales curiosos por la intrusa que olía a un lugar diferente —que olía a vida— y luego seguían en la oscuridad, sin inmutarse por mi presencia.

Me dolían la espalda baja y las piernas para el momento en que encontré el calzado tirado en el suelo del bosque. Un par de zapatos deportivos Nike, lo suficientemente nuevos para poder asegurar que no habían estado en el Camino Medio durante mucho tiempo. No los rodeaba podredumbre, moho o deterioro.

Los recogí y les di vuelta entre mis manos. Las cintas todavía estaban atadas juntas y la tela estaba ligeramente húmeda. Eran de Tyler, los zapatos nuevos que había comprado en Edimburgo después de perder los suyos en el hospital de Londres.

Tyler había pasado por aquí. Tyler los había arrojado aquí.

¿Una migaja de pan dejada para mí, quizás? Era reconfortante y siniestro a la vez: íbamos en la misma dirección, pero ahora estaba segura de que Tyler no había partido por voluntad propia.

Giré en un lento círculo buscando en el bosque cualquier otra señal de él, pero no había ninguna. Até los zapatos a la mochila de Vivi. Cuando lo encontrara, los necesitaría. Seguí avanzando. El tiempo seguía cambiando de la extraña forma en que lo hacía aquí.

Cuando llegué al claro, ya estaba cansada y sentía un golpeteo dentro de mi cabeza debido a la deshidratación y el hambre. Tenía la garganta y los ojos secos, la lengua me sabía a humo. Si en algún momento conseguía regresar a casa, estaba segura de que mi cabello apestaría a madera quemada durante semanas.

El claro no era muy diferente al que Tyler y yo habíamos visitado por primera vez: el suelo estaba cubierto por una alfombra de hierba alta y hojas en descomposición, y algo monstruoso justo en el centro.

—Dios mío —susurré cuando me di cuenta de lo que estaba viendo.

Grey y Vivi estaban aquí, ambas amordazadas y atadas a estacas, con las muñecas amarradas por encima de sus cabezas. Pilas de madera y musgo seco habían sido apiñados a sus pies. Un enjambre de flores de carroña crecía sobre ellas, subiendo por sus piernas, alrededor de sus torsos y a través de su cabello, reproduciéndose en su piel, agrupándose alrededor de sus bocas y de sus ojos. Podía sentir el revoloteo, como alas de pájaros, de sus corazones, el calor en ellas, la vida en ellas, la sangre caliente que todavía zumbaba en sus cuerpos. La de Vivi era más fuerte, más roja, más vibrante. La de Grey era ahora algo sutil, débil, apenas perceptible.

Había una tercera estaca colocada entre las otras dos, vacía... esperando.

Nuestro padre quería quemarnos a todas... pero no.

No era nuestro padre.

Gabe Hollow era el padre de tres hijas enterradas junto a una casa en ruinas en un mundo a medio camino. Las cosas que él pretendía quemar —a nosotras— no eran sus hijas, sino las criaturas que habían regresado con la forma de sus hijas. Impostoras. Cucos.*

Me quité los zapatos.

—Maldita sea —dije en voz baja al ver mis pies. Los giré de un lado a otro en la escasa luz, y toqué la carne empapada y tierna que encontré debajo de mis calcetines húmedos. Los dedos de mis pies habían empezado a ennegrecerse. Cuando toqué la uña del dedo gordo, se desprendió fácilmente de su base. No había dolor. Un capullo de flor de carroña había comenzado a desplegarse desde la base de la uña. Me arranqué la flor de la piel y la aplasté entre las yemas de los dedos.

Metí los zapatos en la mochila de Vivi y me moví descalza por el borde del claro, con la navaja de Grey a mi costado. Yo era más ágil sin zapatos. Los años de seguir a Grey me habían enseñado a moverme en silencio por el suelo del bosque y a través de los crujientes pasillos de madera por igual. Intenté no mirar mis pies mientras me movía. No quería ver la carne moribunda.

Vivi estaba despierta, moviéndose, hablando con alguien a quien no podía ver.

—¡Déjame ir! —dijo con voz ahogada a través de la mordaza mientras echaba la cabeza hacia atrás—. ¡Déjame ir! —de

---

* Los pájaros cucos suelen poner sus huevos en el nido de otros pájaros más pequeños con la intención de que éstos críen a sus polluelos. [N. del T.]

nuevo, echó la cabeza hacia atrás contra la estaca que tenía a sus espaldas con toda la fuerza que pudo. Oí un chasquido. Vivi cayó hacia el frente, inconsciente, con todo el peso de su cuerpo soportado por las ataduras de las muñecas. La parte posterior de su cráneo sangraba. Grey se revolvió y levantó la cabeza. Sus ojos negros se encontraron con los míos, sin parpadear. Al principio, no estaba segura de si podía verme o sólo sentir mi presencia.

Vete, me suplicaron sus ojos. *Vete. Por favor, vete.*

Sacudí la cabeza. Las fosas nasales de Grey se encendieron con ira, pero no había nada que pudiera hacer para obligarme a partir. Prefería ocupar mi lugar junto a ellas en la pira que irme sabiendo que no había hecho todo lo posible por salvarlas.

¿Tyler?, le pregunté sin voz a mi hermana mayor. Grey tomó unas cuántas inhalaciones rápidas sin pestañear y luego negó con la cabeza. ¿Qué significaba eso?

No, ¿no sabía dónde estaba Tyler?

¿O no, Tyler ya estaba muerto?

No me gustaba la forma en que se había acobardado. Grey Hollow, la que no temía a nadie, la que iba en busca de problemas porque ella era la cosa en la oscuridad. Estaba mal verla temblar.

Entonces, una figura apareció desde el otro lado de la pira.

—¿Tyler? —susurré. Tyler volteó para mirarme.

Vivo, está, *vivo*. De alguna manera había encontrado el camino hacia mis hermanas y había llegado aquí antes que yo. Salí de mi escondite y dudé en el borde del bosque. Quería correr hacia él y rodear su cálido pecho con mis brazos. El alivio de no estar sola, de no tener que enfrentarme a este horror sola, me inundó.

Grey tiraba con fuerza de sus ataduras, gritando silenciosamente en su mordaza. Las lágrimas corrían por su rostro mientras sacudía la cabeza con furia.

Cuando llegué a él, Tyler no dijo nada. Estudié su rostro. Había algo raro en sus ojos. Todos los rasgos correspondían —la piel, los labios, el arco de su ceja—, pero algo más hondo no coincidía. Los huesos que se habían salido de su sitio por el puñetazo de Gabe en Edimburgo habían vuelto a su posición natural. Los tatuajes de sus brazos estaban deformados, como si la piel hubiera sido mojada y exprimida y reacomodada sobre sus huesos.

Y luego, cuando sus labios se separaron, su boca estaba mal. Las encías se habían vuelto negras y los dientes habían empezado a pudrirse.

Gabe Hollow insiste en que los ojos y los dientes de las tres niñas han cambiado.

Retrocedí y lo miré de arriba abajo. Se parecía a él. Se parecía mucho a él. Tanto que, si mantenía la boca cerrada, podrías nunca darte cuenta.

—No —susurré—. Tú no eres Tyler.

—Tú no eres Iris —contestó con voz rasposa, pero no era la voz de Tyler.

Era la voz de mi padre.

Era la voz de Gabe Hollow, que salía de la cara de Tyler, de la boca de Tyler.

La *piel* de Tyler.

Gabe dio un paso hacia mí. Yo di otro paso atrás.

—¿Qué le hiciste a Tyler? —pregunté.

—Lo mismo que tú le hiciste a mis hijas —respondió la voz de mi padre.

Mi mirada viajó de la cara de Gabe a su cuello. O, mejor dicho, de la cara de Tyler al cuello de Tyler. Levantó un poco la barbilla para que yo pudiera verlo. Allí, en el pliegue de su clavícula, había un corte fresco cosido con hilo de seda. Un buen trabajo, limpio. Se curaría bien, como el mío.

Retrocedí un paso más, y mi mente volvió a sumergirse en el abismo en el que habitaba el entendimiento, justo fuera de mi alcance. Mi corazón latía con fuerza contra mi esternón, mi piel se sentía repentinamente fría a causa del sudor. Todas las piezas del rompecabezas estaban dispuestas esperando a que yo las uniera en una imagen que tuviera sentido.

Yo no era Iris Hollow. Me veía como ella.

Mi padre no era Tyler, pero se veía como él.

Gabe Hollow insiste en que los ojos y los dientes de las tres niñas han cambiado.

—¿Cómo pudiste? —preguntó mi padre—. ¿Cómo pudiste hacerle esto a unas *niñas?* ¿A unas *pequeñas niñas* indefensas?

Miré a Grey, que ahora lloraba a raudales.

Giré hacia Gabe.

—No lo entiendo.

Gabe buscó en mi rostro.

—Tú sabes lo que eres.

—No lo sé. Lo juro.

Pasó un dedo por su cuello y luego hizo la mímica como si metiera los dedos de su mano derecha en la herida que habría abierto para pelar enseguida la piel hacia arriba, sobre su cabeza. Me tembló la mandíbula mientras él me miraba fijamente, a la espera de una reacción.

—Esa cosa que tú llamas hermana es un monstruo —dijo al señalar a Grey—, pero al menos te permitió que lo olvidaras.

Olvida esto, me había dicho Grey en un susurro.

—¿Olvidar *qué*?

Gabe estaba dando vueltas alrededor de mí ahora. Apreté mi navaja.

—Que tú eres una cosa muerta que anda por ahí vistiendo la piel de una niña asesinada —dijo con voz temblorosa—. Que te fuiste a casa con su familia, a su cama, a los brazos de sus padres, mientras ella se descomponía en una tumba en un lugar muerto. Que deslizaste su cálida piel sobre la tuya, y luego tu hermana te cosió por el cuello.

—Eso no puede ser cierto —susurré, porque era espantoso y terrible e imposible, pero sabía, incluso mientras lo decía, que *podía* ser cierto.

Que *era* cierto.

Gabe había sabido, desde el momento en que nos vio, que algo no cuadraba. Que algo dentro de nosotras había cambiado. Diferentes ojos, diferentes dientes. Una capa de piel bajo la piel.

—Después de que esa cosa me hizo suicidarme, acabé aquí —dijo Gabe—. Busqué a mis hijas. Las encontré donde las dejaron. Las enterré yo mismo.

Yo no quería esto, había escrito en su nota, porque verdaderamente no había tenido otra opción. Porque no podía resistirse a la compulsión de la usurpadora que se había instalado en su nido, que había expulsado a sus verdaderas hijas y le había ordenado —así como ella le había ordenado al fotógrafo que me había atacado— que se quitara la vida.

Otra terrible verdad se cristalizó:

—Mataste a Tyler —dije—. Lo desollaste. Lo estás… *usando*.

—Quiero ir a casa. Quiero volver con mi esposa. Quiero volver a la vida que ustedes tres me robaron.

Un dulce hombre. Un hombre gentil. Un hombre que hacía cosas con sus manos. Así era como Gabe Hollow había sido recordado en su funeral. Yo me había parado al borde de su tumba y había arrojado una flor de lirio sobre su ataúd, mientras lo bajaban a la tierra, para que llevara un pedazo de mí dondequiera que se hubiera ido.

Yo lo había amado, a pesar de que me asustaba.

Mi padre tomó el encendedor de Vivi y mantuvo su llama sobre la yesca.

—Únete a tus hermanas.

Yo sollozaba. Había pasado años extrañando a este hombre. Quería que me estrechara entre sus brazos y me consolara como lo había hecho cuando yo era pequeña. Sacudí la cabeza.

—No puedo dejar a Cate sola.

—Por favor, no luches —la voz de Gabe se quebró—. Por favor, hazlo fácil para mí.

—Éste no eres tú.

Había lágrimas rodando por sus mejillas.

—Tú no me conoces.

—Sí te conozco. Puede que yo no sea tu hija, pero tú sí eres mi padre.

—No lo hagas.

—Sé que eres amable y gentil, y que no me lastimarías.

—Por favor, concédeme esto —suplicó Gabe—. Por favor, sube a la pira.

—No.

—Te quemas con ellas. O las ves arder.

Gabe dejó caer el encendedor. La pira echó chispas y se encendió. El humo agrio comenzó a agitarse en segundos. Grey empezó a ahogarse, luchando contra las llamas crecientes.

Grité y corrí hacia ella, pero Gabe me agarró por la mochila y me tiró al suelo. Perdí la posesión de la navaja. En sólo un segundo, él ya estaba encima de mi cuerpo, con su rodilla como un alambre de púas contra mis costillas rotas, con sus dedos alrededor de mi cuello. Fue rápido, violento y horrible.

¿Qué haría Grey? ¿Qué haría Grey?, pensaba mientras estaba ahí tirada, muriendo. Mis uñas arañaron las manos de mi padre. Mis talones se clavaron en el suelo blando debajo de mí, tratando de encontrar algún apoyo. Los ojos se me salían de las órbitas. Mi cabeza estaba llena de sangre y de una oscuridad que parecía extenderse desde mis orejas hacia mis ojos, diluyendo mi visión.

Grey lucharía. Grey lo haría sangrar, de alguna manera. Grey lucharía por la navaja que había aterrizado justo más allá de mi alcance. Grey desgarraría la carne y rompería los huesos y salaría la tierra de tu vida* si te cruzaras con ella.

Ahora estaba gritando, más por mí que por ella.

—¡Suéltala! —aulló hacia Gabe, con sus palabras amortiguadas por la mordaza—. ¡Te destruiré!

Una certeza se abrió paso a través de la sombra creciente en mi mente: *Ya lo hiciste.*

Grey había destruido a este hombre, como a muchos otros. Grey era un ciclón en forma de niña. Tomaba lo que quería y dejaba un rastro de destrucción a su paso, y yo siempre la había admirado por ello. Había que tener agallas para

---

* Al parecer, el ritual de echar sal a la tierra era utilizado por los conquistadores en Oriente Próximo —y un motivo folclórico durante la Edad Media— para evitar que se pudiera cosechar en el lugar otra vez, es decir, que se pudiera reconstruir. Es una metáfora que representa la conquista y la destrucción sin retorno. [N. del T.]

ser una chica en este mundo y vivir así. Ella lo hacía porque era poderosa. Lo hacía porque podía hacerlo.

Pensé en Justine Khan y en su boca sobre la mía, en sus ojos desorbitados por el miedo mientras me mordía los labios. Pensé en la pálida silueta de mi padre al final de mi cama, en la manera en que se quedaba congelado cuando abría los ojos, como se paralizan las presas cuando ven a un depredador al acecho. Pensé en Grey caminando por las calles oscuras de noche esperando que los hombres la llamaran o, peor aún, esperando que alguien le diera un pretexto para destruirlos.

Grey Hollow era la cosa en la oscuridad... pero por mucho que la amara, por mucho que quisiera ser ella, yo no era como ella. Yo no podía someter el mundo a mi voluntad, porque no tenía el valor ni la determinación para herir a la gente como lo hacía ella. Eso siempre me había hecho sentir débil, pero quizás ésa era mi fortaleza.

¿Qué haría Iris?, pensé mientras mi campo de visión se reducía a un alfiler.

Extendí la mano y la puse en la mejilla de Gabe, de la misma manera que lo había hecho cuando era una niña, durante esas pocas semanas tempranas en las que me había dejado amarlo.

No podía recordar haber estado muerta. No podía recordar haber estado atrapada en este lugar. No podía recordar haber usurpado la piel de su hija. Lo que sí podía recordar era esto: la calidez del pecho de Gabe Hollow cuando me llevaba del sofá a la cama después de haberme quedado dormida viendo televisión. El olor de sus camisas, siempre una mezcla de aceite danés que usaba para proteger la madera y a ceniza de hueso de su esmalte de cerámica. La cadencia de su voz cuando me leía cuentos para dormir. Las flores de lirio que él me ayudaba a prensar entre las páginas de los libros. Lo mucho que lloré en su funeral.

—Papá —conseguí susurrar. Los ojos de Gabe en la cara de Tyler se encontraron con los míos.

Yo no era su hija, pero me parecía a su hija. Tenía su cara... y esperé que eso fuera suficiente. Esperé, incluso sabiendo lo que yo era, que no pudiera mirarme a la cara mientras me mataba.

Nuestras miradas se sostuvieron. Gabe sollozó, me dio un duro y último apretón... y luego me dejó ir.

Aspiré una bocanada de aire, me abalancé sobre la navaja y me escabullí de debajo de él hacia la pira, donde las llamas les pisaban los talones a mis dos hermanas. Grey gemía, aturdida por la inhalación del humo. Dejé la mochila en el suelo y trepé por los escombros ardientes hacia ellas abriéndome paso entre el fuego. Mis pestañas se curvaron y se derritieron en el muro de calor. No había aire que pudiera llevar a mis pulmones. Inhalé cenizas y brasas. El fuego lamía y siseaba, abrasando mis manos, mis rodillas, mis pies descalzos al subir.

Primero deslicé la navaja de Grey a través de sus ataduras de piel. En el momento en que se liberó, el poder cambió. Lo sentí. Como si el tiempo se ralentizara. Grey se desplegó hasta alcanzar su máxima altura, me quitó la navaja de la mano y liberó a Vivi, y luego nos arrastró a las dos a través del fuego en tanto éste se abalanzaba detrás de nosotras. La madera se partió y estalló enviando ascuas calientes a nuestro cabello y nuestra ropa. El combustible debajo de nosotras ardía en un rojo fluorescente y el calor era un muro, sólido e infranqueable, hasta que Grey nos empujó y caímos al otro lado, sobre la hierba fresca y empapada del claro.

—¡Vivi! —dijo Grey mientras sacudía los hombros de nuestra hermana—. ¡Vivi! —luego se inclinó sobre ella, hundiendo las palmas de las manos en su pecho, cuatro, cinco veces, hasta que ella finalmente gimió—. Oh, gracias a Dios, gracias a Dios —exclamó Grey al tomar el rostro cubierto de ceniza de Vivi entre sus manos y se inclinó para besar su frente.

Me miré el brazo, donde un trozo de piel se había quemado y desprendido, se veía ennegrecido en sus bordes. Debajo, la verdad que yo quería y no quería saber: una segunda capa de piel, no tocada por las llamas.

Grey me observaba, con la respiración entrecortada.

—Es verdad, ¿no es así? —le pregunté. Estaba temblando. El dolor de mis quemaduras empezaba a acumularse, las terminaciones nerviosas chamuscadas se despertaban en los dedos de mis pies, en mis manos, en las puntas de los dedos de mis manos—. No somos nosotras.

Grey cerró los ojos. Una lágrima salió de entre sus pestañas y barrió una línea limpia a través de la suciedad y la sangre en su mejilla. Finalmente, asintió.

Es verdad.

Luego se incorporó y se dirigió adonde la piel de Tyler yacía ahora vacía y desinflada en el suelo del bosque. Gabe, al igual que Rosie, se había ido, se había trasladado a dondequiera que fueran los muertos cuando dejaban este lugar, cuando éste los dejaba a ellos. Lo que había dejado detrás era espantoso: el traje de piel de Tyler sin huesos ni músculos ni alma que lo animara. Un saco plano de piel, con el cabello y las pestañas y las uñas aún pegadas.

Yo había dejado a Tyler solo. Lo había dejado en el bosque y mi padre lo había encontrado, se lo había llevado, le había hecho esto.

Me pregunté dónde estaría el cuerpo desollado de Tyler. Volví a mirar la pira. El fuego se agitaba ahora por encima de la línea de árboles, las estacas que se habían colocado para nosotras estaban envueltas en llamas. El humo olía a grasa ardiente, a hueso quemado. Ahí. Su cuerpo debía estar ahí, oculto bajo las llamas, donde se suponía que nosotras debíamos estar.

Grey estaba inclinada sobre la piel plana de Tayler.

—No voy a dejarte ir —entonó, como si fuera un canto litúrgico—. No lo haré, no voy a dejarte ir.

—Vimos a Gabe desollarlo —dijo Vivi con voz rasposa mientras se ponía de lado. Me acerqué a ella y deslicé la palma de la mano bajo su mejilla y retiré las hojas de hierba de la herida pegajosa en la parte posterior de su cabeza—. Pobre Grey.

—No voy a dejarte ir —continuó Grey, con las manos sobre la piel que una vez había cubierto el pecho de Tyler. Dios. Nadie debería tener que ver así a alguien que amaba—. No lo haré.

—Grey —dije en voz baja—. Tenemos que ir a casa.

—No me iré sin él —contestó ella—. Puedo salvarlo.

—¿Cómo?

—De la misma manera que te salvé a ti. Si está atrapado aquí, puedo coser su alma dentro de su piel —se inclinó para hablarle—: Escúchame, Tyler. Te ato con mi dolor. Me culpo por tu muerte y no te dejaré ir. Regresa a mí.

Intenté tener una idea de todas las piezas diferentes de Tyler. Su cuerpo muerto, oculto en la pira, ardiendo. La piel de ese cuerpo tirada frente a mí. Su alma —o lo que fuera—, la parte que quedaba de él y que pasaría por este lugar de camino al olvido.

Tal vez lo volvería a ver. Dejé que esa pequeña esperanza se encendiera en mi pecho mientras esperamos.

Y esperamos.

Y esperamos.

—No creo que esté aquí —la mejilla de Vivi se sentía caliente debajo de mi mano quemada. No podíamos demorarnos. Debíamos salir del Camino Medio—. No creo que venga.

—No —respiró Grey, sus manos se hundieron en el suelo del bosque. Hilos de saliva se balanceaban de sus labios mientras lloraba el dolor de su duelo. Esto le quitó el aire a su cuerpo y lo convirtió en un amasijo de costillas y puños. Cuando volvió a respirar, el sonido era el de un órgano de iglesia: hondo, expansivo y lúgubre. Los sollozos la sacudieron, la doblegaron, la rompieron, hasta que la desesperación la dejó agotada. La mujer más bella del mundo, tan acostumbrada a que el universo se plegara a su voluntad, ahora se veía incapaz de salvar la vida del hombre que amaba.

Vi un destello de movimiento en el borde del claro. Había una figura, con el pelo oscuro y desnuda, mirándome fijamente entre los árboles. Abrí la boca para gritarle, pero ésta negó con la cabeza.

Entonces, con la misma rapidez con la que había aparecido, el alma de Tyler Yang se desvaneció de nuevo entre las sombras.

23

Salir del Camino Medio no fue como caer en él. Caer había sido tan sencillo como dar un paso a través de un umbral, como deslizarse por un tobogán. La gravedad se encargaba de la mayor parte del trabajo. Regresar al otro lado fue *difícil*. Tuve que arrastrar todo mi cuerpo por el alquitrán. No podía respirar, no podía ver. Me ahogaba en la nada, y entonces, finalmente, caí hacia atrás, en un campo de flores y humo. Estaba oscuro. El suelo debajo de mí era duro y apestaba a madera quemada y al efecto químico del plástico humeante. Por un segundo, me preocupó que no hubiera funcionado. Pero entonces Grey y Vivi cayeron después de mí, sobre mí. El dolor de mis costillas rotas y la desorientación de la puerta me obligaron a expulsar la bilis del estómago. Rodé para ponerme de lado y vomité.

Parpadeé. La oscuridad se convirtió en vapor. Estábamos en una cocina calcinada, cubierta por un manto de flores de carroña. La cocina de Grey. Me incorporé en el suelo de tablero de ajedrez. La parte trasera de mis brazos y de mis piernas estaba cubierta de hollín. El mundo estaba quieto, en silencio.

—Dios, apesta aún más al volver —gimió Vivi, con la voz ronca y extraña.

La ayudé a ponerse de lado y pasé la mochila por debajo de su cabeza, en tanto Grey rebuscaba entre los tomos que habían quedado esparcidos por el suelo cuando derribamos el librero.

—Deberíamos llevarla a un hospital —dije mientras acariciaba la pelusilla de durazno del cráneo de Vivi.

—Pronto —exclamó Grey. Encontró lo que buscaba: un libro que se abrió para revelar que no era un libro en absoluto, sino un compartimento secreto. Típico de Grey. Nada era nunca simple con ella, nada era nunca lo que parecía. Dentro había un surtido de hierbas en frascos de vidrio y una pequeña botella de vinagre. Grey utilizó el filo de su cuchillo para aplastar el anís en el suelo de su cocina, enseguida lo añadió al vinagre junto con sal y ajenjo, y entonces agitó la mezcla. Había preparado la misma poción que había hecho Agnes.

Se sentó al otro lado de Vivi.

—Bebe —ordenó al acercar el frasco a los labios de nuestra hermana.

Vivi se revolvió, con la mala cara.

—No quiero esa basura.

—*Bébela* —insistió Grey y, por supuesto, Vivi hizo lo que le pidieron, porque Grey estaba al mando. Grey la tranquilizó mientras expulsaba el Camino Medio; un reguero de cosas verdes muertas se derramó desde su interior sobre el suelo carbonizado.

—Tú mataste a las niñas —dije en voz baja al observar cómo mi hermana arrancaba una tira de su bata de hospital y empezaba a aplicar la tintura en la masa de piel rota de la parte posterior de la cabeza de Vivi.

Grey me miró, con los ojos negros e inexpresivos.

—Sí —respondió.

—Yo no soy Iris Hollow.

—No. No en tu interior.

Hundí las uñas en la cicatriz de mi cuello desgarrando una piel que no era mía. La piel de una niña muerta que recubría el cuerpo de una cosa muerta. Los pétalos de una flor embriagadora que ocultaban algo podrido y peligroso debajo.

—Detente —me ordenó Grey—. Si te arrancas la piel, morirás.

—Pero ya estoy muerta, ¿no es así?

—Piensa en Cate, Iris. Piensa en todas las cosas terribles que le han pasado. Tú eres lo único que le queda. Si mueres... la destruirás.

Dejé que mis manos cayeran a mis costados mientras sollozaba.

—Dime cómo sucedió.

—Habrá un momento y un lugar en el que...

—Dime —exigí—. *Ahora*.

Grey exhaló con fuerza y volvió a atender la herida de Vivi.

—Yo les susurré a ellas a través de una puerta en la víspera de Año Nuevo. El velo era muy fino esa noche, como siempre entre cada año. Las hermanas Hollow me escucharon. Me siguieron. Cuando les dije que necesitaba ayuda vinieron conmigo por voluntad propia. Ataron señales de tartán rojo y negro en el camino para poder encontrar el regreso a casa. Eran inteligentes, pero también demasiado confiadas. Las atraje hasta la casucha en la que vivíamos. Ellas confiaron en mí, porque yo también era una niña.

—Y entonces les cortaste el cuello y las desollaste.

Grey hizo una pausa en su trabajo y cerró los ojos. Sentí que Vivi se ponía rígida.

—Sí —continuó Grey—. Te ayudé a meterte en tu nueva piel y te cosí el cuello. Yo no... disfruté lo que hice. No soy un monstruo. Sólo hice lo necesario para sacarnos de allí. Para darnos a las tres una segunda oportunidad. Lo único que quedó, al final, fue una pequeña cicatriz en cada uno de nuestros cuellos. Seguimos sus migajas de pan hasta el lugar por donde habían caído. Pudimos arrastrarnos de nuevo a la tierra de los vivos. Engañamos a la puerta, porque no estábamos ni vivas ni muertas, sino algo intermedio. Luego esperamos en esa calle de Escocia a que alguien nos encontrara y nos diera un hogar.

Un lobo con piel de cordero, había llamado Agnes a Grey. Algo monstruoso, envuelto en un disfraz, algo tan antinatural que confundía no sólo a los humanos, sino a las propias reglas de la vida y la muerte. Medio muerta, medio viva y, por tanto, capaz de moverse entre esos estados a su antojo.

—Que me jodan —susurró Vivi—. ¿En verdad somos cucos?

—Tú también deberías beber esto —dijo Grey mientras me entregaba la poción.

La tomé.

—¿Cómo sabías que iba a funcionar?

—Fue una suposición. Una esperanza arraigada en los cuentos de hadas y las fábulas, pero mi intuición fue correcta. Para escapar del Camino Medio teníamos que convertirnos en el camino medio. Para salir de lo liminal teníamos que convertirnos en liminales. No creo que seamos las primeras como nosotras: los mitos sobre los niños cambiados, suplantados, tenían que venir de algún sitio, ¿no es así? Viejos cuentos sobre niños que se quedan en lugar de los bebés humanos, criaturas con apetitos voraces y extrañas habilidades. Otros se dieron cuenta también. No sólo yo. Ahora *bebe*.

Le di la vuelta a la botella en mis manos y observé los fragmentos de ajenjo y anís flotando en el vinagre.

—Las flores de carroña. Las hormigas. ¿Por qué están por todas partes? —tomé un sorbo amargo y salado, y de inmediato sentí que algo se movía dentro de mí, en lo más profundo de mis entrañas, y enseguida mi cuerpo ya estaba gritando para sacarlo. Mi estómago se convulsionó y volví a vomitar, esta vez para expulsar bilis, moho e insectos.

Grey me sujetó el cabello.

—Estás bien —dijo mientras yo volvía a tener arcadas—. Estás bien. No conozco todos los secretos del lugar, Iris. Huele a muerte y podredumbre porque todo allí está muerto. Se mete dentro de las cosas, lo infecta todo, lo destroza si se lo permites.

Grey me devolvió la botella y bebió un sorbo ella misma, luego expulsó lo que había estado creciendo dentro de ella.

—Deberíamos llevarlas a las dos a un hospital.

—Todavía no he terminado —dije—. ¿Por qué siempre tenemos hambre?

—Porque están muertas y los muertos siempre tienen hambre —la forma en que lo dijo, con la mayor naturalidad. *Están muertas*—. La comida nunca puede saciar su hambre, nunca puede llenar el vacío que hay dentro de ustedes.

Vivi se levantó. Se movía con dificultad, pero su expresión era de fría como hielo. Miró a Grey de la misma manera que yo la estaba mirando: con los dientes apretados y los labios curvados hacia abajo con disgusto.

—Nos hiciste olvidar —dije—. Cuando volvimos a Escocia. Nos susurraste algo. "Olviden esto". Nos lo quitaste todo.

Grey negó con la cabeza.

—Yo no puedo obligarte a hacer nada, Iris, igual que no podía obligar a Tyler. Nuestro poder sólo funciona con los vivos, no con los muertos, y no con los que han muerto por un breve lapso. Te dije que olvidaras y lo hiciste porque quisiste hacerlo.

—Jesús. Eres un monstruo —dijo Vivi.

—No —dijo Grey—. No me llames así. Les prometí que siempre las mantendría a salvo… y lo hice. Lo he hecho. Las traje de regreso a la vida.

—¿Quién está bajo esta piel? —presioné—. ¿Qué aspecto tengo bajo la piel de Iris Hollow?

—No lo sé.

—¿Cómo puedes no saberlo?

—Sé que quieres respuestas claras y detalladas para todo, pero no las tengo. No recuerdo quiénes éramos antes. Después de que regresamos, yo también empecé a olvidar todo. El Camino Medio comenzó a sentirse como un sueño, como algo que no había sucedido en verdad. Ya no estaba segura de si era una historia o si era real. Tenía que saberlo, así que intenté regresar. Me costó una docena de intentos antes de averiguarlo.

—En Bromley-by-Bow —dijo Vivi—. La semana después de la muerte de Gabe.

—Sí. Caí por una puerta. La misma por la que debió caer Mary Byrne en la víspera de Año Nuevo de 1955. Sin embargo, no me costó volver a casa. No entendía, todavía, que nuestra sangre era especial. No recordaba lo que era ni lo que había hecho.

—¿Cómo lo descubriste?

—Yulia Vasylyk, mi primera compañera de departamento cuando me fui de casa. Ella me siguió a través de una puerta. Chica estúpida. Intenté llevarla de regreso a casa, pero no pudo seguirme. Las puertas no la dejaban. Cuando se hizo evidente que estaba atrapada allí, enloqueció. Empezó a arrancarse la ropa, a morderme, a arañarme la cara. Me rompió el labio y me tragué una bocanada de mi propia sangre. Entonces se me ocurrió una idea: si había algo en mi sangre que me permitía ir y venir a mi antojo, tal vez podría llevar a Yulia a casa también. Tuve que noquearla, porque estaba muy histérica. Luego le unté mi sangre, la hice beber un poco... pero nada parecía funcionar. No sé por qué se me ocurrió probar con las runas. Sabes que tengo un ejemplar de *Guía Práctica de las Runas* en mi buró, yo sólo... me quedé sin más ideas. Pero funcionó. Un simple hechizo. Una puerta entre la muerte y la vida. Una vez que regresamos a Londres, ella luchó contra mí de nuevo, huyó de mí. La policía la encontró vagando desnuda por las calles, y ella me culpó de lo que le había pasado, aunque yo la salvé. La traje de regreso.

"Es un lugar muy lúgubre para quedarse atrapado por la eternidad, pero si puedes ir y venir a tu antojo... lo tenía todo para explorar. En el primer año que salí de casa, debo haber ido y venido cien veces. Era un lugar de secretos, así que empecé a coser secretos en mis diseños. A la gente le encantaba. Eso me hizo todavía más famosa. Hay mucho que ver ahí. Horrores, en su mayoría, pero también algunos atisbos de belleza.

—Y entonces algo salió mal —dijo Vivi.

—Hace aproximadamente un año, alguien se dio cuenta de que iba y venía. Alguien que me había estado esperando durante mucho tiempo.

—Papá —dije.

—Sí. Gabe Hollow había estado siguiendo mi rastro como un animal. Me observó. Me siguió. Debió verme traer a Agnes con sangre y runas. ¿Ella está...?

—No —dije—. No lo consiguió.

Grey apretó los labios y suspiró.

—Intenté enmendar lo que les hice a esas niñas. Encontré a Agnes, esa niña viva atrapada en un lugar muerto, y la traje a casa. Eso tiene que contar, ¿no?

No dije nada. No estaba segura de que lo hiciera. ¿Y si Grey hubiera tropezado con Agnes en lugar de con las hermanas Hollow? ¿Habría sido tan benévola entonces?

—Gabe me tendió trampas —continuó Grey—. Casi me atrapó la primera vez. Escapé, pero me hirió. Ya tenía suficiente de mi sangre para atravesar las puertas él también. No me di cuenta de que sería capaz de seguir mi rastro, pero lo hizo. Me encontró en París. Escapé de nuevo, tomé un vuelo a Londres. No quería involucrarlas si no era necesario. No quería que viniera por ustedes también, pero necesitaba dejarles un mensaje. Necesitaba saber que vendrían a buscarme si desaparecía.

—Te metiste en nuestra casa y escondiste la llave en tu antigua habitación.

Grey asintió.

—Gabe y otra cosa muerta me emboscaron no mucho después, en mi departamento. Atrapé a uno de ellos. Le corté el cuello. Si los matas de este lado del velo, se quedan quietos. Pero Gabe me dominó. Escondió el cuerpo en mi techo y me arrastró de vuelta al Camino Medio. Esperé. Me retuvo ahí durante días y días. Empecé a pensar que, tal vez, ustedes no me encontrarían, que moriría allí, sola, que me convertiría en parte del lugar del que había escapado tras sacrificar tanto. Luché. Me liberé. Pero estaba débil. Estaba perdida y vagando. Y entonces oí su voz. Sentí su corazón latiendo en mi pecho. Estamos unidas por lo que hicimos, por las vidas que sacrificamos. Unidas por la sangre, la muerte y la magia. Encontré el camino de regreso a la puerta que llevaba a mi cocina. Aquí. Ustedes me ayudaron y me guiaron de regreso a casa.

Éramos hermanas. Unas sentíamos el dolor de las otras. Nos *causábamos* dolor las unas a las otras. Conocíamos el olor del aliento matutino de las otras. Nos hacíamos llorar. Nos hacíamos reír. Nos enfadábamos, nos pellizcábamos, nos pateábamos, nos gritábamos. Nos besábamos, en la frente, nariz con nariz, pestañas de mariposa contra las mejillas. Intercambiábamos ropa. Nos robábamos las unas a las otras, atesorábamos objetos escondidos bajo las almohadas. Nos defendíamos. Nos mentíamos. Fingíamos ser personas mayores, otras. Jugábamos a disfrazarnos. Nos espiábamos. Nos poseíamos como objetos brillantes. Nos amábamos con potente y ferviente ferocidad. Ferocidad animal. Ferocidad monstruosa.

Mis hermanas. Mi sangre. Mi piel. Vaya vínculo tan espantoso compartíamos.

—¿Así que papá... sabía lo que éramos? —preguntó Vivi.

La expresión de Grey se ensombreció.

—No era su padre. No en realidad. Pero sí. Lo sabía. Creo que lo supo desde el primer momento en que nos vio, después de que regresamos. A Cate le costó más creer, pero también llegó a entenderlo, después de un tiempo.

—Espera, ¿*Cate* lo sabe? —pregunté—. ¿Cómo es posible?

—Porque yo se lo dije —dijo Grey—. La noche que me echó. Cuando llegué borracha a casa, me puse furiosa. Estaba enojada. Ella era tan controladora. Le dije que había desollado a sus hijas y que había matado a su marido, y que si no me dejaba en paz, la desollaría a ella también.

—¿Tú… lo *mataste*? —preguntó Vivi, todavía encajando las piezas que yo había acomodado cuando estaba en el Camino Medio—. ¿Tú mataste a *papá*?

—Como te dije: les prometí que siempre las mantendría a salvo, Vivi. Gabe Hollow era una amenaza. Tú lo sabes. Papá estaba perdiendo la cabeza. ¿Recuerdas la mañana en que nos metió en el auto? Nos habría arrojado por un acantilado y nos habría matado a todas si yo no hubiera intervenido. Así que yo… le hice una sugerencia. Apenas empezaba a entender el poder que teníamos sobre otras personas. No quería matarlo. Ni siquiera quería herirlo.

Yo no quería esto, decía su nota. No era una nota de suicidio, después de todo, sino una última llamada de auxilio para su esposa.

—Sin embargo, no estaba perdiendo la cabeza —dijo Vivi—. Él tenía razón y tú lo castigaste por ello.

—Yo lo amaba —añadí.

—Apenas lo conocías —dijo Grey—. Además, dime que no le tenías miedo. Dime que no diste un suspiro de alivio cuando lo encontramos colgado. Dime que en verdad crees que no te habría matado finalmente.

—Merecemos morir —susurré.

—Espera —dijo Vivi—. ¿Por qué se quedaría Cate con nosotras si sabe que no somos sus hijas?

Grey se encogió de hombros.

—¿Vaya uno a saber? Mi opinión es que tener algo que se parezca a tus hijas es mejor que haberlas perdido a todas. El dolor cambia a la gente.

Miré a mi hermana a los ojos y busqué en ellos algún signo de remordimiento por lo que había hecho a Cate y Gabe Hollow, pero no lo encontré. Me puse de pie y me dirigí a la puerta.

—Iris, espera —dijo Grey mientras me sujetaba del brazo.

—No. No me toques. Escúchame. No quiero verte más. No te quiero en mi vida.

—Yo te saqué de ahí —exclamó Grey con fiereza—. Te di la vida que alguna vez te prometí. No me arrepiento. Eso es lo que quiero que sepas. Y lo volvería a hacer, cien veces más. Cuando estés lista para hablar conmigo, te estaré esperando, porque soy tu hermana.

—En esta vida, y en la última.

24

Las radiografías mostraron que cuatro de mis costillas esta-ban fracturadas. Los médicos sólo podían aliviar el dolor, y cuando un médico residente me estaba cosiendo la herida en la frente cuando llegó Cate, con los ojos húmedos y la cara demacrada por la preocupación.

Se quedó en la puerta, sorbiéndose los mocos, mirándo-me de arriba abajo. Esta vez, yo sabía lo que ella buscaba: quería asegurarse de que yo era en verdad quien decía ser.

—Soy yo, Cate —le dije mientras me miraba fijamente—. Soy yo.

Acercó una silla a mi lado y unió mi mano libre a la suya, luego se inclinó para inhalar el aroma de mi piel una y otra vez.

—Estuviste dos semanas desaparecida —dijo finalmente.

—¿Dos semanas? —se habían sentido como dos días.

—Creí… creí que lo mismo había vuelto a pasar —Cate tragó con fuerza, con la garganta reseca a causa de la angus-tia—. Que te había perdido de nuevo.

—Regresé. Estoy aquí. No me iré a ninguna parte.

—Oh, lo sé. Tienes prohibido salir de la casa de nuevo. Educación en casa, universidad por correspondencia, y luego algún tipo de trabajo independiente que no requiera que me dejes nunca más. ¿De acuerdo?

Sonreí un poco.

—De acuerdo —contesté mientras le acariciaba la cabeza.

—¿Qué pasó? —preguntó. Tomé una respiración profunda. Cate se dio cuenta de que estaba a punto de empezar a mentir y me puso uno de sus dedos en la boca.

—Por favor. Por favor, dime la verdad. Quiero saberla. Puedo soportarlo.

¿Podría? ¿Podría una madre soportar tan terrible verdad?

—Todo listo aquí —dijo el doctor—. Déjame revisar cómo están tus hermanas, pero tú ya puedes irte.

—Gracias —dijo Cate, en tanto él salía de la habitación.

—Regresé —afirmé cuando nos quedamos las dos solas—. Tengo algo para ti —señalé la mochila de Vivi, en una silla al otro lado de la habitación. Cate me la trajo. La abrí y saqué las tres tiras de tela que había cortado de los abrigos de nuestra infancia... No, no nuestros abrigos de la infancia. Los abrigos de la infancia de las hijas de Cate. Uno de tartán rojo y negro. Uno de *tweed* verde. Uno de pelo sintético color vino. Había motas de sangre en cada uno de ellos, pero esperaba que mi madre las confundiera con moho o suciedad.

—Las encontraste —exclamó Cate al palpar la tela. Y luego se puso de rodillas, temblando, jadeando—. ¿Dónde están?

—Están allí. En el lugar al que fuimos. Ellas... no están... Ellas estaban juntas cuando ocurrió —continué en voz baja. Me hundí a su lado, traté de consolarla—. No sintieron ningún dolor. Se sentían cálidas y seguras. Pensaron que volvían a casa contigo —yo no sabía si algo de lo que le estaba diciendo era cierto, pero esperaba que lo fuera. Mi madre filtraba el aire a sus pulmones de forma aguda y dolorosa.

Mi madre, pensé de nuevo, dando vueltas a las palabras en mi cabeza. *No mi madre*. La madre de otra persona.

—Yo no lo sabía —le dije mientras lloraba—. Te lo prometo. Yo no sabía lo que éramos ni lo que ella hizo.

—Lo sé, Iris —dijo Cate. Luego se acercó y me acarició el cabello—. Lo sé.

—¿Cómo puedes soportarme? —pregunté en un susurro—. ¿Cómo puedes soportar tenerme en tu casa?

—Porque has sido mi hija durante diez años. ¿Cómo podría no amarte?

—Lo siento mucho. Siento mucho lo de Grey. Siento mucho haberte causado tanto dolor cuando la echaste.

—Tú eres como ella, ¿sabes? Mi Iris. Ella era callada y empática y muy inteligente.

Se oyó un suave golpe en la puerta. Vivi estaba parada bajo el marco de la puerta, con los brazos y la cabeza vendados. Vio las tiras de tela que Cate tenía en la mano y se acercó a rodear con sus brazos a nuestra madre, que se había desplomado en el suelo.

—Lo siento —dijo Vivi cuando le acariciaba el cabello—. Lo siento. Lo siento.

☽

Grey Hollow estaba en la habitación del otro lado del pasillo, rodeada por policías. Vivi acompañó a nuestra madre hasta la puerta para que no tuviera que verla, pero yo me detuve y me quedé ahí por un momento. La luz era cáustica, y el aire olía espeso y repugnante, a sangre, miel y mentiras. Cada una de la media docena de personas que estaban alrededor de ella la observaban con ojos como profundos pozos, embriagados por el torrente de poder que se filtraba de mi hermana.

Una araña reina con sus presas envueltas hábilmente en su telaraña.

Grey se inclinó para colocar sus labios en la boca del detective principal, el que había hablado en la rueda de prensa. El hombre se estremeció de placer; sus huesos apenas podían sostener su cuerpo gelatinoso.

—Un acosador —dijo ella—. Un hombre enloquecido, enamorado de mí y de mis hermanas desde que éramos niñas. El mismo que nos secuestró en Edimburgo. Me llevó y me mantuvo cautiva durante semanas. Escapé. Tyler Yang... —su voz tembló, una cuerda pulsada por el dolor. Por un momento su hechizo vaciló, pero Grey era más fuerte que su dolor. Una emoción tan humana no era suficiente para deshacerla. Se sorbió los mocos y se sentó más erguida, al igual que el resto de las personas de la sala, en un movimiento espejo ante la hechicera que los mantenía embelesados—. Tyler Yang intentó salvarme. Fue asesinado por el acosador. Es una terrible tragedia.

—Una terrible tragedia —uno de los oficiales repitió, con las yemas de los dedos recorriendo el muslo de mi hermana.

—No es necesario que tomen la declaración de mis hermanas —dijo Grey, y los oficiales estuvieron de acuerdo.

—Sí, no es necesario hacerlas pasar por eso —dijo el detective principal, al pasar el dorso de la palma de la mano por la espinilla de Grey.

—Un acosador —repitió uno de ellos.

—Un hombre enloquecido. Un monstruo —dijo otro.

—Qué terrible tragedia —añadió un tercero.

Grey levantó la mirada hacia mí, al igual que todos los policías que estaban bajo su hechizo, y de pronto un torrente de enormes iris se clavaron en los míos. Sostuve la mirada de mi hermana. El poder que nos unía chisporroteó en mi pecho.

Entonces me di la media vuelta y la dejé allí sola.

Se me cortó la respiración cuando vi el rostro de mi hermana observándome fijamente desde el piso.

A pesar de que se había convertido en un tatuaje, la fina cicatriz en forma de gancho de Grey seguía siendo lo primero que veías en ella, seguido de lo dolorosamente hermosa que era. La revista *Vogue* debía haber llegado con el correo y había aterrizado con la portada hacia arriba justo en la alfombra del vestíbulo, donde la encontré a la luz plateada de la mañana. Sin embargo, esta vez no era mi hermana la que aparecía en portada, sino Tyler. Los tatuajes de sus brazos y su pecho estaban al descubierto: el retrato de Grey destacaba en medio de un mar de tinta. Encendí la luz del pasillo, tomé la revista y la estudié —a él— más detenidamente.

En la fotografía que habían escogido, él, estaba sentado en una silla, vestido únicamente con mallas de red y mocasines rojos de charol, con las piernas cruzadas y el cabello negro rodeando su rostro y cayendo hasta los hombros. No había texto, sólo la foto y los años del nacimiento y la muerte de Tyler. Tenía veinte años. Uno menos que Grey.

—¿Estás lista? —preguntó Vivi mientras bajaba las escaleras, usando labial color ciruela y el atuendo menos tipo Vivi que había visto desde que había dejado de permitir que Cate la vistiera, una década atrás: un vestido oscuro y conservador que le cubría los tatuajes de los brazos y le llegaba hasta las rodillas.

—¿Quién eres y qué hiciste con mi hermana? —pregunté.

—Eso es muy siniestro, Iris.

—¿Qué, es demasiado pronto para las bromas sobre los niños suplantados?

Vivi me pasó el brazo por la cintura y apoyó la cabeza en mi hombro.

—Él me agradaba —dijo mientras estudiaba la portada de *Vogue*—. Se merecía algo mejor de lo que obtuvo.

—Todas las personas con las que entramos en contacto se merecen algo mejor de lo que acaban recibiendo.

—Deberíamos irnos —exclamó Cate desde lo alto de la escalera, en tanto arrastraba su par de zapatillas bajas, con Sasha dando vueltas alrededor de sus pies—. Iris, ven aquí, te trenzaré el cabello.

Vivi me dirigió una mirada, pero no dijo nada.

—Cate… —dije mientras mi madre bajaba las escaleras—. ¿Te importa si ya no me trenzas el cabello? —era un ritual que compartía con su hija muerta, algo que las mantenía unidas. Me parecía cruel arrebatárselo, pero Vivi tenía razón. No podía ser todo para ella todo el tiempo. Debía ser yo misma, fuera lo que fuera—. Es que… prefiero ya no llevarlo trenzado.

Cate hizo una pausa, al meter un brazo en su abrigo.

—Por supuesto que no me importa —se encogió de hombros y tomó mi barbilla con la mano—. Pero sí me importa que vayamos a llegar vergonzosamente tarde. Vamos, vamos.

Estaba lloviendo afuera. No se trataba de la habitual llovizna de Londres, sino un día frío y entumecedor que llevó la lluvia hasta nuestras caras en tanto nos deslizábamos en el Mini rojo de mi madre para dirigirnos al cementerio.

El funeral de Tyler Yang fue, al igual que el hombre mismo, extravagante, digno material para Instagram. Se celebró en una iglesia que claramente había sido decorada por algún planificador de eventos de celebridades: miles de velas arrojaban una luz tenue en el espacio sombrío, ricos arreglos florales se enroscaban en las columnas y bajaban del techo, y un conjunto de cuerdas interpretaba canciones lúgubres en tanto se llenaban las butacas. Encontramos asientos al fondo mientras entraba un flujo constante de celebridades cada vez más famosas, la mayoría vestidas con creaciones oscuras de Casa Hollow. Estaba ahí una actriz británica cuyo programa de televisión se había convertido recientemente en la sensación internacional, así como una famosa exestrella del pop con su también famoso marido futbolista. Había modelos, actores, directores, diseñadores e incluso algunos miembros menos conocidos de la familia real. Mucha gente ya estaba llorando.

El ataúd de Tyler estaba al frente, envuelto en un mar de rosas blancas y flores velo de novia, y cerrado, obviamente, porque estaba vacío. Me pregunté a cuántas personas habría tenido que hechizar Grey para vender su extravagante nueva mentira. Cuántos hilos de seda cuidadosamente entrelazados había tenido que tejer tan sólo para convencer al mundo de que Tyler Yang había sido asesinado por su acosador cuando la policía nunca encontraría ninguna prueba que corroborara su historia.

La familia de Tyler llegó al final, junto con Grey.

Un silencio colectivo se apoderó de la multitud cuando la vieron. Mi hermana llevaba un elegante vestido de Casa Hollow con un velo negro transparente sobre el rostro. El retrato de una viuda afligida de un cuento de hadas. A través del velo pude ver que sus ojos y su nariz estaban enrojecidos, como si hubiera estado llorando y sólo hubiera podido serenarse unos momentos antes. Le temblaba la mandíbula, mientras caminaba por el pasillo agarrada del brazo de una mujer alta que supuse que era la madre de Tyler. La tristeza de Grey se desbordó de ella y se precipitó sobre la sala como una ola enroscándose en las paredes y ahogando a todos. Era terrible ver algo tan hermoso presa de tanto dolor. Las manos se acercaban a ella a su paso, cientos de manos se agolpaban para tocarla, manos que recorrían sus hombros cubiertos, sus brazos, absorbiendo parte de su dolor. Parecía, mientras avanzaba, como si fuera un imán moviéndose a través de un campo de limaduras de hierro que se mantenía rígido, y entonces suspiró al pasar.

Todo el mundo. Ella debía hechizar a todos para que su mentira fuera la verdad.

El resto de la familia de Tyler la seguía. Su padre, alto y atractivo como él. Sus dos hermanas vivas y sus respectivas parejas, una con una recién nacida colgada del pecho: la tocaya de Rosie.

Qué insoportable, pensé, *perder a dos de tus hijos.* Entonces miré a mi madre, que había perdido a tres en la misma noche. Que había tenido los fantasmas vivientes de sus hijas asesinadas rondando su casa, alimentándose de su comida, apropiándose de su vida durante una década. Deslicé mi mano en la suya y entrelacé nuestros dedos.

El servicio no se prolongó demasiado. Un sacerdote dirigió una oración y condujo una bendición. El padre de Tyler hizo una lectura. Sus hermanas Camilla y Selena pronunciaron su panegírico. Proyectaron fotos y videos de él a lo largo de su vida. Fotos de un bebé con mejillas regordetas y brazos que parecían panecillos. Fotos del primer día de escuela de un niño pequeño con un uniforme demasiado grande. Fotos de cuatro hermanos siempre juntos, y luego, después de un tiempo, sólo tres. Fotos de cuando era adolescente, delgado y lindo, pero todavía no guapo y con estilo. Fotos de él como lo conocí, alto y anguloso y llamativo, su cuerpo decididamente masculino, pero su sentido de la moda y su maquillaje no conformes con el género. La última foto era de él cargando a su sobrina Rosie el día que nació; ella lo miraba fijamente mientras él la miraba fijamente.

Cuando todo terminó, cinco amigos íntimos de Tyler —y de Grey— actuaron como los portadores del féretro. Con sus tacones negros Louboutin, ella era más alta que los hombres que la rodeaban, la imagen de un espectro velado de un embrujo, mientras volvía a flotar por el pasillo con un ataúd vacío en sus manos. Al pasar junto a mí, pude ver cómo lloraba. Pude sentir que quería que yo la alcanzara, que le pusiera una mano en el hombro, que le dijera que todo estaría bien. Las yemas de mis dedos se estremecieron, deseando consolarla. El tiempo se congeló mientras ella estaba de pie frente a mí suplicando en silencio. Luego, tan rápido como vino, se fue y la procesión pasó por delante de nosotras hacia la puerta de la iglesia, ahora llena de periodistas. Exhalé y relajé los dedos. Afuera, en la calle, la policía estaba apostada para controlar a la masa de fans que había acudido a depositar flores en las escaleras de la iglesia y a presenciar el dolor de Grey. Lloraron cuando vieron pasar el féretro.

Se había planeado una extravagante fiesta posterior, naturalmente —¿de qué otra forma se podía despedir a Tyler Yang?—, pero nosotras nos fuimos después de que enterraron el féretro. Se sentía mal quedarnos con la gente que lo había conocido durante más tiempo que yo, mejor que yo. Yo había conocido durante unos cuantos días y sólo me había agradado la mitad de ellos. Lo había tomado de la mano y lo había llevado a través de una puerta a otro mundo. Lo había besado una vez, un beso clandestino robado a un hombre que no era mío para besarlo.

Caminamos por el jardín empapado del cementerio bajo nuestros paraguas, lejos de los dolientes, hasta la tumba de Gabe Hollow, amado esposo y padre. Cate, que solía visitarla casi todas las semanas, no había ido desde que Grey había desaparecido. Se arrodilló para arrancar las malas hierbas que habían empezado a brotar en la base de su lápida, luego separó la tierra blanda con los dedos y abrió un hueco, en el que colocó las tres tiras de tela que yo había traído del Camino Medio. Lo único que quedaba ahora de Iris, Vivi y Grey.

—Están todos juntos —dijo Cate mientras cerraba el agujero y apoyaba las palmas de las manos en la tierra.

Cuando se puso en pie, la abrazamos y luego las tres nos fuimos a casa.

☾

Volví a la escuela dos semanas después de que el Camino Medio me dejara salir, cuando mis costillas estuvieron lo suficientemente recuperadas como para sentarme en un escritorio todo el día.

Justine Khan emitió un fuerte sonido de *puaj* al verme en el pasillo.

—¿Era demasiado esperar que estuviera muerta? —le murmuró a Jennifer y a sus otras amigas cuando pasaron junto a mí, riéndose en grupo—. Deberíamos tener más suerte.

—¿Hay algo que quieras decirme, Justine? —la confronté. Nunca me había enfrentado a ella directamente. Años de tormento... chistes murmurados en clase, pájaros muertos

328

deslizados al interior de mi mochila, *brujas* ensangrentadas en mi casillero... y nunca le había dicho nada a la cara. *Déjalo pasar. Déjalo pasar. Será más fácil si no respondes a la pelea.*

Justine y Jennifer me ignoraron, así que las seguí y volví a preguntar, esta vez más fuerte:

—¿Hay algo que quieras decirme?

Finalmente, Justine no tuvo más remedio que darse media vuelta y ponerse cara a cara conmigo.

—Mmm —tartamudeó, buscando algo ingenioso que decir, pero no encontró nada—. No.

—¿Estás segura? Ahora es tu oportunidad. Tienes toda mi atención.

—Oh, piérdete, *bruja.*

—No eres tan valiente ahora, ¿cierto? No cuando tienes que mirarme directo a los ojos.

Justine me miró fijamente, con los labios fruncidos y las fosas nasales abiertas, pero no dijo nada. Me lancé hacia delante en una finta. Justine gritó y se agarró el pecho y tropezó hacia atrás. Aterrizó con fuerza en el suelo, tras llevarse a Jennifer con ella.

—Si te metes conmigo —susurré, mientras me arrodillaba a su lado y le acomodaba un mechón de su largo y oscuro cabello detrás de la oreja—, haré que te afeites tu linda cabeza frente a toda la escuela otra vez. ¿Lo entiendes?

Yo no era como mi hermana. No utilizaría el poder que se me había impuesto a través de la sangre y la violencia para herir a más personas, para destruir más vidas.

Yo lo sabía... pero mi acosadora no tenía por qué saberlo.

Justine tragó saliva y asintió. Le ofrecí una mano para ayudarla a levantarse, pero ella retrocedió horrorizada, así que yo me levanté, la dejé allí tirada y me fui a clases.

Yo no era Grey Hollow. Tampoco era Iris Hollow.

Era algo más extraño.

Algo más fuerte.

Por primera vez, sentía el poder de lo que yo era corriendo por mis venas, y no me asustaba.

Me hacía sentir... viva.

EPÍLOGO

—Ha habido molinos en esta zona al menos desde la época sajona —dijo nuestra guía turística—. Este sitio ha sido un molino de harina, un molino de pólvora y una destilería de ginebra a lo largo de su existencia, entre otras cosas.

—Fascinante —respondí, quizá por enésima vez.

—Cuéntanos más —dijo Vivi. Le di un codazo en las costillas, con fuerza. Si yo podía darme cuenta de que estaba siendo sarcástica, nuestra guía también podría.

Caminábamos por un pasillo interior del antiguo complejo de molinos, el mismo que Grey había explorado la semana posterior a la muerte de Gabe. El exterior era todo de ladrillo, pero aquí, en el interior, las paredes eran de madera, deformadas y erosionadas por el paso del tiempo.

Nuestra guía hizo una pausa.

—Debo decir que me alegré mucho cuando se pusieron en contacto con nosotros para reservar una visita privada. Ya no hay suficientes jóvenes interesados en los molinos de marea.

Vivi esbozó su malvada sonrisa.

—Uno de los verdaderos defectos de nuestra generación.

La isla de los Tres Molinos estaba a un paso de Bromley-by-Bow. Hacía varias semanas que yo había regresado a la escuela, pero me costaba concentrarme. Toda mi comprensión del mundo y mi lugar en él había cambiado... pero ésa no era la única razón.

En las semanas que habían transcurrido desde nuestro regreso, Grey Hollow había retomado su extraordinaria vida. Lo sabía porque continuaba siguiéndola en Instagram y vi su regreso triunfal a las publicaciones habituales sobre fiestas y pasarelas y amigos famosos, vi el anuncio de su contrato de ocho cifras para un libro sobre su angustiosa experiencia de "secuestro" y el contrato de película igualmente generoso que lo acompañaría, en la que ella se interpretaría a sí misma. La veía en las portadas de las revistas en el supermercado y la veía cada vez que encendía el televisor.

Mi hermana, la más extraña.

Estaba en todas partes. Siempre estaría en todas partes.

Parecía injusto que Grey viviera y que Tyler hubiera tenido que morir y que todo el mundo aceptara simplemente que así era... pero quizá no tenía por qué ser así.

Por eso estaba aquí.

La idea de que había pasado algo por alto seguía fastidiándome. A veces venía aquí después de las clases y deambulaba por los terrenos tratando de encontrar la forma de bajar al sótano. Al final, una visita privada pareció la única opción para llegar adonde quería ir.

Comprobé la hora en mi teléfono. Casi el atardecer.

—¿Hay alguna posibilidad de ver el sótano? —le pregunté a nuestra guía.

—Oh, no. Por desgracia, el sótano no forma parte de la visita. Hay ruinas sajonas protegidas bajo los cimientos del molino.

Suspiré. Sería tan fácil extender la mano y apoyar mi dedo en sus labios para hacer que hiciera exactamente lo que yo quería.

—Está bien. En realidad, tengo que orinar. ¿Dónde están los baños?

—De vuelta por donde vinimos —dijo ella—. La segunda puerta a la derecha, luego la primera a la izquierda. ¿Quieres que te muestre el...?

—No, está bien. Encontraré el camino de regreso. ¿Vivi?

—Oh —exclamó Vivi—. Sí, de repente también tengo ganas de hacer pipí.

—De acuerdo, las esperaré aquí. Todavía tenemos que visitar el Molino del Reloj y la Casa del Molinero.

—Literalmente, no puedo esperar —dijo Vivi.

Nos dimos la media vuelta y empezamos a caminar. Si todo iba según lo previsto, la guía nos esperaría durante mucho tiempo. Días. Semanas, tal vez.

—Resulta que creo que los molinos de marea son muy interesantes, para que sepas —le dije a mi hermana mientras regresábamos por donde habíamos llegado.

Vivi puso los ojos en blanco.

—Claro.

La escalera de caracol que conducía al sótano resultó fácil de encontrar, escondida tras una puerta en la que se leía "Acceso exclusivo para el personal". Bajamos a la oscuridad. Se sentía fresco y húmedo aquí, debajo del molino. Encendí la linterna de mi celular y pasé el haz de luz por el espacio. Las paredes eran de ladrillo. El suelo era de tierra. Y allí, en el centro, había una puerta sin soportes. Una ruina de la época sajona. Una puerta que antes conducía a algún sitio, pero que ahora conducía a otro.

Le envié un mensaje a mi madre.

¿Estás segura de que estás de acuerdo con esto? Podríamos estar desaparecidas durante un tiempo.

Su respuesta sonó en mi teléfono casi de inmediato, como era su costumbre.

Hagan lo que tengan que hacer para arreglar las cosas. Pueden ir adonde quieran... siempre y cuando me prometan que van a regresar.

Lo prometemos.

De acuerdo. Intentaré no morir de preocupación. Te amo.

Yo también te amo. Nos vemos... pronto.

Apoyé la palma de la mano contra la piedra y conté los segundos que faltaban para la puesta de sol.

Al otro lado de esta puerta, en otro mundo, había dejado un mensaje para un chico tallado en un árbol: ESPÉRAME AQUÍ.

No dejaba de pensar en el momento en que Grey había intentado devolverle el alma al cuerpo, para traerlo a casa de la misma manera que nos había traído a nosotras. Cómo había visto una sombra de movimiento en el borde de un claro y había estado segura, durante medio segundo, de que él estaba allí.

Tal vez algo de Tyler todavía se encontraba en ese lugar.

Tal vez, si él estaba allí, yo podría encontrarlo.

Tal vez, yo podría traerlo de regreso.

Los segundos pasaron. En algún lugar del exterior, los últimos rayos de sol se hundieron en el horizonte. El sótano olió de repente a humo y podredumbre. Los muertos comenzaron a susurrar.

—¿Lista? —le pregunté a mi hermana.

—Elegí un día estupendo para dejar de fumar —respondió.

Nos tomamos de las manos. Por un momento, se abrió un portal entre este mundo y el siguiente.

Lo atravesamos.

AGRADECIMIENTOS

En primer lugar, tengo una gran deuda de gratitud con mi agente, Catherine Drayton. Gracias por empujarme a reescribir y reescribir y reescribir (y luego, reescribir un poco más), para sacar el hilo de una verdadera historia de entre un revoltijo de ideas. También debo agradecer a la excelente Claire Friedman: juntas son un par de lectoras increíblemente agudas (e intimidantes). No habría ningún libro si ustedes dos no estuvieran tan dispuestas a buscar oro en medio del fango.

Si Catherine y Claire me guiaron para encontrar el hilo, mi editora, Stacey Barney, me ayudó a tejerlo en lo que espero que haya terminado como un tapiz exquisito y vibrante. Todavía estaba descubriendo esta historia cuando la compartí contigo. Gracias por confiar en mí para encontrar el resto de ella y por iluminarme el camino cuando me encontraba tropezando a través de la oscuridad. Viste la *mejor* versión del libro dentro de esa cosa torpe y enredada que te entregué por primera vez.

Todos los demás miembros de Penguin Random House que han trabajado en este libro —Caitlin Tutterow en el equipo editorial, Felicity Vallence y Shannon Spann en marketing digital, Olivia Russo y Audra Boltion en publicidad y, sin duda, una docena más de personas brillantes entre bastidores—, gracias por todo lo que hacen para traer más historias al mundo (pero especialmente, por todo lo que hicieron por ésta).

Todo el equipo de Penguin Australia ha estado detrás de este libro desde el primer día. Gracias a Amy Thomas, Laura Harris y Tina Gumnior, especialmente, por su continuo apoyo y entusiasmo. Emma Matthewson, de Hot Key, gracias por darme mi primer hogar editorial en el Reino Unido y, luego, permitirme quedarme durante cinco años. Ha sido el mejor lugar para vivir, para crecer. Mi agente cinematográfica, Mary Pender, consiguió que mi primer libro se convirtiera en una película sin que yo tuviera que vender mi alma o mi primogénito al diablo... te debo mi inmensa gratitud, para siempre.

Melissa Albert es la madrina de esta historia en particular. Tus libros y tus sabios comentarios me han convertido en una mejor escritora. Estoy infinitamente agradecida por tus palabras y por tu amistad, eres una genia loca.

Katherine Webber, mi alma gemela en la escritura, fue —como siempre— mi primera lectora y porrista. Me haces sentir como una resplandeciente diosa literaria, lo cual no es bueno para mi ego (¿o sí?), pero es decididamente útil para volver a precipitarme a través de esos largos y solitarios tramos en los que las palabras no salen con facilidad y me siento convencida de que soy la encarnación humana de una calamidad. Gracias por levantarme y desempolvarme incontables veces.

Al resto de mi equipo de escritoras en Londres: Holly Bourne, Samantha Shannon, Nina Douglas, Alwyn Hamilton y Laure Eve, ha sido un placer descubrirlas a todas, mi aquelarre de brujas literarias. Gracias por darme un hogar en Londres, por mantenerme (semi)cuerda durante la pandemia y por manifestarse a la luz de las velas. Todas ustedes son mágicas.

También siento un cálido agradecimiento hacia Kiran Millwood Hargrave, Anna James, Katherine Rundell y Louise O'Neill. Ha sido un placer llegar al Reino Unido y encontrarme con mujeres tan increíblemente asombrosas (¡algunas de ustedes a sólo una caminata de distancia!).

He pasado gran parte del año pasado enamorada de la brillantez de mis Luminarias: Harriet Constable y Anna Russell. Gracias por los disfraces, el brillo, los festejos (y, muy ocasionalmente, la escritura).

Gracias a Amie Kaufman, mi salvavidas en incontables mares.

Debo agradecer a dos grandes residencias de escritores: en primer lugar, a Varuna, la Casa Nacional de Escritores, donde se escribió el primer capítulo de este libro, en las Montañas Azules, a las afueras de Sídney. En segundo lugar, a Studio Faire, en Nérac, Francia, dirigido por Colin Usher y Julia Douglas, donde se escribieron los últimos capítulos de este libro en marzo de 2020, en los últimos días antes de que las fronteras comenzaran a cerrarse y el mundo contuviera la respiración.

Hay mujeres de mi ciudad natal que han alimentado mis sueños de escritura desde hace más de una década: Cara Faagutu, Renee Martin, Alysha Morgan, Kirra Moke, Sarah Maddox. Gracias por celebrar cada pequeño triunfo como si fuera una gran victoria.

Espero que, a pesar de su oscuridad, este libro capte algo del profundo vínculo entre hermanas. Soy la mayor de tres chicas y muchos de los momentos más dulces (y también algunos de los más pendencieros) entre Iris y sus hermanas se inspiraron en el hecho de haber crecido junto a mis propias dos brillantes, enloquecidas y magníficas hermanas. Emily, Chelsea: como dijo Iris, las quiero a las dos con potente y ferviente ferocidad.

Mis padres, Sophie y Phillip, y mi abuela Diane siguen siendo mis más grandes campeones. Ustedes me han construido desde los cimientos. No puedo agradecerles lo suficiente su inagotable entusiasmo y su confianza en mí.

También agradezco el estímulo de mi familia Seneviratne, que me ha abrazado y apoyado con fervor desde el primer día.

Gracias a Lisbeth, Aruna, Tom y Lauren, pero gracias de manera especial, esta vez, a Archa: el núcleo de este libro nació en Sri Lanka, la mañana en que nos llevaste a Anuradhapura y encontré las puertas rotas.

Las enormes toneladas de agradecimiento deben reservarse para Martin Seneviratne, mi fuente inagotable de aliento cotidiano. Nadie me ha animado con más ahínco ni celebrado con más intensidad o consolado más que tú. Estás en cada página de este libro. Gracias. Te amo.

Esta obra se imprimió y encuadernó
en el mes de abril de 2022, en los talleres
de Impregráfica Digital, S.A. de C.V.
Av. Coyoacán 100-D, Col. Del Valle Norte,
C.P. 03103, Benito Juárez, Ciudad de México.